DANIELLE
STEEL

Lazos de

Danielle Steel es sin duda una de las novelistas
más populares en todo el mundo. Sus libros
se han publicado en cuarenta y siete países,
con ventas que superan los quinientos ochenta
millones de ejemplares. Cada uno de sus lan-
zamientos ha encabezado la lista de bestsellers
de *The New York Times*, y muchos de ellos se
han mantenido en esta posición durante meses.

Lazos de familia

DANIELLE STEEL

Lazos de familia

Traducción de
Ángeles Leiva Morales

Vintage Español
Una división de Random House LLC
Neuva York

PRIMERA EDICIÓN VINTAGE ESPAÑOL, FEBRERO 2015

Copyright de la traducción © 2014 por Ángeles Leiva Morales

Información de catalogación de publicaciones disponible en la
Biblioteca del Congreso de los Estados Unidos.

Vintage Español ISBN en tapa blanda: 978-0-8041-7306-3
Vintage Español eBook ISBN: 978-0-8041-7307-0

Para venta exclusiva en EE.UU., Canadá, Puerto Rico y Filipinas.

www.vintageespanol.com

Impreso en los Estados Unidos de América
10 9 8 7 6 5 4 3 2 1

A mis hijos queridos,
Beatrix, Trevor, Todd, Nick,
Sam, Victoria, Vanessa,
Maxx y Zara,
de quienes estoy tan orgullosa,
a quienes estoy tan agradecida,
para quienes vivo mi vida,
¡con quienes la vida es una feliz aventura!
¡Que los lazos que nos unen
sean siempre suaves y fuertes!

Con todo mi amor,

Mamá/D.S.

1

Seth Adams se marchó del apartamento de Annie Ferguson, en el barrio de West Village, una soleada tarde de domingo de septiembre. Era apuesto, divertido, inteligente y de trato agradable, y llevaban saliendo dos meses. Se habían conocido en un picnic en los Hamptons celebrado con motivo de la fiesta del Cuatro de Julio, y él estaba tan entusiasmado con su carrera profesional como Annie con la suya. Seth se había licenciado en la Escuela de Negocios de Harvard hacía dos años y disfrutaba de un ascenso meteórico en un banco de inversiones de Wall Street. Annie había finalizado sus estudios en la facultad de arquitectura de Columbia hacía seis meses y estaba entusiasmada con su primer trabajo en un importante estudio de arquitectura. Era su sueño hecho realidad. Se habían fijado el uno en el otro desde la otra punta de una sala abarrotada y ahora formaban una bella pareja. Fue un flechazo a primera vista. Había sido un verano fantástico y ya hablaban de alquilar juntos una casa en la montaña con algunos amigos. Estaban enamorándose y les ilusionaba pensar en los buenos tiempos que tenían por delante.

Para Annie era el mejor momento de su vida: fines de semana con Seth, relaciones sexuales apasionadas, encuentros felices a bordo del precioso velero que él acababa de comprar...

Lo tenía todo: un hombre nuevo, un hogar nuevo, el primer gran paso en la carrera por la que había trabajado tan duro... A sus veintiséis años se sentía la mujer más feliz del mundo. Era alta, rubia y hermosa. Tenía una sonrisa capaz de derretir a cualquiera, y mucho por lo que sonreír. Su vida era tal y como había soñado.

Tras disfrutar de otro fin de semana perfecto en el barco, aquella tarde tuvo que obligar a Seth a irse, pues tenía trabajo. Quería dedicarle un rato a su primer proyecto importante para un cliente con el que se reuniría al día siguiente. Tenía que dejarlo impresionado; los planos en los que había estado trabajando eran meticulosos y su supervisor inmediato había mostrado un gran respeto por sus ideas y estaba dispuesto a brindarle la oportunidad de que se luciera. Acababa de sentarse a la mesa de dibujo cuando le sonó el móvil. Aunque hacía solo cinco minutos que Seth se había marchado del apartamento, pensó que sería él. A veces la llamaba enseguida para decirle lo mucho que ya la echaba de menos.

Annie sonrió, pensando en él, y entonces vio en la pantalla que la llamada era de su hermana Jane, diez años mayor que ella. Se querían con locura, y Jane había sido como una madre para ella desde que sus padres habían fallecido cuando Annie tenía dieciocho años. Jane estaba felizmente casada, vivía en Greenwich, Connecticut, y tenía tres hijos adorables. Las dos hermanas parecían casi gemelas. Jane era como una versión ligeramente mayor de Annie, y se moría de ganas de conocer a Seth. Lo consideraba como el protector de su hermana pequeña. Lo único que deseaba para Annie era que encontrara a alguien tan maravilloso como su propio marido, Bill, y que un día fuera tan feliz como ella. Jane y Bill Marshall llevaban casados catorce años y se comportaban como si aún estuvieran de luna de miel. Eran los modelos de conducta que Annie esperaba emular algún día, pero de momento estaba centrada en su flamante carrera profesional, a pesar de la deliciosa distracción que le había supuesto Seth aquellos dos últimos meses. Annie aspiraba a convertirse en una gran arquitecta algún día.

—¿Está Seth ahí? —le preguntó Jane con complicidad, y su hermana menor se echó a reír.

Jane era una gran artista que trabajaba por cuenta propia como ilustradora de libros infantiles, pero siempre le habían interesado más su marido y sus hijos que su carrera. Bill era el director de una pequeña pero respetada editorial. Habían pasado el fin de semana en la isla de Martha's Vineyard, donde habían disfrutado de una escapada romántica lejos de los tres niños aprovechando que tenían que cerrar la casa de veraneo que tenían allí.

—Se acaba de ir —respondió Annie.

—¿Tan pronto? —Jane se sintió decepcionada por ella.

—Debo trabajar. Mañana tengo una presentación muy importante para un gran cliente y quería preparar los planos.

—Buena chica. —Jane estaba orgullosísima de su hermana pequeña. Para ella era una estrella—. Estaremos en casa dentro de un par de horas. Salimos ahora mismo. Bill está revisando la avioneta. Ha hecho un fin de semana estupendo. Qué rabia tener que cerrar la casa.

Les encantaba aquella isla, y a sus hijos también. Habían comprado la casa al nacer la mayor, Lizzie. La niña tenía ahora doce años y era el vivo retrato de su madre. Ted tenía ocho y era clavado a Bill, tan encantador y de trato fácil como él. Y en cuanto a la más pequeña, Katie, a Jane le gustaba decir que venía de otro planeta. Con cinco años opinaba ya sobre todo, era increíblemente inteligente y no tenía miedo a nada. Era un espíritu adulto en un cuerpo de niña, y siempre decía que su tía Annie y ella eran mejores amigas.

—¿Qué tal el tiempo por Nueva York? —preguntó Jane

tratando de entablar conversación. Era época de huracanes, pero en Vineyand, como se conocía popularmente la isla, había hecho buen tiempo.

—Ha hecho sol y calor todo el fin de semana, pero dicen que esta noche se avecina una tormenta. A mí no me lo parece —contestó Annie.

—Aquí también esperan tormenta... Se ha levantado viento hace una hora, pero de momento el tiempo aguanta. Bill quiere llegar a casa antes de que empeore.

En aquel momento su marido le hizo señas desde la avioneta. Jane cogió la taza desechable y fue hacia él mientras ponía fin a la conversación con Annie.

—Te llamo cuando lleguemos a casa. No trabajes mucho... Te quiero. ¿Por qué no traes a Seth a cenar el fin de semana que viene?

—Lo intentaré. Puede que tenga que trabajar, depende de cómo vaya la reunión mañana. Yo también te quiero. Llámame luego —dijo Annie con soltura antes de colgar y volver al trabajo.

Desplegó los planos y los estudió con detenimiento. Vio unas cuantas modificaciones que se había propuesto hacer, poca cosa, pero era una perfeccionista y quería que no hubiera el mínimo error en la presentación del día siguiente. Con parsimonia y meticulosidad, comenzó a realizar los cambios en los que llevaba pensando todo el fin de semana.

Jane subió a la avioneta que era el orgullo y la alegría de su marido. Bill había sido piloto de la armada, y los aviones eran la gran pasión de su vida. Aquel era el más grande que había tenido, un Cessna 414 Chancellor de ocho plazas, ideal para ellos, sus tres hijos y Magdalena, la canguro, cuando los acompañaba, con lo que quedaba espacio para dos personas más, o para la montaña de bolsas y maletas que Jane llevaba siempre a rastras de aquí para allá entre Greenwich y la isla. La avioneta era un lujo, pero significaba más para Bill que la casa y era su bien más preciado. Jane se sentía totalmente segura con Bill a los mandos, más que en los vuelos comerciales. Siempre tenía en regla el permiso y estaba habilitado como piloto de vuelo instrumental.

—¿Quieres poner el culo en el asiento de una vez? —dijo él en tono bromista mientras Jane metía otra bolsa en la avioneta—. Se acerca una tormenta y quiero estar en casa antes de que llegue.

El cielo empezaba a oscurecer y la larga melena rubia de Jane ondeaba al viento. Se montó de un salto y él se acercó para darle un beso antes de concentrarse en los cuadrantes que tenía delante. Disponía ya de la autorización para despegar, y contaba con los instrumentos necesarios para la navegación en caso de meteorología adversa. Bill se puso los auriculares para hablar con la torre de control mientras Jane sacaba una revista del bolso. Le encantaba leer revistuchas del corazón para enterarse de la vida de las actrices famosas, de sus romances y de sus rupturas, y comentarlas con Annie como si aquellas celebridades fueran amigas suyas. Su marido disfrutaba metiéndose con ellas por semejante afición.

Bill observó el cielo con atención mientras despegaban con un fuerte viento y ascendió rápidamente a la altitud que le habían indicado desde la torre de control. En una hora aproximadamente aterrizarían en el aeropuerto del condado de Westchester. Era un vuelo fácil; solo tenía que estar atento al tráfico en los alrededores de Boston. Charló en tono afable con la torre varias veces y sonrió a Jane. Habían disfrutado del fin de semana. Era agradable tener a su mujer para él solo, lejos de los niños, por mucho que los quisiera.

—Annie parece ir en serio con su chico nuevo —le comentó Jane mientras él reía.

—No estarás contenta hasta que la cases. —Bill conocía bien a su mujer, y ambos sabían que tenía razón—. Aún es una niña, y además acaba de encontrar su primer trabajo.

—Yo tenía veintidós cuando me casé contigo —le recordó—. Annie tiene veintiséis.

—No te tomabas tu profesión tan en serio como ella. Dale una oportunidad. Tampoco es una solterona.

Ni lo sería nunca. Era joven y hermosa, y los hombres siempre le iban detrás. Pero Bill estaba en lo cierto; Annie quería tener encarrilada su carrera como arquitecta antes de sentar la cabeza, lo que a él le parecía sensato. Y aunque a ella le encantaba ser tía, no estaba preparada para tener hijos.

Jane notó que Bill se abstraía de la conversación para concentrarse en el cielo plomizo. El viento cambió de golpe, y Jane vio que se dirigían hacia una tormenta. No dijo nada a su marido, ya que no le gustaba molestarlo cuando pilotaba, así que miró por la ventanilla y luego abrió la revista y tomó un sorbo de café. Un instante después la avioneta comenzó a dar sacudidas y la bebida le salpicó en el regazo.

—¿Qué ha sido eso?

—Se acerca una tormenta —dijo su marido con la mirada puesta en los cuadrantes.

Bill informó al controlador de que estaban encontrándose con un viento muy variable y este le autorizó a descender a menor altitud. Jane alcanzó a ver un avión de pasajeros grande volando por encima de ellos a su izquierda, probablemente procedente de Europa, con destino a Logan o al JFK.

La avioneta siguió dando bandazos incluso después de haber cambiado de altitud, y con el paso de los minutos la situación empeoró. Jane vio un relámpago en el cielo.

—¿Deberíamos aterrizar?

—No, vamos bien —respondió Bill esgrimiendo una sonrisa tranquilizadora.

Comenzaba a llover. Para entonces sobrevolaban la costa de Connecticut y Bill se volvió hacia ella para decirle algo cuando se produjo una explosión en el motor izquierdo. Entonces el avión se inclinó peligrosamente mientras Bill se concentraba en los controles.

—Mierda, ¿qué ha sido eso? —dijo Jane con voz quebrada.

Nunca antes había sucedido nada parecido, y Bill parecía muy tenso.

—No sé. Podría ser una fuga de combustible. No estoy seguro —respondió él lacónico, apretando la mandíbula.

Bill controlaba a duras penas la avioneta mientras perdían altitud por momentos. Como se había prendido fuego en el motor, decidió hacer descender el aparato en busca de un claro donde aterrizar. Jane no dijo nada. Se limitó a observar a Bill tratando de nivelar de nuevo el avión. Cada vez estaban más escorados y descendían a una velocidad aterradora mientras Bill llamaba al controlador para comunicarle su situación.

—Estamos cayendo en picado, tenemos el ala izquierda en llamas —dijo con calma.

Jane alargó la mano y le tocó el brazo suavemente. Bill, sin soltar en ningún momento los mandos, le dijo que la amaba. Esas fueron las últimas palabras que pronunció antes de que el Cessna se estrellara contra el suelo, explotara y se convirtiera en una bola de fuego.

El móvil de Annie sonó de nuevo mientras eliminaba otro cambio en los planos que le había llevado una hora realizar. Como no le gustaba el resultado, estaba modificándolo con delicadeza para dejarlo como antes. Estaba concentradísima, y miró un momento el teléfono, que se encontraba sobre la mesa de dibujo. Sería Jane, que llamaba para decirle que habían llegado a casa. Estuvo a punto de no responder, pues no quería interrumpir su concentración y a Jane siempre le gustaba charlar un rato.

Annie intentó no hacer caso del móvil, pero el sonido de la llamada era molesto e insistente y acabó cogiéndolo.

—¿Te importa que te llame más tarde? —dijo al contestar el teléfono, pero se topó con un torrente de palabras en español.

Annie reconoció la voz. Era Magdalena, la salvadoreña que cuidaba de los hijos de Jane y Bill. Parecía desesperada. Annie conocía bien aquellas llamadas. Magdalena tenía su número por si ocurría algo estando Bill y Jane fuera de casa. Por lo general, solo la llamaba cuando uno de los niños se hacía daño, pero Annie sabía que su hermana estaría al llegar, si no había llegado ya. No entendía una palabra de lo que decía Magdalena en aquel español atropellado.

—Están de camino a casa —la tranquilizó.

Solía ser Ted quien se caía de un árbol o de una escalera o se hacía un chichón en la cabeza. Era un niño movido y propenso a los accidentes. Las niñas eran mucho más reposadas. Lizzie era casi una adolescente, y Katie tenía mucha energía, pero más a nivel verbal que atlético, y nunca se había hecho daño.

—He hablado con Jane hace un par de horas —dijo Annie con calma—. Estarán al llegar.

Magdalena soltó entonces otra sarta de palabras en español. Parecía que estaba llorando, y lo único que Annie entendió fue «la policía».

—¿Qué pasa con la policía? ¿Los niños están bien? —Puede que uno de ellos hubiera sufrido una lesión realmente grave. Hasta entonces solo habían sido minucias, salvo cuando Ted se había roto la pierna al caer de un árbol en Vineyand, estando sus padres presentes—. Háblame en inglés —insistió Annie—. ¿Qué ha ocurrido? ¿Le ha pasado algo a alguien?

—A tu hermana... la policía ha llamado... el avión...

Annie sintió como si hubiera salido disparada de un cañón y estuviera dando vueltas en el aire. Todo sucedía a cámara lenta, y sintió que se tambaleaba al oír aquellas palabras.

—¿Qué has dicho? —consiguió articular Annie con voz chirriante a través de los cristales rotos que notaba en la garganta. Cada palabra que salía de su boca le causaba dolor físico—. ¿Qué ha pasado? ¿Qué ha DICHO la policía? —le preguntó a Magdalena alzando la voz sin darse cuenta de ello. Pero Magdalena no hacía más que llorar—. ¡DÍMELO, MALDITA SEA! —le gritó Annie mientras Magdalena intentaba contarle lo sucedido en inglés.

—No sé... ha ocurrido algo... la he llamado al móvil y no contesta... dicen... dicen que... el avión se ha incendiado. Era la policía de New London.

—Ahora te llamo —dijo Annie, y le colgó.

Cuando por fin dio con un número de emergencias de la policía de New London, la derivaron a otro número. Una voz le preguntó quién era, y, tras la respuesta de Annie, se produjo un silencio interminable al otro lado del teléfono.

—¿Está usted cerca de aquí? —quiso saber la voz.

—No, no estoy cerca —contestó Annie, que no sabía si romper a llorar o empezar a gritarle a aquella desconocida. Había ocurrido algo terrible. Rezó para que solo estuvieran heridos—. Estoy en Nueva York —explicó—. ¿Qué le ha pasado al avión?

Annie le facilitó los números de catálogo de la avioneta de Bill, y una voz masculina se puso al teléfono. El hombre se identificó como capitán, y le dijo lo que ella no quería saber y jamás habría querido escuchar. Le explicó que el avión había explotado debido al impacto y que no había habido supervivientes. Él le preguntó si sabía quién viajaba en el aparato.

—Mi hermana y su marido —respondió Annie con un hilo de voz y la mirada perdida.

Aquello no había sucedido. No era posible. A ellos no. Pero así era. No sabía qué decir, así que dio las gracias al capitán y colgó. Le dijo que podría localizarla en casa de su hermana, en Greenwich, y le dictó el número de teléfono. Luego cogió el bolso y salió del apartamento sin apagar siquiera las luces.

Más tarde no fue capaz de recordar cómo había subido al coche o cómo había viajado hasta Greenwich bajo la lluvia. No tenía recuerdo alguno de aquel momento. La tormenta anunciada había llegado a Nueva York. Aparcó en la entrada de la casa de su hermana y en el trayecto a pie hasta la puerta se caló hasta los huesos. Encontró a Magdalena llorando en la cocina. Los niños estaban arriba viendo una película, esperando a que sus padres volvieran a casa. Cuando oyeron cerrarse la puerta al entrar Annie, bajaron corriendo para recibir a sus padres, pero en su lugar la vieron a ella, plantada en medio del salón, empapada, con el pelo pegado a la cara y las lágrimas rodando por las mejillas como gotas de lluvia.

—¿Dónde están mamá y papá? —preguntó Ted con cara de confusión.

Lizzie se la quedó mirando con los ojos como platos. En cuanto vio a Annie allí parada, ató cabos y se llevó la mano a la boca.

—Mamá y papá... —dijo Lizzie con una expresión de terror.

Annie asintió mientras corría hacia ellos escaleras arriba y los abrazaba a los tres. Los pequeños se aferraron a ella como si fuera una balsa salvavidas en medio de un mar tempestuoso, y en aquel momento Annie tomó conciencia de la realidad, que la golpeó con la fuerza de una bola de demolición. Ahora los tres eran suyos.

2

Los días siguientes fueron una auténtica pesadilla. Annie tuvo que explicarles lo ocurrido. Lizzie se quedó deshecha. Ted se escondió en el garaje al enterarse de la noticia. Katie lloró desconsoladamente. Y al principio Annie no sabía qué hacer. Fue a New London a hablar con la policía. Los restos de la avioneta siniestrada de Bill se habían carbonizado hasta quedar irreconocibles. Los cuerpos habían volado en pedazos, sin dejar rastro.

De alguna manera Annie logró encargarse de los «preparativos». Organizó un funeral digno, al que asistió medio Greenwich. Los socios de la editorial de Bill acudieron desde Nueva York para presentar sus respetos. Y Annie llamó al trabajo para explicar que necesitaría ausentarse una o dos semanas y que no podría hacer la presentación.

Se instaló en casa de Bill y Jane, y volvió a la ciudad a buscar sus cosas. El nuevo apartamento que tanto le gustaba pasó a la historia. Solo tenía un dormitorio, y no quería sacar a los niños de su ambiente tan pronto, así que tendría que ir y volver cada día de Greenwich a Nueva York. Magdalena accedió a mudarse con ella. Y Annie tuvo que acostumbrarse a la idea de haberse convertido de repente en una mujer de veintiséis años con tres niños. Jane y Bill habían hablado con ella al respecto y le habían planteado que, en el caso de que les ocurriera algo, ella debía hacerse cargo de la situación. Bill no tenía parientes cercanos, y los padres de Annie y Jane habían muerto. No había nadie más que pudiera cuidar de los niños salvo ella, y los cuatro tendrían que poner de su parte. No quedaba más remedio. La víspera del funeral Annie le había jurado a Jane que dedicaría su vida a los niños y que lo haría lo mejor que pudiera. No tenía ni idea de cómo ser madre; lo único que había sido hasta entonces era una tía divertida, pero ahora tendría que aprender. Ni siquiera le cabía en la cabeza ponerse en la piel de su hermana y de su cuñado, y sabía que era una sustituta mediocre de unos padres como Bill y Jane, pero ella era lo único que les quedaba a sus sobrinos.

Seth tuvo la cortesía de esperar una semana después del funeral antes de ir a verla a Greenwich. La llevó a cenar a un lugar tranquilo. Le dijo que estaba loco por ella, pero que tenía veintinueve años y no se imaginaba asumiendo el reto de estar con una mujer responsable de tres niños. Añadió que lo había pasado fenomenal con ella esos dos últimos meses, pero que aquello era del todo inconcebible para él. Ella le respondió que lo entendía. No lloró ni se enfadó con él. Estaba como atontada. No dijo nada después de que él le explicara la situación, y Seth la llevó de vuelta a casa en silencio. Intentó darle un beso de despedida, pero ella apartó la cara y se encaminó hacia la casa sin dirigirle una sola palabra. Tenía cosas más importantes que hacer, como criar a tres niños. Se habían convertido en una familia de la noche a la mañana, y Seth no formaba parte de ella, ni lo deseaba. Annie no podía imaginar a ningún hombre dispuesto a enfrentarse a algo así. Ella había madurado de golpe en el momento mismo en que el avión se había estrellado contra el suelo.

Nueve meses después, en junio, cuando finalizó el curso escolar, Annie se mudó con sus sobrinos a la ciudad, a un apartamento que había alquilado, no muy lejos de aquel en el que se acababa de instalar cuando murió su hermana. Este tenía tres dormitorios. Matriculó a los niños en un colegio de Nueva York. Para entonces Lizzie había cumplido trece años, Ted tenía nueve y Katie, seis. Desde que estaban a su cuidado, Annie no había hecho más que ir corriendo del trabajo a casa para estar con ellos. Se pasaba los fines de semana acompañando a Katie a ballet, a Ted a jugar al fútbol y a Lizzie de compras. Comenzó a llevar a Ted al ortodoncista y asistía a las reuniones de la escuela cuando no se quedaba trabajando hasta tarde. En el estudio de arquitectura se habían mostrado muy comprensivos con ella. Y con la ayuda de Magdalena, que la suplía en su ausencia, logró mantener los proyectos al día. Al final incluso consiguió un ascenso y un aumento salarial.

Bill y Jane habían dejado a sus hijos con el porvenir asegurado. Bill había realizado buenas inversiones, las casas de Greenwich y de Martha's Vineyard se vendieron por un precio excelente, y los niños habían quedado cubiertos gracias a una póliza de seguros. Contaban con todo lo que necesitaban a nivel económico si Annie administraba el dinero con cuidado, pero no tenían padres. Tenían una tía. Fueron pacientes con Annie mientras ella aprendía. Al principio pasaron por baches y momentos tristes, pero con el tiempo todos se acostumbraron a jugar con las cartas que les habían tocado. Y Magdalena siguió con ellos.

Llegado el momento, Annie los acompañó en su paso por el instituto y sus primeros amores, y los ayudó a tramitar la solicitud de ingreso en la universidad. A los catorce años, Ted ya tenía decidido que quería estudiar derecho. Lizzie estaba obsesionada con la moda y durante un tiempo quiso ser modelo. Y Kate había heredado el talento artístico de su madre, pero, a diferencia de sus hermanos, iba a contracorriente. A los trece años utilizó el dinero de la paga para hacerse agujeros en las orejas, y luego en el ombligo, para horror de Annie. Se tiñó el pelo de azul y después de morado, y a los dieciocho se tatuó un unicornio en la parte interna de la muñeca, que debió de dolerle a rabiar al hacérselo. Era una artista con talento, igual que su madre. Fue admitida en la Escuela de Diseño de Pratt y se reveló como una ilustradora muy competente. No se parecía a nadie que Annie hubiera conocido. Era menuda, extremadamente independiente y muy valiente. Tenía fuertes convicciones acerca de todo, incluyendo la política, y discutía con cualquiera que no estuviera de acuerdo con ella, sin temor a quedarse sola. Durante la adolescencia había sido de armas tomar, pero acabó calmándose al entrar en la universidad y mudarse a la residencia de estudiantes. Para entonces Ted vivía en su propio piso. Había conseguido un empleo al licenciarse, antes de iniciar los estudios de posgrado con los que debía completar la carrera de derecho. Liz estaba trabajando para *Elle*. La crianza de los hijos de su hermana había sido para Annie una vocación y una tarea de dedicación exclusiva. No tenía más vida que la de ellos y su trabajo.

A los treinta y cinco años, Annie había abierto su propio estudio, tras nueve años trabajando para el mismo grupo de arquitectos. Le encantaba lo que hacía y prefería proyectar obras residenciales que estar al servicio de grandes empresas, como le había ocurrido en la primera etapa de su carrera. Tras cuatro años al frente de su propio estudio, se había hecho un hueco en el mercado. Y le asombró ver lo mucho que echaba de menos a sus sobrinos cuando estos se fueron de casa. Dotó la expresión «síndrome del nido vacío» de un nuevo significado, y llenó el vacío que sentía en su vida con más trabajo en lugar de personas.

Durante los tres primeros años que los niños vivieron con

ella no salió con nadie, y luego tuvo alguna que otra relación de poca importancia, pero ninguna seria. No tenía tiempo. Estaba demasiado ocupada cuidando de sus sobrinos y estableciéndose como arquitecta. En su vida no había cabida para los hombres. Su mejor amiga, Whitney Coleman, la reprendía a menudo por ello. Se conocían desde la universidad; Whitney estaba casada con un médico de New Jersey y tenía tres hijos, más pequeños que los niños de los Marshall. Ella había sido una fuente de apoyo incondicional y de consejos inestimables para Annie, y ahora lo único que quería para su amiga era que pensara en sí misma. Annie llevaba trece años pensando en los demás; el tiempo había pasado volando. Annie tenía un recuerdo borroso de los primeros años, pero después había disfrutado realmente de los niños que había criado. Había vivido fiel a la promesa que le había hecho a Jane de cuidar de sus hijos, y ahora los tres ya eran adultos y les iba bien.

—Y ahora ¿qué? —le preguntó Whitney cuando Kate se mudó a la residencia de estudiantes—. ¿Qué vas a hacer por ti?

Era una pregunta que Annie llevaba trece años sin hacerse.

—¿Qué se supone que debo hacer? ¿Ponerme en una esquina y llamar a un hombre con un silbido, como si pidiera un taxi?

Tenía treinta y nueve años y no le daba miedo estar soltera. No le importaba. Las cosas habían resultado distintas de lo que había planeado, pero era feliz.

Sus sobrinos eran buenas personas, su estudio de arquitectura marchaba viento en popa y tenía más trabajo del que podía asumir. Le iba bien, y a los chicos también. Ted estaba a punto de comenzar el posgrado en derecho y había alquilado un piso con un amigo de la facultad; y Liz, a sus veinticinco años, había conseguido un empleo en *Vogue*, después de estar tres años en *Elle*. Los tres tenían encarrilada su carrera profesional. Annie había cumplido con su cometido. Lo único que le faltaba era una vida propia, al margen de su trabajo. Ellos eran su vida, e insistía en que eso era todo lo que necesitaba.

—¡Eso es ridículo! —espetó Whitney en tono irreverente—. Ni que tuvieras cien años, por Dios. Y ahora no tienes excusas para no salir con alguien... Los niños ya son adultos.

Whitney le había buscado varias citas a ciegas y ninguna había salido bien, lo que a Annie le traía sin cuidado, según decía.

—Si está escrito que he de conocer a un hombre, ya lo conoceré el día menos pensado —respondió con filosofía—. Además, ahora estoy acostumbrada a hacer las cosas a mi manera. Y me gusta pasar las fiestas y las vacaciones con los niños. Un hombre interferiría en eso. Y puede que tal cosa les disgustara.

—¿No quieres que tu vida vaya más allá del mero hecho de ser tía? —le preguntó su amiga con tristeza.

A Whitney no le parecía justo que Annie hubiera sacrificado su vida por los hijos de su hermana, pero a ella no parecía importarle, y era feliz tal como estaba. Su reloj biológico se había quedado sin pilas hacía años, sin hacer el menor ruido. Tenía tres niños a los que amaba y no quería más.

—Soy feliz —la tranquilizó Annie, y parecía ser así.

Las dos mujeres quedaban para comer cuando Whitney iba a la ciudad, normalmente de compras. Y Annie pasaba algún fin de semana en New Jersey de vez en cuando, después de que sus sobrinos se marcharan de casa, pero la mayor parte del tiempo tenía demasiado trabajo o incluso en fin de semana como para ir a ninguna parte. Y su trabajo era fantástico. Había reformado casas unifamiliares preciosas del exclusivo barrio neoyorquino del Upper East Side, áticos espectaculares, varias propiedades hermosas en los Hamptons y una en Bronxville. Y había recibido el encargo de convertir una serie de viviendas de piedra rojiza en despachos. Su negocio estaba en pleno auge y seguía creciendo. Acababa de rechazar una propuesta laboral en Los Ángeles y otra en Londres, porque decía que no tenía tiempo para viajar. Era feliz con su trabajo en Nueva York. Sobre todo era feliz con su vida, y se notaba. Había hecho exactamente lo que había querido y lo que había prometido. Había acompañado a sus sobrinos desde la infancia hasta los primeros años de su edad adulta, y no le importaban lo más mínimo los sacrificios que había tenido que hacer. Y para cuando cumplió los cuarenta y dos, Annie era una de las arquitectas con más éxito de Nueva York, y le encantaba ejercer su profesión por su cuenta.

En la gélida mañana del día antes de Acción de Gracias, Annie recorría el interior del esqueleto de una casa de la calle Sesenta y nueve Este con un matrimonio que la había contratado hacía dos meses. El inmueble representaba una inversión enorme para ellos, y querían que Annie lo convirtiera en una vivienda espectacular. Costaba visualizarla mientras avanzaban a duras penas entre los escombros que los obreros habían dejado tras eliminar varias paredes. Annie les mostraba las dimensiones del salón y del comedor recién ampliados y el lugar donde iría la gran escalinata. Tenía un talento único para combinar diseños antiguos y contemporáneos, confiriéndoles un aspecto cálido a la par que vanguardista, aunque resultaba difícil de imaginar en aquella fase de la obra.

El marido no hacía más que poner en duda los costes, y su esposa parecía preocupada ahora que veía el estado de caos total en el que se hallaba la casa, pero Annie les había prometido que estaría acabada en el plazo de un año.

—¿Estás segura de que podremos instalarnos el otoño del año que viene? —preguntó Alicia Ebersohl, nerviosa.

—Este contratista es muy bueno. Nunca me ha fallado —respondió Annie sonriéndoles con simpatía, sin perder la calma mientras pasaba por encima de varias vigas.

Llevaba unos pantalones de vestir grises, unas elegantes botas de piel negras y un abrigo grueso con la capucha con el borde de pelo. Aún aparentaba ser bastante más joven de lo que era.

—Seguro que lo hará por el doble de lo que cuesta. No sabía que fuéramos a destrozar la casa de esta manera —comentó Harry Ebersohl con cara de consternación.

—Solo estamos ampliando los espacios. Necesitaréis estas paredes para vuestras obras de arte. —Annie había estado trabajando en estrecha colaboración con el interiorista de la pareja, y estaba todo planeado—. Dentro de tres meses comenzaréis a ver aflorar la belleza de la casa.

—Eso espero —dijo Alicia en voz baja, pero ya no parecía estar tan segura. Les había encantado la casa de unos amigos suyos obra de Annie, y le habían suplicado que aceptara aquel encargo. Cuando Annie vio la casa no pudo resistirse, a pesar de que ya tenía demasiadas cosas entre manos—. Espero que no nos hayamos equivocado con esta casa —añadió Alicia mientras su marido negaba con la cabeza en un gesto de desesperación.

—Es un poco tarde para decir eso ahora —se quejó él mientras bajaban la escalera y se dirigían a la puerta de entrada.

Al salir a la calle los azotó una ráfaga de aire helado, y Annie se tapó la melena rubia con la capucha de pelo. Los Ebersohl ya habían comentado entre ellos lo guapa que era, y también lo buena que parecía ser en lo suyo, a juzgar por todo lo que habían oído.

—¿Qué vais a hacer en Acción de Gracias? —preguntó Annie con desenfado, mientras los acompañaba al coche con los planos bajo el brazo.

—Nuestros hijos vienen a casa esta noche —respondió Alicia sonriendo.

Annie sabía que tenían una hija y un hijo, ambos en la universidad, uno en Princeton y el otro en Dartmouth.

—Los míos también —dijo Annie con una sonrisa de felicidad.

Se moría de ganas. Los tres le habían prometido reunirse con ella para Acción de Gracias, como siempre. Para Annie, el mejor momento del año era cuando los tenía a todos en casa.

—No sabía que tuvieras hijos.

Alicia pareció sorprenderse mientras Annie asentía. Nunca hablaba de su vida personal, solo de trabajo. Era una profesional consumada en todos los sentidos, por eso la habían contratado. El hecho de que tuviera hijos llamó la atención de los Ebersohl.

—Tengo tres. En realidad, son mis sobrinos. Mi hermana murió en un accidente hace dieciséis años, y yo me quedé con sus hijos. Ahora ya son adultos. La mayor trabaja como redactora para *Vogue*, el chico estudia derecho, está en el segundo año de posgrado, y la pequeña está en la universidad. Les echo muchísimo de menos, así que para mí es un placer cuando vienen a casa. —Annie sonreía mientras hablaba, y los Ebersohl la miraban con cara de asombro.

—Hiciste algo maravilloso. No todo el mundo habría aceptado una responsabilidad como esa. Debías de ser muy joven.

En aquel momento apenas aparentaba treinta, pero el matrimonio sabía su edad por la información que facilitaba en su página web.

—Sí, era muy joven —asintió Annie sonriéndoles—. Crecimos todos juntos, y ha sidocomo una bendición para mí. Estoy muy orgullosa de los tres.

Se quedaron charlando unos minutos más y luego los

Ebersohl se montaron en el coche y se fueron. Harry seguía con cara de preocupación, pero Annie le prometió que el trabajo saldría por el precio indicado en el presupuesto, y Alicia iba hablando con entusiasmo de la gran escalinata cuando se marcharon.

Annie miró la hora en su reloj mientras le hacía señas a un taxi. Tenía cinco minutos para llegar a la Setenta y nueve con la Quinta Avenida, donde había quedado con un cliente nuevo. Jim Watson acababa de comprar un apartamento de lujo y no sabía exactamente qué quería. Lo único que tenía claro era que le apetecía que fuera fabuloso, y que Annie hiciera magia con él. Aquel encuentro debía servir para que ella le diera algunas ideas. Jim acababa de divorciarse y deseaba tener un piso de soltero fantástico. Annie tuvo que cambiar rápidamente los engranajes mentales mientras se dirigía a la zona alta de la ciudad, y justo antes de llegar le sonó el móvil. Era Liz. Parecía nerviosa y agobiada, como siempre. Hacía poco se había convertido en la redactora de la sección de joyería de *Vogue*, y acababa de regresar de Milán. Había vuelto a casa para estar con Annie y sus hermanos el día de Acción de Gracias. Era una fecha sagrada para los cuatro. Annie se encargaría de preparar el pavo, como hacía todos los años.

—¿Qué tal por Milán? —le preguntó Annie, contenta de oír su voz.

Se preocupaba por ella. Liz trabajaba mucho, y siempre andaba estresadísima. Nunca tenía tiempo de comer y en los últimos tres años la había visto cada vez más delgada. Tenía el aspecto al que todo el mundo aspiraba en *Vogue*.

—De locura, pero divertido. He estado cuatro días de aquí para allá. El fin de semana lo pasamos en Venecia, que en invierno es deprimente. Y a la vuelta estuve un día en París. He escogido unas cuantas joyas fantásticas para la sesión de fotos que tengo la semana que viene. —Trabajaba más que Annie, si eso era posible, o por lo menos tanto como ella—. ¿Puedo traer a Jean-Louis mañana? —le preguntó Liz sabiendo que su tía diría que sí.

La pregunta era una pura formalidad, por respeto. Annie siempre había recibido con agrado a los amigos y parejas de sus sobrinos, tanto durante los años que habían vivido juntos como desde que se habían ido de casa.

—No sabía que fuera a venir. Ha llegado hoy mismo —le explicó Liz—. Tiene una sesión aquí esta semana.

Se habían conocido en París gracias a sus trabajos, y Jean-Louis tenía un loft en Nueva York, donde se alojaba durante sus frecuentes visitas a la ciudad. Era un fotógrafo de éxito y casi idéntico a todos los hombres que habían pasado por la vida de Lizzie. El que no era fotógrafo era modelo, siempre guapísimos y más bien superficiales, aunque Liz nunca llegaba a profundizar en su relación con ellos. Annie se preguntaba a menudo si a raíz de la pérdida de sus padres a Liz le daba miedo sentir demasiado apego por alguien. Sus idilios nunca duraban mucho. Le sorprendía que Jean-Louis aún estuviera presente en su vida, puesto que Lizzie llevaba seis meses saliendo con él.

—Por supuesto que puedes traerlo.

Annie solo lo había visto una vez. Parecía bastante majo, pero tampoco le había impresionado demasiado.

—¿A qué hora quieres que vayamos?

—A la misma de todos los años. Venid al mediodía para comer a la una. O podéis dormir esta noche en casa, si queréis. Ted y Katie van a quedarse todo el fin de semana.

—Le prometí a Jean-Louis que estaría con él —dijo Liz en tono de disculpa—. Voy a ayudarlo con la sesión de fotos, aunque sea de manera extraoficial. Hoy voy a llevarle unas joyas.

—Es un hombre con suerte —dijo Annie.

Y lo decía en serio, no solo porque Liz lo ayudara con su trabajo. Liz siempre daba más de lo que recibía. Los hombres con los que se relacionaba siempre eran unos niños mimados y egoístas, y a Annie le preocupaba que su sobrina no se hiciera valer. Liz era una joven hermosa, inteligente y con talento. A Annie a veces le chocaba pensar que, con veintiocho años, Liz era dos años mayor que ella cuando se convirtió en tutora de los tres. En ciertos aspectos Liz le parecía jovencísima, y por lo visto ni se planteaba la idea de casarse o sentar la cabeza. Annie era consciente de que no les había servido de mucho ejemplo en ese sentido, pues todo lo que ella había hecho era trabajar y cuidar de ellos mientras habían sido niños. Rara vez, por no decir nunca, la habían visto saliendo con alguien. Annie había mantenido bien lejos a los pocos hombres presentes en su vida, que tampoco habían sido muchos, y no había llegado a nada serio con ninguno. El último hombre del que había estado perdidamente enamorada había sido Seth, dieciséis años antes. Se lo había encontrado por casualidad hacía unos años; estaba casado, vivía en Connecticut y tenía cuatro hijos. Él había intentado explicarle lo mal que se sentía por no haber asumido el reto de estar con ella al morir su hermana, a lo que ella había respondido quitándole importancia al asunto entre risas y asegurándole que estaba bien. Pero verlo le había causado cierto nerviosismo. Seth estaba tan guapo como lo recordaba, y Annie le relató el encuentro a Whitney. Ahora todo aquello parecía formar parte de un pasado remoto.

En aquel momento de la conversación, Liz estaba disculpándose por el hecho de que Jean-Louis no hubiera traído consigo ropa decente, ya que venía a trabajar, y Annie le aseguró que no importaba. Ninguno de los hombres que habían pasado por la vida de Liz vestía traje. Ya fueran fotógrafos de éxito o modelos famosos, siempre se presentaban andrajosos, con melena y barba larga. Era el aspecto que parecía gustarle a Liz, o el más extendido en su entorno. Annie se había acostumbrado a ello con los años, aunque le habría encantado verla con un chico vestido como era debido y bien peinado, para variar.

En cambio, Liz siempre hacía gala de una elegancia increíble, y le daba consejos de moda a Annie e incluso le prestaba ropa de vez en cuando. Siempre era divertido ver el modelito con el que aparecía Liz. Annie tenía un estilo más sencillo y práctico. A su edad se sentía demasiado mayor para vestir con desenfado, y tenía que llevar ropa con la que pudiera moverse por las obras que visitaba sin morirse de frío ni caerse de bruces por culpa de unos tacones de aguja. Liz era alta, como su difunta madre y su tía, y nunca llevaba un tacón de menos de quince centímetros. Los zapatos más bajos se consideraban zapatillas de deporte en las revistas en las que había trabajado.

—Hasta mañana —dijo Lizzie.

En aquel momento Annie llegó a la dirección indicada de la Quinta Avenida y cogió el ascensor para subir al último piso, donde Jim Watson la esperaba, un tanto aturdido a juzgar por su expresión. Al hombre de repente le aterró la idea de que el lugar fuera demasiado grande para él, y le dijo que no sabía cómo decorarlo sin la ayuda de su ex mujer. Annie le aseguró que se ocuparía de todo por él, y sacó unos esbozos de su maletín para mostrárselos a su cliente, que sonrió mientras los observaba. Annie había imaginado el piso de soltero ideal para él, antes incluso de que él supiera lo que quería. Estaba emocionado. Ella recorrió cada sala describiéndole cómo las concebía, y dando vida a sus ideas.

—¡Eres increíble! —dijo él, contento.

Y, a diferencia de Harry Ebersohl, no le preocupaban los costes. Solo quería algo que impresionara a sus amigos y a las mujeres que le interesaran. Y lo mejor de todo era que Annie le brindaría un hogar. Ella le prometió que lo tendría acabado en nueve meses, y salieron a la terraza para contemplar juntos Central Park mientras comenzaba a nevar.

A sus cuarenta y cinco años, Jim Watson era uno de los hombres más adinerados de Nueva York. Miraba a Annie con interés mientras ella le hablaba del apartamento, totalmente ajena al modo en que él la observaba. Cualquier otra mujer soltera de su edad habría hecho lo posible por cautivarlo, pero ella siempre se mostraba profesional con sus clientes. Para Annie él no representaba más que un trabajo. Le daba igual que tuviera un yate en St. Barts y un avión privado. Su interés se centraba en el apartamento, no en su dueño. Annie era amable pero absolutamente formal a su manera. Él sospechaba que debía de tener marido o novio, pero no se atrevió a preguntar.

Annie se marchó al cabo de una hora. Se comprometió a enviarle los planos en menos de dos semanas y le deseó un feliz día de Acción de Gracias. Tenía clarísimo lo que él quería y lo que ella iba a hacer por él. Jim Watson le dijo que salía aquella noche para Aspen, donde pasaría la jornada festiva con unos amigos. Después de que ella se fuera se quedó junto a la ventana, viendo la nieve caer sobre Central Park.

El apartamento estaba silencioso y vacío cuando Annie llegó a casa, como todas las noches. Qué diferente era ahora de cuando sus sobrinos vivían aún allí. No había ropa de Kate en el suelo, esparcida por el salón. La tele de Ted no estaba encendida. Liz no andaba corriendo de aquí para allá, rizador de pelo en mano, siempre retrasada para lo que fuera que estuviera haciendo, sin tiempo para comer. La nevera no estaba llena. Kate no dejaba platos de comida (que durante un tiempo fueron veganos) por todo el fregadero. La música no estaba encendida. Sus amigos no pululaban por allí. El teléfono no sonaba. La casa estaba vacía, ordenada y limpia, y Annie seguía sin acostumbrarse a ello, incluso tres años después de que Kate se hubiera marchado a la residencia de estudiantes. Sospechaba que era un vacío que nunca podría llenar. Su hermana le había hecho el regalo más importante de su vida, y el tiempo se lo había ido quitando poco a poco. Sabía que les tocaba crecer y abandonar el nido, pero aun así le costaba hacerse a la idea, y nada le hacía más feliz que tenerlos en casa.

Fue a la cocina y comenzó a organizarlo todo para el día siguiente. Acababa de apilar la vajilla buena en la encimera, preparándola para cuando hubiera que poner la mesa, cuando oyó un portazo seguido de un ruido similar a la descarga de un montón de ladrillos en la entrada. Dio un respingo al oír que temblaba la pared y asomó la cabeza por la puerta de la cocina en el momento en que Kate dejaba la mochila en el suelo con todos sus libros. La joven sujetaba una enorme carpeta de dibujo en una mano y miró a Annie sonriendo, con una minifalda negra, una sudadera con capucha también negra con una espantosa calavera rosa y unas botas militares plateadas que Annie intuyó que habría sacado de un rastrillo. Llevaba unas medias de rayas blancas y negras que la hacían parecer una Pippi Calzaslargas punki y el pelo de punta de un negro azabache. Lo que salvaba la estampa era su bello rostro. Kate se acercó a Annie dando saltos desde la otra punta del salón y le echó los brazos al cuello. Las dos mujeres se abrazaron mientras Annie sonreía. Aquello era para lo que había vivido durante dieciséis años.

—¿Qué tal, Annie? —dijo Kate alegre y, tras darle un beso en la mejilla, se fue directa a la nevera.

La cara de felicidad de su tía lo decía todo.

—¡Me alegro de verte! ¿Eres vegana esta semana? —le tomó el pelo Annie.

—No, lo he dejado. Echaba demasiado de menos la carne. —Cogió un plátano, se sentó en una de las sillas de la cocina y sonrió con cariño a su tía—. ¿Dónde están todos? —preguntó mientras pelaba el plátano y se metía un trozo en la boca. Lo hizo de un modo más propio de una niña de cinco años que de una joven de veintiuno.

—Ted debe de estar a punto de llegar. Y Lizzie viene mañana. Con Jean-Louis.

Katie ni se inmutó; fue a buscar un CD que tenía en la mochila y lo puso en el equipo que llevaba en silencio desde la última vez que había estado allí. Era de The Killers, y a Annie le sonó igual que el resto de su música.

—Me he hecho un tatuaje nuevo, ¿quieres verlo? —le preguntó Katie, orgullosa.

—¿Aún puedo castigarte con veintiún años? —refunfuñó Annie, viendo que Katie se subía la manga para mostrarle un Piolín coloreado en el antebrazo.

—Deberías hacerte uno tú también —bromeó Kate sabiendo lo mucho que su tía los odiaba—. Lo diseñé yo misma. Hice algunos diseños para el salón de tatuajes y me regalaron este.

—Yo te habría pagado el doble para que no te lo hicieras. ¿Cómo te sentirás con un Piolín en el brazo cuando tengas cincuenta años?

—Ya me preocuparé por eso entonces —contestó Kate recorriendo la cocina con la mirada, a todas luces contenta de estar en casa—. Ya me encargo yo de poner la mesa —se ofreció.

Cuando Annie fue a sacar el mantel de un cajón del comedor, vio las pertenencias de Katie tiradas por el suelo del vestíbulo. Pero le parecía bien. La casa estaba demasiado impoluta sin ellas. Le encantaban el desorden, el ruido, la música, el peinado raro, las botas plateadas. Era todo lo que echaba de menos.

Estaban poniendo la mesa juntas cuando Ted entró por la puerta media hora más tarde. Llevaba una parka gruesa, un jersey gris de cuello redondo, unos tejanos y unas zapatillas de deporte, y venía directamente de la facultad. Tenía el pelo corto y la barba recién afeitada. Era un chico alto y guapo, moreno y de ojos gris claro. Parecía un pijo de costumbres saludables, sin relación posible con Katie y su atuendo de rebelde, sus orejas llenas de agujeros y su flamante tatuaje de Piolín. Cuando su hermana se lo enseñó, Ted torció el gesto. Las chicas con las que él salía siempre eran rubias y de ojos azules, y se parecían a su madre y a su tía. Costaba creer que Katie y él se hubieran criado en la misma casa.

Ted le dio un fuerte abrazo a su tía y encendió la televisión para poner un partido de hockey. No quería perderse el final. Pidieron pizza para cenar, y cuando llegó se sentaron los tres a la mesa de la cocina y se pusieron a comer mientras charlaban entre risas. Ted les habló de la facultad de derecho, y Kate les enseñó algunos de los trabajos que había llevado en la carpeta. Estaban muy bien. Tenía un gran talento. La televisión y el equipo de música seguían encendidos. La mesa ya estaba puesta para la comida de Acción de Gracias y, al mirar a los dos jóvenes que tenía en la cocina, Annie sintió que todo estaba bien en su mundo. Los bártulos de Katie seguían amontonados en la entrada a medianoche, cuando Annie finalmente los cogió y los llevó a su habitación. En otra época se habría quejado y habría regañado a Kate por dejarlo todo desordenado. Ahora aquella imagen la reconfortaba, y se sentía feliz de tenerlos en casa.

3

Al día siguiente Annie se levantó antes de que amaneciera y, moviéndose en silencio por la cocina, preparó el relleno, lo metió en el pavo y puso la enorme ave en el horno. Fue a echar un vistazo al comedor, y comprobó que la mesa que Katie y ella habían puesto la noche anterior se veía preciosa. A las siete de la mañana se volvió a la cama, y decidió echar una cabezada antes de que sus sobrinos se levantaran. Sabía que Ted y Katie dormirían hasta tarde.

Annie llevaba dos horas durmiendo cuando su amiga Whitney llamó y la despertó a las nueve.

—¿Te he despertado? Qué suerte la tuya. Los chicos llevan en danza un par de horas y me están volviendo loca. Ya han desayunado dos veces, una con lo que les he preparado yo y otra con lo que se han preparado ellos.

Annie sonrió al oírla y se desperezó en la cama. Incluso dormía mejor cuando sus sobrinos estaban en casa. Ya ni siquiera concebía cómo habría sido su vida sin ellos. Whitney siempre le decía que seguramente se habría casado y hubiera tenido sus propios hijos, pero Annie no estaba tan segura. Puede que solo se hubiera centrado en su trabajo. Desde Seth, no se le había presentado ningún príncipe azul. Al menos de momento. Solo había tenido alguna que otra relación pasajera, pero nunca había llegado a enamorarse. Y en poco tiempo había dejado de tener citas. Sus quehaceres la absorbían demasiado para dedicarse a un hombre, y la presencia de uno en su vida siempre interfería con su principal obligación, que eran los hijos de su hermana. En su vida no habrían cabido ellos y, además, un hombre.

—¿Tienes a los tres en casa? —le preguntó Whitney.

—No, solo a Ted y a Katie. Liz está con su novio.

—¿Con este va en serio?

A Whitney le habría encantado tener una hija y envidiaba a Annie por sus dos sobrinas. Lo único que les interesaba a sus hijos era el deporte. Echaba de menos tener una niña a la que mimar, pero no se había atrevido a probar suerte otra vez por miedo a tener un cuarto hijo, y siempre decía que esa dosis adicional de testosterona bajo un mismo techo habría acabado con ella. Tres hijos varones y un marido eran más que suficiente.

—Se parece a todos los demás —dijo Annie, refiriéndose a Jean-Louis—. Se mueve a caballo entre Nueva York y París por cuestiones laborales, y Liz anda siempre tan ocupada que no lo ve mucho. Está centrada en su trabajo.

—A quién habrá salido —se burló Whitney—. Has sido un pésimo ejemplo para tus sobrinos. Ya va siendo hora de que les des un modelo de conducta sano y te busques una pareja.

—No hago más que escribir mi nombre y número de teléfono en los retretes públicos, pero nadie me llama.

—¡Me sacas de quicio! Fred tiene un amigo que quiero que conozcas. Es majísimo. Cirujano, para más señas. ¿Por qué no vienes a pasar la Nochevieja con nosotros? Estará él.

—No es una noche para citas a ciegas. Además, no quiero dejar solos a los chicos. —Aquel había sido su grito de guerra durante años.

—¿No lo dirás en serio? Seguro que todos saldrán con sus

amigos. No creo que quieran pasar la Nochevieja contigo. Al menos eso espero.

—No sé qué planes tienen —dijo Annie con vaguedad.

No quería quedar con un desconocido en Nochevieja. Le parecía de lo más deprimente. Ya tenía demasiadas citas a ciegas en su haber, y ninguna de ellas había cuajado. Sus amistades llevaban años intentando emparejarla con fracasados.

—Bueno, tenlo presente, porque van a dejarte plantada por sus amigos, ya lo verás. Me sorprendería que no lo hicieran. Puedes pasar la noche con nosotros.

Whitney y Fred organizaban una fiesta de Nochevieja todos los años, pero para Annie nunca era divertida. Todo el mundo estaba casado, salvo los babosos que le buscaban de novios. Y por mucho que quisiera a Whitney, su amiga del alma desde hacía años, ser la esposa de un médico en New Jersey no favorecía una vida social interesante. Annie siempre terminaba sintiéndose como el bicho raro en las fiestas de Whitney por el hecho de estar soltera a los cuarenta y dos. La gente no entendía lo ocupada que había estado todos aquellos años. Y ahora que sus sobrinos ya eran mayores, su trabajo reclamaba toda su atención. No tenía tiempo de salir a buscar pareja, y la verdad era que ya no le importaba.

—Has hecho lo que le prometiste a tu hermana. Ahora date un respiro. Ven a pasar la Nochevieja con nosotros.

—Ya te diré algo —respondió Annie con imprecisión. Tenía la desagradable sensación de que Whitney insistiría, como solía hacer—. ¿Y a quién tienes en casa para Acción de Gracias? —preguntó, tratando de cambiar de tema y distraer a Whitney de su inexistente vida personal.

—A los sospechosos habituales. La hermana de Fred, con su marido y sus hijos, y sus padres. Sus gemelos me destrozan la casa. Tienes suerte de que los tuyos sean mayores y civilizados.

—Pues echo de menos la etapa en la que estás tú ahora con los tuyos, créeme —dijo Annie con un tono de nostalgia en la voz.

—Eso es porque no recuerdas cómo era. Miedo me da cuando lleguen a la adolescencia. —Whitney sonó compungida, y se echaron a reír—. Iré a comer la semana que viene. Y quiero que te pienses lo de Nochevieja. Es un tipo genial.

—No lo dudo. Es que no tengo tiempo.

O el deseo de conocer a otro de los insulsos amigos de Fred. De divertidos tenían más bien poco, y no había razón alguna para pensar que este sería diferente. Nunca lo eran. Si tenía que enamorarse de un hombre, Annie quería que fuera un tipo fantástico. Si no, ¿para qué molestarse? Hacía años había tomado la decisión de que prefería quedarse sola en casa que salir con un memo, únicamente por el hecho de salir. Y todo el mundo se desvivía en Nochevieja, y bebía más de la cuenta, Fred incluido. Whitney veía a su marido capaz de caminar sobre las aguas, lo cual era bonito. Annie tenía como referencia de relación de pareja la de su difunta hermana y su cuñado, que se habían amado con locura hasta el final. No quería menos que eso para ella, o incluso para sus sobrinos. Les había hablado mucho de sus padres a lo largo de los años, y había fotos de Jane y Bill por todas partes. Había mantenido vivo su recuerdo por ellos.

Annie se levantó para ir a echarle un ojo al pavo, y Ted apareció unos minutos más tarde con unos pantalones de pijama y una camiseta, con aspecto de niño grande. A sus veinticuatro años, era un hombre apuesto, como su padre. Al mirar dentro del horno, Annie vio que el pavo tenía buena pinta y que ya comenzaba a dorarse.

—¿Necesitas ayuda? —le preguntó Ted mientras se servía un vaso de zumo de naranja y le pasaba otro a su tía.

—No creo que haga falta. Pero puedes ayudarme a trinchar.

—Perfecto. Qué bien se está aquí. Estoy harto de vivir con tres tíos en mi piso. Son una pandilla de vagos.

—Como tu hermana —dijo Annie con una sonrisa lastimera mientras se sentaban a la mesa de la cocina.

—La verdad es que son peores que Kate —puntualizó Ted con una sonrisa burlona.

—Qué miedo —exclamó Annie.

Justo en ese momento apareció Kate. Tenía el pelo de punta, con mechones tiesos como pinchos, y llevaba un camisón de franela con calaveras por todas partes.

Annie les preparó a los dos huevos revueltos y luego roció el pavo con su propio jugo mientras los jóvenes le daban las gracias por el desayuno antes de devorarlo.

—Es agradable estar en casa —comentó Kate alegre, a lo que Annie respondió con una sonrisa y se agachó para darle un beso.

—Para mí también lo es —dijo Annie en voz baja—. La casa parece una tumba sin vosotros.

—Tendrías que conocer a alguien —sentenció Kate con firmeza.

Annie puso los ojos en blanco.

—Otra como Whitney. Por cierto, saludos de su parte.

—Lo mismo digo —respondió Kate con soltura.

Annie vio entonces que en el otro antebrazo tenía un tatuaje de Campanilla.

—¿Qué es eso? ¿Un homenaje a Disney? —comentó Ted con una cara de desaprobación a la que su hermana ya estaba acostumbrada.

—Lo que tienes es envidia —dijo Katie, y metió su plato en el lavavajillas—. Creo que Annie debería hacerse un tatuaje. Le cambiaría el look por completo.

—¿Qué le pasa a mi aspecto? Además, podría asustar a mis clientes.

—Estoy segura de que les encantaría —insistió Katie—. No hagas caso a Don Limpio. No reconocería el estilo ni aunque le estuviera mordiendo en el culo. Se ha quedado anclado en los cincuenta, con esa pinta de niño bueno que tiene.

—Es mejor eso que el festival de dibujos animados que llevas en los brazos. ¿A quién te harás la próxima vez? ¿A Cenicienta o a Blancanieves?

—Yo estoy por tatuarme un águila en el pecho —comentó Annie pensativa, a lo que Katie sonrió de oreja a oreja.

—Si quieres, me encargo de diseñártelo. Podrías hacerte una mariposa en la espalda. La semana pasada dibujé una para el salón de tatuajes y me quedó genial. Ya la han utilizado para dos personas.

—Ya tienes una meta profesional —comentó Ted con sequedad—. Dibujante de tatuajes. Seguro que a mamá y a papá les habría encantado.

—Y tú ¿qué sabes? —espetó Kate, molesta por el comentario—. Puede que la carrera de derecho les hubiera parecido un rollazo. Tenían más chispa de lo que tú crees.

—Habrían estado orgullosos de los dos —terció Annie en la discusión, y volvió a rociar el pavo con los jugos de la cocción—. Deberíamos ir vistiéndonos.

Ya eran las once.

—No hay prisa. Liz llegará una hora tarde y se hará la sorprendida. Siempre hace lo mismo —dijo Katie.

—Tiene muchas cosas que hacer —la defendió Annie.

—Lo que pasa es que no sabe en qué hora vive. ¿A quién trae esta vez? —preguntó Ted con interés.

—Al fotógrafo con el que sale. Jean-Louis.

—Oh, un gabacho. Podrá ver fútbol americano conmigo.

—Qué suerte para él —se burló Katie de su hermano—. Ver fútbol americano, deporte de palurdos donde los haya.

Ted le lanzó una mirada asesina, pero luego se echó a

reír. Katie sabía cómo buscarle las cosquillas desde que había aprendido a hablar, y seguía igual.

Unos minutos más tarde se metieron los tres en sus respectivas habitaciones y volvieron a aparecer al mediodía. Ted iba con pantalones de vestir grises, blazer y corbata, y a Annie se le encogió el corazón al ver lo mucho que se parecía a su padre. Eran casi clones. Y Katie era como una réplica de sí misma, pero más elegante. Llevaba una minifalda de cuero negra, un jersey negro con adornos de piel que Annie le había comprado, medias negras y tacones altos; se había puesto gomina en el pelo para que le quedara aún más de punta, y se había maquillado, lo cual era raro en ella. Estaba guapísima, sin dejar de ser fiel a su estilo tan personal. Y Annie lucía un suave vestido de punto de cachemira marrón y zapatos de tacón alto.

Era casi la una cuando llegó Liz. Iba con unos pantalones de cuero negros, una chaqueta de Chanel blanca y unos tacones altísimos. Llevaba la melena rubia recogida en un elegante moño y unos pendientes pequeños de brillantes que había cogido prestados de la sesión fotográfica y que relucían en sus orejas. El hombre que entró detrás de ella parecía un indigente que hubiera encontrado por la calle. Iba con unas zapatillas de deporte raídas, unos tejanos llenos de agujeros y una sudadera con capucha negra, también con agujeros. Se había recogido el pelo despeinado en una coleta, y llevaba barba. Traspasó el umbral de la puerta sonriente y relajado, con un ramo de flores para Annie. Tenía unos modales impecables, y su apariencia no se correspondía en absoluto con la de Liz. Ella parecía una típica modelo de revista y él, un náufrago que llevara un año en una isla desierta, un aspecto que ganaba en encanto gracias a su acento francés. Jean-Louis besó a Annie y a Katie en ambas mejillas y le dio la mano a Ted. Era afable y simpático, y al poco rato todos olvidaron su look. Era uno de los fotógrafos jóvenes de mayor éxito de París, y estaba muy solicitado en Nueva York. No parecía importarle lo más mínimo su vestimenta, ni la de Liz. Era evidente que ella se sentía feliz a su lado; sin embargo Annie deseaba en silencio que su sobrina no tuviera debilidad por los hombres con aquel aspecto. Se reunieron todos en la cocina cuando Ted trinchó el pavo, y luego se sentaron en el comedor mientras Kate encendía las velas y Liz y Annie traían la comida. Se dieron un festín. Para cuando se levantaron de la mesa, apenas se podían mover.

—Creo que hoy te has lucido más que ningún otro día de Acción de Gracias —felicitó Ted a su tía, cumplido que ella recibió con una amplia sonrisa.

El pavo le había quedado perfecto. Las dotes culinarias de Annie habían ido mejorando con los años, más que nada a base de errores.

Ted se volvió entonces hacia Jean-Louis y lo invitó a ver un partido de fútbol americano con él. El joven fotógrafo era solo unos años mayor que Ted, pero bastante más sofisticado. Durante la comida se había referido a su hijo de cinco años. No había llegado a casarse con la madre del pequeño, pero había vivido con ella dos años, y habían mantenido la amistad. Y contó que veía al niño tan a menudo como podía. Tenía previsto pasar el día de Navidad con él. Y Liz pensaba reunirse con Jean-Louis al día siguiente en París, donde estarían una semana juntos entre Navidad y Año Nuevo, aprovechando que ella tenía una importante sesión fotográfica allí el día después de Año Nuevo. A Annie le intrigó el dato de que él tuviera un hijo y se preguntó cómo se sentiría Liz al respecto, pero a ella no parecía importarle. El hecho de estar con un hombre que era padre parecía un acto de madurez impropio de Liz, aunque ella ya tenía edad para asumir algo así si eso era lo que quería. Pero Annie no lo veía muy claro. Liz no parecía ir más en serio con Jean-Louis de lo que había ido con los dobles que lo habían precedido. Y él no parecía ir más en serio que ella, aunque no dejaba de lanzarle insinuaciones, y Annie los sorprendió besándose con pasión en la cocina. Annie sospechaba que la relación se basaba en el sexo y en disfrutar de la compañía del otro. Aquella imagen hizo que se sintiera mayor. Y por un instante se preguntó si Whitney tendría razón. Había dejado olvidada esa parte de su vida en un rincón. Pero recordarlo le costaba demasiado. Aquellos eran juegos de juventud. Ver a Jean-Louis y a Liz hizo que de repente se sintiera como un vejestorio. Había cambiado su juventud por una maternidad sustitutoria con los hijos de su hermana. Incluso entonces le parecía que había hecho lo correcto y que era un cambio justo del que no se arrepentía.

Ted y Jean-Louis fueron a ver la tele al salón. El invitado francés encomió las virtudes del fútbol europeo, aunque también parecía gustarle el americano. Con los incesantes abucheos, vítores y gritos de ambos como ruido de fondo, las tres mujeres recogieron la mesa mientras Liz comentaba a su tía y a su hermana lo majo que era Jean-Louis. Kate se inclinaba a pensar lo mismo y le parecía muy guapo; Annie reconoció que iba demasiado desaliñado para su gusto, aunque sabía que ese era el look que se llevaba. Le bastaba con los amigos de Liz que había conocido para ser consciente de ello y ya no le chocaba, pero tampoco le atraía. Prefería el estilo cuidado de Ted que el de Jean-Louis.

Las tres se metieron en la cocina y conversaron mientras limpiaban; cuando terminaron, el partido de fútbol ya había acabado. Jean-Louis comentó que había sido una comida fantástica, la mejor de su vida. Y se ganó el corazón de Katie al elogiar sus tatuajes. Todos coincidieron en que había sido un día de Acción de Gracias perfecto, y Jean-Louis, disfrutando al parecer de aquel ambiente acogedor, tocó la fibra de

Annie al decir lo maravillosa que era Liz. Estaba claro que le gustaba mucho, y con eso los cautivó a todos. Después de que Liz y Jean-Louis se marcharan, Ted, Annie y Kate vieron una película en DVD, y ya era medianoche cuando se levantaron del sofá para irse a la cama.

Unos minutos más tarde Annie fue a desearle buenas noches a Kate y le sorprendió verla tumbada en la cama, aún vestida, hablando por teléfono. Parecía animada y contenta, y Annie salió de la habitación con discreción. Fue a dar las buenas noches a Ted, que la besó y le dio las gracias por aquel maravilloso día de Acción de Gracias. Se le veía encantado de estar en casa. Y cuando Annie regresó al cuarto de Kate, esta ya había acabado de hablar por teléfono y tenía una expresión misteriosa. Parecía el gato sonriente de Cheshire.

—¿Un nuevo amor? —le preguntó Annie.

No le gustaba husmear, pero intentaba mantenerse al corriente de lo que ocurría en sus vidas. Kate asintió con vaguedad a modo de respuesta, sin mirarla a los ojos.

—Quizá.

—¿Lo conozco?

—No. Es de la universidad. Nada importante.

Pero sus ojos no decían lo mismo. Kate siempre había sido muy reservada y un tanto hermética, y más dada a relaciones serias que superficiales. Había salido con el mismo chico durante todo el instituto, pero rompieron cuando él fue a estudiar a una universidad de la costa Oeste. Kate llevaba tres años sin un novio fijo, pero Annie intuyó que este podría serlo. Katie tenía una mirada soñadora cuando dio a su tía un beso de buenas noches.

—Feliz día de Acción de Gracias —dijo Annie al besar a su sobrina, y Katie se limitó a sonreír.

4

Como le ocurría desde hacía varios años, Annie tuvo que hacerse a la idea de que sus sobrinos debían marcharse tras el fin de semana de Acción de Gracias. El domingo por la noche Ted regresó a su apartamento y Kate, a la residencia de estudiantes. La casa se convirtió de nuevo en una tumba, y lo único que animaba a Annie era saber que volverían para Navidades y que solo faltaba un mes. Después de haber sido su principal preocupación durante tantos años y que toda su vida había girado en torno a ellos, vivía para los pocos momentos que pasaban juntos. No soportaba reconocerlo ante nadie, ni siquiera ante Whitney, pero era cierto.

Fue un alivio volver al trabajo el lunes por la mañana. Aquel día tenía programadas cuatro reuniones con distintos clientes, y aprovechó la hora de comer para visitar dos obras. No regresó a su apartamento hasta las ocho de la tarde. Estaba tan cansada que echó un vistazo a unos planos y a unas anotaciones que había hecho durante las reuniones con los clientes, y luego se dio un baño y se acostó. El cansancio le pudo más que la nostalgia por los chicos; ni siquiera se molestó en cenar y apenas reparó en las habitaciones a oscuras y en el silencio que reinaba en la casa. Su dedicación total al trabajo había sido siempre una droga para contrarrestar la soledad y el dolor.

El lunes siguiente al fin de semana de Acción de Gracias también fue un día ajetreado para Liz. Tenía una importante sesión de fotos para el número de marzo, y había reunido joyas procedentes de todo el mundo. El tema era la primavera, y todas las piezas con las que contaba presentaban diseños inspirados en flores, hojas y raíces; algunas eran de sus anunciantes de joyería más importantes y otras, de nuevos diseñadores que Liz había descubierto. En la sesión había tres guardias armados y cuatro de las modelos más destacadas del momento en todo el mundo. Una de ellas había accedido a posar desnuda, literalmente cubierta de alhajas. Y el fotógrafo también era uno de los mejores. Se lo estaban pasando bien en la sesión, probándose cosas y jugando con ellas en los descansos.

Jean-Louis se pasó a verla cuando terminó su propia sesión fotográfica. Liz y su equipo se quedaron trabajando hasta tarde.

—Bonita foto —dijo con admiración desde un rincón, plantado junto a Liz.

Ella iba con unas mallas negras y una camiseta, su larga melena rubia recogida en una coleta, sin maquillar y con unas sandalias de tacón alto de Givenchy diseñadas especialmente para ella. Parecía cansada y estresada. Llevaban trabajando desde las ocho de la mañana, y ella había llegado al estudio del fotógrafo a las seis para prepararlo todo. En circunstancias normales, habría contado con un ayudante, pero las piezas que estaban utilizando eran de tal valor que creía que debía encargarse ella sola.

Jean-Louis la rodeó con los brazos y la besó. Salían juntos desde hacía meses, con interrupciones frecuentes dado que vivían en ciudades distintas, y ambos viajaban constantemente por trabajo. Intentaban coincidir en París o en Nueva York una o dos veces al mes. Parecía funcionar, y ninguno de los dos tenía tiempo para implicarse más en la relación. Ambos eran nuevas promesas en su terreno.

El sueño secreto de Liz era llegar a ser directora de *Vogue*, y sabía que para eso le quedaban aún muchos años. Primero tendría que dejar su impronta como una redactora excepcional. Y la clave radicaba en los artículos que firmara entonces. Jean-Louis tenía éxito, pero se tomaba su trabajo con más calma. Le decía que se tomaba la vida demasiado en serio, pero para Liz siempre había sido así. Su vida se había vuelto algo muy serio un domingo de septiembre cuando tenía doce años. Y desde entonces se volcaba en todo lo que hacía, en todo salvo en relajarse. Nunca daba nada por sentado, y nunca le tomaba demasiado cariño a nadie. Las únicas personas de las que sentía que no podía prescindir eran su hermano, su hermana y su tía. Los hombres estaban solo de paso por su vida. Jean-Louis le había reprochado en varias ocasiones de ser fría y despegada. La princesa de hielo, la llamaba. No lo era, pero con los hombres se mostraba distante. Era fácil entender la razón. Liz le había contado que había perdido a sus padres siendo niña, pero nunca había entrado en detalles. Las noches de pánico que había vivido después, las pesadillas que había tenido y que aún sufría a veces, los años de terapia para superar la pérdida... nada de eso era de su incumbencia. Lo único que quería de Jean-Louis era diversión, y le gustaba el hecho de que trabajaran en el mismo campo. Los hombres con los que salía siempre estaban relacionados con la moda, puesto que los ajenos a ese mundo no entendían la vorágine en la que ella vivía, ni la pasión que sentía por su profesión. Su tía Annie tenía la misma sensación con respecto a lo que hacía y había sido un modelo de conducta para Liz en su adolescencia y juventud. Le había marcado la directriz de perseguir su sueño y lo que fuera necesario para lograrlo. Liz siempre había intentado vivir de acuerdo con dichas reglas y en consecuencia se había granjeado un gran respeto en el mundo de la moda. Sus ideas eran innovadoras, frescas y audaces.

Era casi medianoche cuando pusieron fin a la sesión. Para entonces Jean-Louis ya se había ido a su loft. Lizzie le había prometido pasarse por allí cuando terminaran. Los presentes en el estudio lanzaron vítores cuando el fotógrafo realizó la última tanda de fotos y dio un grito de satisfacción con el disparo final. Las imágenes que tenían quedarían fabulosas.

Liz permaneció aún una hora más para envolver todas las joyas y marcar los estuches con ayuda de otras dos personas. Los tres guardias armados la acompañaron a su despacho, donde lo metió todo en la caja fuerte. Llegó a casa de Jean-Louis a las dos. Él estaba escuchando música y bebiendo una copa de vino mientras la esperaba. Y Liz lo encontró desnudo en medio del salón, con su cuerpo espléndido, largo y delgado, cuando abrió la puerta con la llave que él guardaba detrás del extintor situado a la entrada del loft. La escondía allí porque siempre la perdía. La mitad de las modelos de la ciudad sabían dónde encontrar aquella llave. Pero de momento era solo para ella. A Liz le daba igual que no tuvieran mucho tiempo para pasarlo juntos; lo único que le importaba era que su relación fuera exclusiva y que no se acostaran con nadie más, en lo que Jean-Louis había convenido. Él no necesitaba un compromiso a largo plazo. Cuando quisiera estar con otra mujer, pasaría de aquella historia y buscaría a otra. Pero por el momento ninguno de los dos deseaba dejarlo. Por muy inadecuado que Annie viera a Jean-Louis para su sobrina, Lizzie estaba satisfecha. Él encajaba a la perfección en su glamuroso mundo, acelerado y pujante, y se sentía tan a gusto como ella con él.

Jean-Louis sonrió al verla entrar, y le ofreció una copa de vino en silencio. Cuando tuvo cerca a Liz y le quitó las pocas prendas de ropa que llevaba puestas, enseguida se excitó. La tumbó con cuidado sobre el sofá e hicieron el amor allí mismo. Cuando terminaron estaban saciados y sin aliento.

—Me vuelves loco —comentó él alegre, con la cabeza echada hacia atrás mientras ella le pasaba un dedo por la barba y luego por el cuello para descender poco a poco por su torso con toda la mano—. No... —dijo, cogiéndole la mano mientras le sonreía—. Si lo hacemos otra vez, moriré.

—Seguro que no —susurró ella, y lo besó donde más importaba.

Lo daban todo tanto en el trabajo como en el ocio, y el sexo era maravilloso. Más todavía por el hecho de no estar todo el tiempo juntos. Entre ellos aún había excitación, misterio y avidez, lo que servía para avivar el fuego de su pasión. Él nunca le había dicho que la amaba, y ella nunca se lo había planteado. No estaba preparada para ello, ni con él ni con nadie; nunca lo había estado. Se preocupaba por él, le gustaba y se lo pasaba bien, pero a sus veintiocho años sabía que jamás había estado enamorada. Había algo que siempre la frenaba. El miedo a la pérdida. Así no tenía nada que perder si él la dejaba, salvo una relación sexual fabulosa. Lo habría echado de menos, pero no quería volver a pasar por la agonía desgarradora de una pérdida de verdad, y hacía todo lo posible por evitarlo. Definía el tipo de vínculo que quería con un hombre como «intimar sin dolor», pero la terapeuta le decía que no existía tal cosa. A eso no se le podía llamar intimar, ni amar. Sin riesgo no hay amor, le había dicho la psicóloga, lo cual era precisamente la razón por la que Liz nunca había amado a un hombre. No rehuía el compromiso, pero sí el sentimiento de pertenencia a alguien. Y cuando ya no se sentía bien, o notaba demasiada proximidad, se alejaba. Su actitud distante suponía un desafío para la mayoría de los hombres, incluido Jean-Louis. Deseaban poseerla y hacer que se enamorara, algo que nunca le había ocurrido, por lo menos de momento. Liz se preguntaba si se enamoraría algún día, o si esa parte suya que estaba dispuesta a ser vulnerable y a correr riesgos habría muerto al estrellarse el avión de sus padres cuando tenía doce años.

—Estoy loco por ti, Liz —dijo Jean-Louis mientras comenzaban a hacer de nuevo el amor en el loft a la luz de las velas.

—Yo también —susurró ella, con la larga melena cayéndole como una cortina por la cara y un enorme ojo azul mirándolo entre los cabellos dorados.

Liz se alegraba de que Jean-Louis no hubiera dicho que la amaba. Era un paso que ella no quería dar. Él tampoco estaba enamorado de ella; le gustaba y la deseaba, que era todo lo que ella quería de él. Liz posó sus labios sobre los de Jean-Louis y se besaron. Luego se quedaron dormidos el uno en brazos del otro, en el sofá, mientras las luces titilaban hasta apagarse poco a poco y Liz reposaba sobre Jean-Louis y suspiraba plácidamente sumida en sus sueños.

El lunes siguiente al fin de semana de Acción de Gracias no fue nada agradable para Ted. Resultó ser uno de esos días en los que todo sale mal. Habían cortado el agua en su edificio debido a una avería de urgencia, así que no pudo ducharse cuando se levantó. Sus compañeros de piso se habían terminado el café y no lo habían repuesto. Perdió dos autobuses y luego un metro cuando optó por dicho medio de transporte para ir a la facultad. Llegó tarde a clase. Y cuando la profesora suplente les devolvió una prueba que habían hecho la semana anterior, vio que tenía mal varias respuestas y que había sacado una nota pésima. El chico que se había sentado a su lado olía a sudor y, para cuando terminó la clase, Ted estaba de un humor de perros, por lo mal que le había ido la prueba, aun habiendo estudiado, y lo irrespirable que era el aire a su alrededor.

Se disponía a salir de clase cabizbajo cuando la sustituta le hizo señas. El profesor titular se había tomado un año sabático para escribir un libro, y ella había asumido sus funciones. Se llamaba Pattie Sears. Era una mujer atractiva, con una larga melena rizada, que vestía tejanos y sandalias Birkenstock con calcetines y camisetas que le marcaban el pecho. Ted se había fijado en aquel detalle mientras se aburría en clase. La suplente aparentaba treinta y pocos años y a su modo era sexy, con aquel aspecto natural.

—Siento lo de la nota de la prueba —le dijo comprensiva—. Los contratos son un coñazo. —Ted sonrió al oírle decir aquello—. Yo los suspendí la primera vez que me tocaron en clase. Es que hay normas que no tienen sentido.

—Pues será eso, porque yo estudié. Tendré que volver a leerme esos capítulos —dijo Ted con diligencia.

Tanto en el colegio como en el instituto y en la universidad, siempre había sacado buenas notas. Y, exceptuando aquella prueba, los estudios le iban bien. Ya estaba cursando el segundo año de posgrado.

—¿Quieres que te eche una mano? A veces, prepararlo con alguien que te va orientando ayuda. A mí no me importaría.

Pattie les había advertido de que habría otra prueba la semana siguiente, y él no quería sacar mala nota.

—No quisiera molestarte —dijo un poco avergonzado.

La profesora se había puesto una chaqueta gruesa y un gorro de lana. Había algo en ella que irradiaba sencillez y simpatía. Ted se la imaginaba cortando leña y haciendo fuego en un paraje perdido de Vermont, o preparando una sopa casera con sobras.

—Leeré esos capítulos y, si veo que no me las arreglo solo,

te comentaré las dudas que tenga después de la próxima clase.

—¿Por qué no te pasas por casa esta noche? —le sugirió, mirándolo con una expresión afectuosa y amable.

Ted vaciló, y tuvo la sensación de que aún sería más maleducado si rechazaba su propuesta. Ella le ofrecía ayuda, y él no quería que pensara que no agradecía el gesto, pero le parecía extraño ir a su casa. Nunca habían hablado fuera de clase.

—Mis hijos se acuestan sobre las ocho. ¿Por qué no vienes a las nueve? En una hora podemos preparar la prueba. Te daré cuatro pautas con relación a los contratos y te enseñaré algunas cosas que son claves.

—Muy bien —dijo Ted, no muy convencido, pues no quería inmiscuirse en su vida privada.

Ella ya había apuntado su dirección en un trozo de papel y se la pasó. Ted vio que vivía en el East Village, el barrio más alternativo de Nueva York, no muy lejos de la universidad, en un vecindario venido a menos.

—¿Seguro que no te importa? —le preguntó, sintiéndose como un niño. Y es que la veía de lo más maternal, aunque probablemente ella no fuera mucho mayor que él—. No estaré mucho rato.

—No seas tonto. Una vez que los niños están en la cama, tengo tiempo de sobra.

Ted asintió, le dio las gracias de nuevo y a partir de ese momento el día fue a mejor. Le supuso un alivio el hecho de que ella se hubiera ofrecido a ayudarlo, pues era consciente de que en aquella materia lo necesitaba. Al terminar la clase que tenía a continuación fue a la biblioteca a estudiar un rato y luego hizo una pausa para cenar en la cafetería, antes de acudir a casa de la profesora suplente. Llegó a su edificio cinco minutos antes de las nueve, y fuera hacía tanto frío que decidió entrar. El interior olía a orina, a col y a gatos y, después de pulsar el timbre de abajo, subió la escalera de dos en dos hasta el tercer piso. Al ver el estado en el que se encontraba el edificio se dio cuenta de lo poco que debía de cobrar la profesora por su trabajo, y por un momento se planteó ofrecerle dinero a cambio de aquella especie de clase particular para agradecerle su ayuda, pero no quería ofenderla. Llamó al timbre de la puerta, y desde el otro lado le llegaron risas de niños. Por lo visto no se habían acostado a su hora, y Pattie parecía nerviosa cuando le abrió. Iba con tejanos, un jersey rosa con escote en pico y descalza, y la larga melena rubia y rizada le hacía parecer más joven de lo que era. La pequeña que tenía detrás era una réplica en miniatura de ella, con tirabuzones y unos ojos azules enormes.

—Esta es Jessica —dijo Pattie con ceremonia mientras sonreía a Ted—. Y no quiere ir a la cama. Ha comido magdalenas después de cenar y está como una moto.

Tenía siete años y era la niña más guapa que Ted había visto en su vida. Mientras hablaba con ella, su hermano Justin pasó junto a ellos como una bala, «más rápido que la velocidad del sonido», dijo con una capa de Supermán sobre el pijama. Jessica llevaba un camisón de franela rosa que se veía muy raído.

—Es mi favorito —explicó la pequeña, y luego siguió a su madre y a Ted al salón, donde Justin voló sobre el sofá para caer en el suelo con un ruido sordo.

—Bueno, ya está bien, y va por los dos. Ted y yo tenemos que ponernos a estudiar, y me da igual las magdalenas que lleváis en el cuerpo. Es hora de acostarse y punto.

Hacía ya más una hora que debían estar en la cama, y el salón se veía patas arriba, con juguetes por todas partes. El apartamento era pequeño. Tenía dos dormitorios, el salón y una cocina, y Pattie le dijo que era de renta antigua. Se lo había buscado la oficina de alojamiento de la universidad, y estaba agradecida por ello. Le contó que la canguro vivía abajo, y desde el divorcio le venía de perlas. Le prometió volver en cinco minutos después de acostar a los niños. Al final le costó media hora, tiempo que Ted aprovechó para leer su libro de contratos y redactar una lista de preguntas para ella.

Cuando terminó la lista, Pattie ya había reaparecido. El pelo le caía por la cara en rizos suaves y tenía las mejillas coloradas de jugar con sus hijos.

—A veces no hay manera de meterlos en la cama —explicó—. Pasaron el día de Acción de Gracias con su padre. Tenemos la custodia compartida y en su casa no hay normas, así que cuando regresan aquí siempre están un poco desmadrados. Para cuando se calman, se les pasa la locura y entran en vereda otra vez, vuelven con su padre. El divorcio es duro cuando hay niños de por medio —dijo mientras se sentaba junto a Ted y miraba la lista.

Las preguntas eran inteligentes y tenían sentido, y ella le dio una respuesta clara para todas ellas. Le mostró ejemplos y pasó las páginas del libro para señalarle lo que debía estudiar y aprender de memoria. Le aclaró algunos puntos importantes y una hora después Ted se reclinó en el sofá, sintiendo un inmenso alivio.

—Haces que parezca sencillísimo —dijo con admiración.

La consideraba una buena profesora, y le gustaba su estilo. Pattie era una persona afectuosa y de trato fácil, una mujer inteligente y una buena madre por lo que había visto. Ella le sonrió mientras metía los pies debajo de su cuerpo, adoptando la apariencia de la madre tierra. Tenía un cuerpo exuberante y parecía ágil y flexible; le explicó que había hecho yoga durante años. A veces daba clases particulares y le contó que hacía todo y más para llegar a fin de mes. Su ex marido era artista y ni siquiera podía pagar la manutención de los niños. Cargaba ella sola con todo. Ted la admiraba por su valor y su franqueza. En ningún momento dijo nada desagradable sobre su ex marido, parecía aceptar su vida tal y como era, y había sido muy amable al prestarle su ayuda. Sentía la necesidad de darle dinero a cambio, pero no sabía cómo, y tampoco quería que se lo tomara a mal.

Se disponía a levantarse del sofá para marcharse, y no abusar más de su generosidad, cuando ella le ofreció una copa de vino. Ted titubeó un instante, sin saber qué hacer. Aquella mujer le hacía sentir de algún modo como un niño, y a su lado se veía torpe e inepto. Así que, para no ofenderla, aceptó su oferta. Pattie le sirvió una copa de vino tinto español de los más económicos y se llenó otra para ella.

—No está mal para ser un vino barato —comentó, y Ted asintió.

El vino estaba bien, y era agradable estar allí con ella. Ted estiró sus largas piernas bajo la mesa de centro y ella lo rozó al dejar la copa en la mesa y se volvió hacia él con una sonrisa.

—Eres joven para estar haciendo el posgrado —dijo con confianza—. ¿Lo empezaste justo después de la universidad?

Ambos sabían que eso no era lo normal; la mayoría de los estudiantes de derecho trabajaban unos años antes de iniciar el posgrado.

—No soy tan joven. Tengo veinticuatro. Trabajé dos años como abogado en prácticas. Disfruté mucho y me sirvió para convencerme de que quería hacer el posgrado.

—Yo trabajé como administrativa para un juez de familia mientras me sacaba el posgrado. Y me sirvió para convencerme de que quería dedicarme a la docencia. No querría tener nunca ese tipo de responsabilidad, capaz de arruinarle la vida a la gente y de tomar decisiones por ellos.

—Pues a mí de mayor me gustaría ser fiscal federal —dijo Ted, medio en broma, medio en serio.

—Eso sí que tiene tela. A mis treinta y seis años, lo único

que quiero yo de mayor es ser feliz y poder dejar de preocuparme por cómo pagar el alquiler. Eso estaría genial —dijo, y tomó otro sorbo de vino.

Sus miradas se encontraron por encima del borde de la copa, y Ted vio que algo ardía en los ojos de Pattie. No sabía qué era, pero resultaba cautivador, como si poseyera el secreto de la vida y quisiera compartirlo con él. Mientras la miraba, la diferencia de edad entre ellos se disipó como la neblina.

Permanecieron un rato largo sin decir nada y cuando Ted se dispuso a agradecerle una vez más su ayuda por la clase sobre los contratos, ella se acercó a él y, sin mediar palabra, le rodeó el cuello con el brazo y lo atrajo hacia sí. Entonces lo besó, y mientras lo hacía, él sintió como si le ardieran los labios, el alma y las entrañas. Nunca había sentido nada parecido. Hizo amago de apartarse, pero luego vio que no podía parar. Era como si lo hubieran drogado. Pattie era la droga, y él quería más. Cuando finalmente se separaron, lo único que él deseaba era volver a estrecharla y, deslizando una mano bajo el jersey de ella, le tocó los pechos. A Pattie no pareció importarle; su mano reposaba levemente sobre la entrepierna de él, que se abultó con el roce. Ted sintió como si de repente se hubiera vuelto loco. Ella le sonreía mientras se pegaba a él y lo besaba de nuevo.

—¿Y los niños? —le preguntó él mientras le metía la mano por los tejanos con avidez y le comía la boca.

La preocupación por los hijos de ella fue el último pensamiento sensato que tuvo Ted.

—Están durmiendo —susurró ella.

Ted reparó entonces en que el dormitorio infantil estaba en silencio. Por fin se habían agotado. Pattie y Ted, en cambio, habían cobrado vida, como si estuvieran unidos por una corriente eléctrica que los atrajera entre sí. Él no podía quitarle las manos de encima, y ella le bajó la cremallera de los pantalones y lo acunó en sus manos.

—Vamos a la cama —sugirió ella en voz baja.

Él la siguió hasta su habitación sin dudarlo. Era el único sitio donde quería estar y, tras cerrar la puerta con llave, ella le arrancó literalmente la ropa mientras él la desnudaba. En aquel momento Ted tan solo deseaba estar dentro de ella, y la espera se le hizo eterna mientras caían sobre la cama y ella lo provocaba hasta límites insoportables antes de dejarlo entrar; entonces Pattie dio media vuelta de repente y lo engulló por completo, permitiendo que él gozara de ella. Luego recuperó la posición inicial y lo introdujo en su interior, y Ted se sintió como arrastrado a otro mundo y se volvió del revés. Nunca había vivido una experiencia sexual como aquella. Estaba aturdido y mareado cuando terminaron y se quedaron tumbados sin aliento en el suelo, donde habían acabado.

—¡Qué pasada...! —exclamó Ted.

La cabeza casi le daba vueltas de la excitación, y solo quería más. Pattie era una droga.

—¿Qué ha pasado? —preguntó, y sonó tan aturdido como se sintió al mirarla entrecerrando los ojos en medio de la oscuridad.

Volvieron a subir a la cama. El cuerpo atlético y alargado de Ted brillaba por el sudor, al igual que el de ella. El de Pattie era redondo y exuberante, y cada centímetro de ella era como un cálido abrazo embriagador, como una especie de elixir mágico sin el que él ya no podía vivir.

—Creo que lo llaman amor —musitó Pattie en la oscuridad.

Habían intentado no hacer mucho ruido para no despertar a los niños, y ahora hablaban en voz baja. Ted no estaba seguro de que aquella fuese la palabra más acertada para describir lo que había sucedido. No la conocía lo suficiente para amarla; en realidad no la conocía en absoluto, pero había sido el acto sexual más salvaje que podría haber imaginado y una experiencia que sabía que no olvidaría jamás.

—No sé si lo llamaría amor —dijo con sinceridad—, pero ha sido el mejor polvo que he echado en mi vida.

Ted deslizó una mano por el estómago de ella y se abrió paso entre sus piernas para acariciar el lugar que lo había recibido con tan calurosa acogida y le había dado tanto placer.

—¿Eso es todo lo que ha sido para ti? ¿Sexo sin más? —Pattie parecía decepcionada, y Ted rió en voz baja.

—Ha sido como una explosión de talla mundial —dijo, tratando de describirlo—. Algo así como un Hiroshima, o un monte Vesubio, sexual.

Jamás le había ocurrido nada parecido. Imaginaba que así se sentiría la gente cuando tomaba drogas psicodélicas, pero él nunca las había probado.

—Te deseo desde que te vi aparecer por primera vez en clase —susurró Pattie.

Y mientras lo miraba a la luz de la luna que entraba por la ventana de su dormitorio, adoptó de repente una apariencia aniñada, con la melena rubia cubierta de rizos suaves y unos ojos enormes. Se la veía dulce e inocente, no como la mujer fatal que lo había llevado a la cima de la seducción hacía tan solo unos instantes. Parecía tener multitud de caras y facetas, lo que solo servía para intrigarlo aún más. A Ted le sorprendió oír que ella se había fijado en él en clase.

—No pensaba que supieras siquiera quién era yo.

En clase había doscientos alumnos, y Ted siempre era discreto y solía sentarse detrás.

—Sabía exactamente quién eras —dijo ella mientras le besaba el cuello y le pellizcaba el pezón al mismo tiempo, lo que lo excitó más rápido de lo que pensó.

La niña volvía a transformarse en la diosa del sexo, y unos instantes después estaban revolcándose sobre la cama. Ted probó todas y cada una de las posiciones que Pattie le indicó hasta que ya no aguantó más y explotaron los dos con furor al mismo tiempo. Cuando terminaron, Ted apenas podía hablar.

—Pattie... ¿qué es esto? —dijo sin fuerzas—. ¿Qué me estás haciendo? Creo que me has hechizado.

—Ya te lo he dicho... —Su risa sonó como un tintineo de campanillas—. Esto es amor...

—Pues creo que me matará si no descansamos un rato.

Pero ella se mostró implacable y lo excitó, provocó, martirizó y satisfizo una y otra vez. No pararon hasta el amanecer, cuando él acabó quedándose dormido con la cabeza apoyada en el pecho de ella mientras Pattie le acariciaba el pelo con delicadeza, como si fuera su hijo. Lo arropó con la colcha y le dio un beso tierno en la coronilla. Para Ted fue la noche más increíble de su vida.

5

Cuando Ted se despertó al día siguiente al mediodía, Pattie ya se había ido. Le había dejado una cafetera, unos donuts y una nota: «Nos vemos en clase. Te quiero, P.». Ted cayó en la cuenta, consternado, de que se había perdido las dos primeras clases de aquella mañana, y cuando se dirigió tambaleándose a la cocina, casi no podía caminar. No tenía ni idea de lo que le había sucedido la noche anterior. Pattie lo había embrujado; ejercía como un hechizo sobre él. Con todo lo maternal e íntegra que parecía, un solo beso la convertía en una tigresa, y luego era de nuevo una niña. Ted se dijo que aquello no podía volver a ocurrir. Lo de acostarse con la profesora de uno estaba muy trillado, y aun así, mientras se tomaba el café, solo podía pensar en las acrobacias que habían protagonizado la noche anterior, y al recordarla se excitó. De pronto, sintió que se sumía de nuevo en un estado de locura pasajera.

Luego se duchó y se vistió, alisó la colcha de la cama, cogió su abrigo y bajó corriendo la escalera del edificio maloliente. Ni siquiera lo notó. Casi llegó tarde a la clase que tenía con ella y fue la última persona en entrar y dirigirse a toda prisa a su asiento. Se sorprendió mirándola embelesado mientras recordaba la noche anterior. Ella se había puesto el mismo jersey rosa que llevaba en su casa, y se volvió en varias ocasiones hacia él para dedicarle una mirada que lo traspasaba y le desgarraba el alma. Ted tuvo una erección durante toda la clase y esperó a que le bajara antes de levantarse para marcharse. Una vez terminada la clase, ella se le acercó con una sonrisa y lo miró. Ted notó que se ponía tenso de arriba abajo al oírla hablar. No quedaba nadie más en el aula, y por un instante descabellado sintió el deseo de hacer el amor con ella allí mismo. Pattie cogió su mano y se la puso entre las perneras de los tejanos. Él la agarró y la miró asombrado. Aquella mujer lo había convertido de la noche a la mañana en alguien que él ni siquiera reconocía. Ted se veía como un desconocido, tal como era para ella.

—Debes de ser bruja —le dijo Ted en voz baja mientras la miraba desde el asiento.

—No —respondió ella, negando con la cabeza—. Soy tuya, nada más. Ahora te pertenezco, Ted.

Lo dijo de una manera tan sencilla que a Ted aquellas palabras le habrían llegado al alma de no haberle sonado tan extrañas. De repente tuvo la sensación de que todo era nuevo a su alrededor.

—Yo no quiero que nadie me pertenezca —dijo con sinceridad, tratando de conservar al menos un ápice de cordura antes de volver a perder el juicio con ella—. Solo quiero estar contigo otra vez.

Se sentía como un niño con Pattie, hasta que entraba en ella y se convertía en el hombre que nunca había imaginado que podría ser. Era una vivencia que superaba con creces las experiencias normales y corrientes que había tenido hasta entonces. Había roto con una chica hacía seis meses porque no quería ir en serio con ella. Y ahora se veía en un mundo completamente nuevo, con una mujer muchísimo más experimentada que él. Le invadió una sensación embriagadora cuando ella se agachó para rozarle suavemente el bulto que tenía en la entrepierna y lo obligó a levantarse. Una vez en pie, él la rodeó con sus brazos y se aferró a ella como un niño perdido en medio de una tormenta.

—Te quiero, Ted.

Pronunció aquellas palabras con tal vehemencia que Ted se sintió turbado, y casi empezó a preguntarse si aquello sería amor. Quizá ella lo supiera.

—No digas eso. Si ni siquiera me conoces. Dejemos primero que pase un tiempo y ya veremos qué hay entre nosotros —sugirió él, tratando de razonar con ella, porque nada de lo que estaba ocurriendo tenía sentido.

—Lo que hay es amor —le susurró ella al oído, y él estaba dispuesto a creerla si eso le daba la oportunidad de verse en su cama de nuevo—. Vamos a casa —le propuso mientras salían del aula.

—¿Y tus hijos?

A Ted le preocupaban los niños. No quería que se enteraran de lo que ocurría entre su madre y él, y le ponía nervioso saber que estaban allí. La noche anterior había acabado olvidándolo, pero no quería que volviera a suceder lo mismo. No le parecía bien.

—Esta noche se quedan con su padre —contestó Pattie con una sonrisa de niña, y Ted la miró y sonrió—. Irá a recogerlos a la salida del colegio. Estarán con él dos días.

Era una buena noticia para ambos, y se dirigieron a casa de ella a un paso cada vez más acelerado. Tras subir a toda prisa la escalera que conducía a su apartamento, él la pegó contra la puerta mientras ella abría con la llave y, después de cerrar con una patada, entraron volando en el salón y se tiraron en el sofá. La noche que pasaron juntos fue incluso más salvaje que la anterior. Al día siguiente ninguno de los dos se presentó en clase. Llamaron para decir que estaban enfermos e hicieron el amor día y noche. Pattie comentó que había que tener la edad de Ted para hacerlo tan a menudo, pero ella le siguió el ritmo en todo momento. Mientras sus cuerpos retozaban y se unían, a ninguno de los dos le importó ni se le pasó siquiera por la cabeza la edad que tenían. En aquel momento Ted solo la deseaba a ella.

Cuando los hijos de Pattie volvieron de estar con su padre, Ted regresó a su apartamento por primera vez en tres días. Las noches que acababa de pasar con ella habían sido como un maremoto, y el oleaje lo había arrastrado hasta la orilla. Parecía que había estado un fin de semana de borrachera cuando llegó a casa. Agradeció que ninguno de sus compañeros de piso estuviera allí. Llevaba tres días sin aparecer por clase. Pattie le había prometido un sobresaliente en su asignatura le fuera como le fuese, pero a Ted no le parecía justo. Tenía que ir a la facultad. Ella había vuelto al trabajo aquella tarde.

Lo llamó cuando Ted llevaba una hora en casa. Estaba tumbado en la cama, con los ojos cerrados.

—No lo soporto. Tengo que verte.

La voz de Pattie sonaba irregular por teléfono, y él sonrió al pensar en ella.

—Tendríamos que ir a todas partes como siameses.

De hecho, el día anterior la había llevado así a la cocina, aún dentro de ella. Le dio de comer uvas y fresas, la sentó en la encimera y remató la faena allí mismo. No había nada que no hubieran probado en aquellos tres días. Gracias a Pattie había completado su educación sexual o quizá no había hecho más que iniciarla.

—¿Puedo ir a verte?

Parecía desesperada.

—¿Dónde están los niños?

Ted siempre se preocupaba por ellos. No quería que se vieran afectados por su alocada aventura con su madre.

—Puedo dejarlos un par de horas con la señora Pacheco, que vive abajo. ¿Qué estás haciendo?

—Estoy tumbado en la cama. Mis compañeros de piso no tardarán en volver, pero puedes venir si quieres.

Ted tenía una habitación propia, aunque las paredes eran finas como el papel. Ni siquiera se le pasó por la cabeza que pudiera extrañarles la edad de Pattie. La primera noche que estuvieron juntos dejó de pensar en los años que se llevaban. El sexo había nivelado el terreno de juego entre ellos.

Pattie se presentó en su casa al cabo de media hora, tras dejar a los niños y coger un taxi hasta allí. Llegó antes que sus compañeros, e hicieron el amor de forma desesperada durante dos horas. No salieron de la habitación ni de la cama en ningún momento. Apenas hablaron, salvo cuando estaban demasiado exhaustos para volver a hacer el amor. Pattie decía una y otra vez que eran almas gemelas y él la creyó. ¿Qué otra explicación podía haber? No se le ocurría ninguna otra.

—Hasta mañana —dijo ella en tono soñador antes de marcharse, y le dio un beso.

Ted estaba tan agotado que cinco minutos después se quedó profundamente dormido, y no estudió lo que tenía pendiente y que se había prometido revisar esa noche. Tendría que recuperar el tiempo al día siguiente. Iba retrasadísimo.

Ted recuperó parte de las horas de estudio durante los dos días siguientes, y ambos lo pasaron fatal. Pero ella también tenía pruebas que corregir. Quiso pasar por el apartamento de Ted un par de horas, pero él no la dejó. Sabía que no podrían volver a separarse, y debía preparar los exámenes finales que tendría en un par de semanas. Le había prometido llevarla a cenar al Waverly Inn el viernes de aquella semana, y los dos esperaban el momento con ilusión. Ted quería pasar una noche normal con Pattie, hablar con ella sentados a una mesa y tener la ocasión de conocerla, no solo de entregarse al deseo desenfrenado de practicar sexo salvaje en todos los rincones habidos y por haber de su apartamento. Quería tener una relación con ella e intentar averiguar qué era lo que había entre ellos. ¿Sería una atracción animal sin más que no podían controlar, o sería amor, como insistía Pattie? Ted quería salir de dudas, quería llevarla a cenar y comportarse como un adulto civilizado con ella, no como un mero maníaco sexual movido por los instintos. A Pattie le emocionó que quisiera llevarla a cenar, y sus hijos volvieron a casa de su padre para pasar allí el fin de semana. Con el acuerdo que tenían de la custodia compartida, los niños iban y venían de aquí para allá cada dos días, lo que permitía que Ted y Pattie tuvieran tiempo de estar juntos, y se dieran un respiro entre medias.

La velada en el Waverly Inn empezó a pedir de boca, con una bonita mesa y una buena cena. Ted pidió vino para los dos. Pretendía lucirse un poco y quería demostrarle lo sofisticado que era, pero eso a Pattie le traía sin cuidado. No le quitó el ojo de encima en toda la noche, y ambos se morían de ganas de ir a casa mucho antes de que les trajeran el postre.

—Puede que aún no estemos preparados para salir —dijo Ted mientras se dirigían a toda prisa al apartamento de ella.

La idea había estado bien, pero en la práctica no podían aguantar el tiempo suficiente con la ropa puesta, fuera de la cama y con sus cuerpos separados para disfrutar de una cena decente o conocerse. Una vez en el apartamento, Ted cerró la puerta con llave y no llegaron a dar ni un paso más. Él la hizo girar, la tumbó sobre la alfombra con cuidado y le subió la falda. Entre las súplicas de ella, Ted la tomó allí mismo y luego la llevó a su dormitorio, dejando en el suelo un reguero de ropa a su paso. Estuvieron dos días sin salir de allí, hasta que los niños volvieron a casa. Ted se marchó cinco minutos antes de que el ex marido de Pattie los dejara en casa, y regresó a su piso agotado, feliz y echándola de menos.

Annie llamó a Ted varias veces durante el fin de semana, pero siempre le salía el buzón de voz del móvil. Al final llamó a Liz y a Kate, que había salido con unos amigos.

—¿Sabes algo de tu hermano? —les preguntó a ambas. Ted solía llamarla cada pocos días, y aquella semana no lo había hecho, lo cual le extrañó—. Espero que esté bien.

Quizá estuviera enfermo. Pero nunca estaba tan ocupado para no llamarla, y Annie no sabía nada de él desde el domingo después del día de Acción de Gracias, cuando se marchó de casa. Kate le dijo que a ella tampoco la había llamado, y Liz respondió lo mismo, y añadió que había tenido una semana muy ajetreada. Estaban todos igual, y aún estarían más ocupados antes de Navidad y durante las vacaciones.

—Seguro que está bien —la tranquilizó Liz—. Estará liado con los estudios. El otro día se quejaba de eso. El posgrado es muy duro.

—A lo mejor tiene una nueva novia —sugirió Annie en tono pensativo.

Lizzie se echó a reír.

—No lo creo. Después de romper con Meg, ha ido con pies de plomo para no tener una relación demasiado seria con nadie. Para mí que es la facultad, nada más.

—Supongo que tienes razón.

Las dos mujeres charlaron unos minutos, y Liz le contó que Jean-Louis regresaría a París el fin de semana. Ella tenía previsto reunirse allí con él el día después de Navidad y pasar una semana juntos antes de volver al trabajo. Estaba intentando que lo contrataran para su sesión de fotos. Sería divertido trabajar con él si tenía la oportunidad.

—¿Es que vais en serio? —preguntó Annie, y Liz bromeó con ella.

—No sé cómo lo llamarías tú. Ninguno de los dos sale con nadie más, así que tenemos una relación exclusiva, pero no estamos haciendo planes de futuro ni nada parecido. Somos muy jóvenes para eso.

Annie no estaba tan segura. Con veintiocho años, había mujeres que estaban dispuestas a sentar la cabeza. Otras no. Lizzie era una de ellas. Y por lo visto Jean-Louis tampoco estaba por la labor. Ambos se lo pasaban en grande con sus vidas independientes. Y él no parecía haberse sentido demasiado joven para ser padre, ya que con veintinueve años tenía un hijo de cinco. Annie se puso nerviosa al caer en la cuenta de que lo había tenido con la edad de Ted, algo que no le cabía en la cabeza. Seguía viendo a su sobrino como un niño, y lo mismo le ocurría con Kate, a sus veintiún años. Y Annie no imaginaba a Liz con Jean-Louis en una relación a largo plazo. No parecía que él fuera el hombre indicado para ella. No era ni mejor ni peor que los otros con los que había salido Lizzie. Su sobrina mayor siempre buscaba a hombres que, al igual que ella, rehuyeran el compromiso. Annie tenía otros sueños para Liz, como un chico serio que cuidara de ella. No veía a Jean-Louis como el padre de nadie, ni tampoco como el marido que merecía Lizzie. Y con veintiocho años no era tan descabellado que pensara en su futuro. Annie no quería que acabara sola como ella. Aunque a ella le fuera bien, deseaba algo más para Liz. Y Jean-Louis no daba la talla. Ted y Kate eran demasiado jóvenes para preocuparse por tener una pareja duradera. No eran más que unos críos y aún estaban estudiando, pero Liz ya era adulta.

Annie consiguió contactar con Ted el domingo por la noche, cuando él volvió a su piso. Le tranquilizó oír su voz, aunque lo notó un tanto decaído.

—¿Te encuentras bien? ¿Estás resfriado?

—Estoy bien. —Ted sonrió ante la preocupación de su tía. No podía evitar preguntarse cómo reaccionaría frente a lo de Pattie, pero no estaba preparado todavía para compartir la noticia de su llegada a su vida, así que se la guardó—. Es cansancio, nada más. Llevo trabajando mucho toda la semana.

Había sido así, desde luego, pero no del modo que pensaba Annie.

—Al menos tendrás un buen descanso en Navidad —dijo ella comprensiva.

Aquel comentario trajo a la memoria de Ted que Pattie le había hablado aquella semana de la posibilidad de ir a esquiar con él después de Navidad. Le había dicho que tenía que consultar con su ex marido si se quedaría él con los niños; a Ted le apetecía mucho hacer un viaje con ella, ver si eran capaces de aguantar fuera de la cama lo suficiente para ponerse los esquís.

Su tía le recordó que podía ir a cenar a casa cuando quisiera y le propuso quedar para el fin de semana siguiente, pero él le respondió con vaguedad. No sabía por qué, pero Annie tenía la impresión inequívoca de que le ocultaba algo, y se volvió a preguntar si habría una chica nueva en su vida. La idea la hizo sonreír e imaginó que quizá podría ser alguien de la facultad.

Ted sabía de sobra, cuando pensó sobre ello más tarde, que Annie no sospecharía por nada del mundo que estaba liado con una profesora suplente de treinta y seis años con dos niños. Y estaba seguro de que pasaría mucho tiempo antes de que fuera capaz de contárselo. Antes tenía que hacerse a la idea él mismo.

6

Los días previos a Navidad fueron una locura total, para variar. Annie tenía cinco obras en marcha a la vez, dos de las cuales debían terminarse pasado Año Nuevo según el calendario previsto. Las visitaba todos los días. La semana anterior a Navidad cayeron dos nevadas, lo que hizo casi imposible moverse por la ciudad. Tenía pendientes las compras navideñas para sus sobrinos, sus ayudantes, Whitney y su prole. Dos nuevos clientes insistieron en reunirse con ella, y tuvo que presentarse con una serie de planos preliminares para uno de ellos. Era el previsible caos prevacacional, y siempre le preocupaba no poder llegar a todo. Y para complicar aún más las cosas, sus clientes preferidos, los Ebersohl, le anunciaron que habían decidido divorciarse y que pensaban vender la casa nueva. No era la primera vez que le ocurría, ya que reformar o construir una casa sacaba lo peor de cada uno. Era un proceso arduo, y un escenario idóneo para discusiones interminables. Alicia Ebersohl la había llamado llorando para contarle que Harry iba a presentar la demanda de divorcio. La casa de la calle Sesenta y nueve estaba vuelta del revés, lo que dificultaría su venta. A Annie le disgustó la noticia, pero lo sintió mucho más por ellos.

Y Liz andaba casi tan liada como ella en la revista. Para Navidad debía terminar el trabajo para el número de marzo y ponerse ya con el de abril. Se había propuesto tenerlo todo listo antes de irse a París. Y echaba de menos a Jean-Louis, que estaba de lo más encantador desde su última visita a Nueva York y la llamaba varias veces al día. Le decía que se moría de ganas de volver a verla. A ella también le hacía mucha ilusión aquel viaje. Tras pasar la Navidad con la familia, Liz tenía previsto partir al día siguiente. Y Jean-Louis le había prometido que su hijo y él estarían esperándola. Liz le llevaba al pequeño un tren antiguo precioso que habían modernizado para que funcionara con pilas. Y a Jean-Louis, un reloj magnífico.

Ted aprovechó hasta el último momento que pudo para estar con Pattie antes de las vacaciones. Al final la escapada a la montaña que tenían planeada se frustró, ya que su ex marido también se iba fuera y no podía quedarse con los niños, con lo cual se quedaron en Nueva York. Ted se planteó pasar un tiempo con ellos, pero consideraba que pasar las noches en casa de ella estando sus hijos era faltar al decoro, una opinión que Pattie compartía, aunque suponía un sacrificio para ambos.

Ted hizo los exámenes finales y los aprobó, aunque con unas notas sensiblemente más bajas de lo normal. Y le dio vergüenza descubrir que Pattie le había puesto en su asignatura un sobresaliente que a su entender no merecía.

—¿Este sobresaliente es porque me lo he ganado o porque estamos teniendo una aventura? —le preguntó con toda sinceridad.

—Lo nuestro no es ninguna aventura —contestó ella en voz baja—. Estoy enamorada de ti. Pero, además, te mereces esa nota.

—No sé si creerlo.

Nunca lo sabría. Y Pattie siempre lo corregía con firmeza

cuando él se refería a la «aventura» o a la relación sexual que tenían, afirmando que lo que había entre ellos era amor. Ted era reacio a utilizar aquella palabra, y sabía que, cuando lo hiciera, la mujer a la que fuera dirigida estaría en su vida para siempre. Hasta entonces, en su mente, lo que vivían era una aventura. Últimamente Pattie rompía a llorar cada vez que le oía decir aquello, y parecía muy dolida por sus palabras. Ted no quería engañarla, y no tenía claro si lo que sentía era amor o lujuria.

Apenas había hablado con Annie o sus hermanas desde el día de Acción de Gracias. No tenía tiempo, y el poco que le quedaba cuando no estaba durmiendo o en la facultad lo pasaba siempre con Pattie. Ella quería saber cuándo iba a conocer a su familia, y Ted le había dicho con tacto, pero con firmeza, que era demasiado pronto. Sabía que Pattie le interesaba, pero aún no había averiguado qué era lo que había entre ellos. Y no le cabía la menor duda de que tanto a su tía como a sus hermanas les chocarían mucho su edad y el hecho de que tuviera hijos. Ted no estaba preparado todavía para enfrentarse a sus opiniones y críticas. Y a Pattie también le dolía su actitud. Insistía en que no quería ser el secreto de su vida, y justo antes de Navidad le recordó que aquello no era justo. Ella deseaba ser el centro de su vida y estar bien visible, no escondida en un armario. Decía que no se lo merecía, y le disgustó mucho que él le anunció que no podría verla en Navidad. Ted estaría en casa con Annie y sus hermanas, y no le parecía oportuno invitarla a acudir con sus hijos. A su tía le habría dado algo, y él aún no estaba por la labor de vérselas en semejante situación. Annie no tenía ni idea de la existencia de Pattie, y menos aún de que fuera una mujer mayor que él y con dos niños.

—Y ¿qué se supone que debo hacer? —le preguntó Pattie en tono de queja cuando Ted se pasó a verla en Nochebuena.

Llevaba llorando media hora porque sentía que él la abandonaba—. ¿Qué esperas que haga? ¿Que me quede aquí sola con mis hijos?

—¿Qué harías en circunstancias normales, si no nos hubiéramos conocido?

Ted parecía disgustado, pero no podía pasar el día de Navidad con ella de ninguna manera. Y por lo menos aquel año su ex no se llevaría a los niños, con lo cual le constaba que no estaría sola.

—Intentaré venir el día después de Navidad, o la misma noche.

—Y ¿qué me dices de esta noche? —le preguntó Pattie, secándose los ojos con un pañuelo.

—Ya te he dicho que no puedo. Después de cenar en casa, iremos a la misa del gallo.

—Qué conmovedor, y qué poco cristiano dejar a la mujer que quieres sola en casa.

—Estarás con Jessica y Justin —dijo él con dulzura—. Y no hay nada que yo pueda hacer. Mi tía no entendería que pasara la noche fuera. Es nuestra tradición.

Pattie hizo que Ted se sintiera como el señor Scrooge.

—Ni que tuvieras doce años —se quejó ella.

Y luego pareció muy desilusionada cuando Ted le regaló un bonito jersey blanco de cachemira que le había costado una verdadera fortuna. Pattie no lo dijo con palabras, pero a él le llegó claramente el mensaje de que ella esperaba algo como una sortija, un anillo de compromiso de algún tipo. Hacía días que hablaba de ello, soltándole indirectas contundentes, pero Ted creía que era demasiado precipitado. Solamente llevaban saliendo cuatro semanas, y por mucho amor que Pattie dijera que había entre ellos, a Ted seguía pareciéndole todo muy nuevo. Ya habría tiempo de sobra para anillos más adelante. Solo tenía veinticuatro años, no treinta y seis como ella, y aquella era la segunda relación seria que había tenido en su vida.

Finalmente llegaron al acuerdo de que intentaría pasarse a verla el día de Navidad a última hora, pero ya le había advertido de que no podría quedarse toda la noche, estuvieran o no sus hijos. Pattie le había planteado la posibilidad de pagar a la señora Pacheco para que los niños se quedaran a dormir con ella si él se presentaba, pero Ted le dijo que tendría que volver a casa de Annie al cabo de unas horas. Su tía desconfiaría de lo que estuviera haciendo si no regresaba.

—Puede que ya sea hora de que madures —le dijo Pattie con mala intención—. Si follas como un hombre, deberías comportarte también como tal.

A Ted le dolieron aquellas palabras, y él notó el mal humor de Pattie cuando le dio un beso de despedida y se marchó. Ella le dijo que le daría su regalo cuando volvieran a verse el día de Navidad por la noche, lo que recalcó con retintín. Ted cogió un taxi a casa de Annie; Kate ya estaba allí cuando llegó. Al verlo entrar por la puerta, miró fijamente a su hermano.

—Vaya, ¿a qué viene esa cara de cabreo? No es que irradies mucho espíritu navideño que digamos. ¿Qué has traído para Annie?

—Un chal de cachemira y un casco de obra personalizado. Es muy bonito, creo que le gustará.

Ted no había contestado a la pregunta de su hermana sobre el motivo de su enfado. Estaba disgustado por la discusión con Pattie y por lo que le había dicho al marcharse de su casa, al reprocharle que no pasara con ella la Nochebuena. Ella se negaba a entender que no podía, y aunque Ted no soportaba dejarla con aquel resentimiento en el ambiente, ella siguió enfurruñada y volvió la cabeza cuando él se marchó. Eso le había disgustado mucho, sobre todo cuando le había dicho que se comportara como un hombre.

—Y no estoy cabreado, por cierto. Es que he discutido con uno de mis compañeros de piso justo antes de venir aquí. Es un imbécil.

Kate no le dijo nada, pero tuvo la extraña sensación de que había algo más que le molestaba.

—A Annie le encantará el casco, y lo del chal también suena genial —opinó, y le dedicó a su hermano una cariñosa sonrisa.

—Y tú ¿qué le has comprado?

Por un momento fue como volver a ser niños mientras envolvían juntos los regalos para su tía.

—No le he comprado nada —respondió Kate con una expresión seria.

—¿Ah, no?

Ted se quedó pasmado. Eso no era propio de ella. Kate siempre se mostraba generosa con todos ellos, aunque su paga no diera para mucho. Pero siempre hacía gala de una gran creatividad a la hora de gastarla.

—Le he hecho algo —puntualizó.

Y Ted sonrió, rememorando los viejos tiempos, como aquella vez que él le había hecho a Annie una mesa en el taller de carpintería, y Lizzie le había tejido un jersey con unas mangas larguísimas. Annie se lo había puesto el día de Navidad, además de los collares de macarrones y todo lo que ellos le regalaban.

Kate fue a buscar su carpeta de dibujo y sacó con cuidado tres paneles enormes que servían de soporte a unas acuarelas. Les dio la vuelta una a una, y Ted no pudo salir de su asombro. A veces se olvidaba del talento que tenía su hermana menor, heredado de su madre. Kate había pintado unos retratos bellísimos de cada uno de ellos para regalárselos a Annie, y el parecido era de una perfección absoluta, incluso el autorretrato que se había hecho.

—Son magníficos, Kate —dijo Ted, observándolos de cerca.

Se veían impecables, pero al mismo tiempo tenían toda la suavidad de una pintura, y no parecían copiados a partir de una fotografía, sino que estaban hechos de memoria. Estaba claro que su tía iba a apreciar muchísimo aquellos cuadros.

—¡Son una pasada, en serio!

—Espero que le gusten —dijo Katie con modestia, y volvió a guardarlos en la carpeta. Tenía pensado envolverlos aquella noche y ofrecérselos a Annie para que su tía los enmarcara después—. Y ¿qué has estado haciendo últimamente? —le preguntó como si tal cosa tras dejar los cuadros a un lado y desplomarse los dos en el sofá.

Annie había puesto un árbol de Navidad pensando en ellos, con los adornos que más les gustaban. Se había pasado todo un día y una noche decorándolo durante el fin de semana anterior.

—No demasiado. Trabajos y exámenes, nada más —respondió Ted.

Kate lo miró y se dio cuenta de que estaba mintiendo. Algo pasaba, y él no quería hablar de ello. Su intuición femenina le decía que se trataba de una mujer. Se moría de ganas de comentarlo con Liz y Annie. Ellas habían coincidido en que Ted apenas había llamado a ninguna desde el fin de semana de Acción de Gracias.

—¿Y tú? —preguntó él, intentando desviar la atención de sí mismo—. ¿Algún piercing, tatuaje u hombre nuevo?

—Es posible —respondió Katie crípticamente. Ella también guardaba sus propios secretos.

—¡Oh! —Ted se quedó intrigado—. ¿Cuál de las tres cosas?

—Puede que las tres —contestó ella, y rió mientras Ted encendía la tele.

Estaban viendo *Milagro en la ciudad* cuando Annie llegó a casa, cargada con el maletín y dos bolsas de supermercado llenas de cosas que había olvidado pedir aquella mañana. Siempre cenaban ligero en Nochebuena, y el día de Navidad preparaba un pavo, como hacía para Acción de Gracias. Un año había probado suerte con un ganso y el resultado fue espantoso, así que se mantenían fieles al pavo.

Ted se levantó y le cogió las dos bolsas para llevarlas a la cocina; Katie, por su parte, fue a saludarla con un beso. Annie parecía agotada y sin aliento. Una hora antes había estado en una de las obras que llevaba para resolver un problema entre el contratista y sus clientes. Aún tenía los planos enrollados bajo el brazo y los tiró encima de su mesa de trabajo antes de quitarse el abrigo.

—¡Feliz Navidad a los dos! —les deseó.

Y, tras quitarse el abrigo, puso un poco de música navideña. Katie la felicitó por lo bien que le había quedado el árbol, y Ted sirvió un ponche de huevo para cada uno, otra de sus tradiciones familiares. Annie le añadía un chorrito de bourbon al suyo, pero a Katie y a Ted les gustaba tal cual, como solían tomarlo de niños. Estaban los tres en animada charla cuando Liz apareció por la puerta, cargada con tres bolsas llenas de regalos. Siempre era la que compraba los objetos más extravagantes y a ellos les encantaban. Se la veía de muy buen humor y a su llegada se desearon todos una feliz Navidad. Tras admirar el árbol y cantar con la música que sonaba de fondo, prepararon la cena juntos. Fue una Nochebuena perfecta. Liz había prometido quedarse allí hasta que se marchara a París, y Annie estaba encantada de tenerlos a los tres en casa.

Sentados a la mesa de la cocina, se quedaron conversando hasta las once y luego se prepararon para la misa del gallo. Kate se percató de que Ted estaba llamando por teléfono al pasar por delante de la puerta abierta de su habitación. Lo oyó dejar un mensaje. Parecía disgustado y tenía cara de preocupación cuando se reunió con las tres mujeres en el vestíbulo. Kate también había hecho una llamada cuando fue a coger el abrigo, pero en su caso había sido corta y cordial, y había prometido llamar al día siguiente. Aquella noche la pasaban en familia, y era un momento muy importante para todos ellos.

Cogieron un taxi para ir a la catedral de San Patricio, donde tenían por costumbre asistir a la misa del gallo. Solo comulgó Annie y, como cada año, encendió una vela por Bill y otra por Jane bajo la atenta mirada de sus sobrinos. Luego se arrodilló en uno de los altares menores, agachó la cabeza y rezó. Al levantarse, le corrían lágrimas por las mejillas. Kate siempre se emocionaba al observarla. Nunca se lo había preguntado, pero sabía para quiénes eran aquellas velas. La memoria de sus padres seguía viva, y Annie lo había hecho de maravilla con ellos desde el día en que les faltaron. Ted le dio un abrazo a Annie cuando esta volvió al banco con sigilo, y Kate le cogió la mano con dulzura. Liz estaba tan deslumbrante como siempre, con un enorme sombrero de zorro blanco y un elegante abrigo negro a juego con unas botas altas de piel. A Annie le recordaba muchísimo a Jane cuando tenía su edad. Liz tenía más estilo que su madre, pero de cara eran casi iguales. A Annie se le encogía el corazón a veces al verla. Seguía echando de menos a su hermana.

Al final de la misa cantaron *Noche de paz* y luego salieron a la Quinta Avenida y cogieron un taxi para volver a casa. Annie les preparó chocolate caliente con nubes de golosina, y después se fueron todos a la cama. Una vez sola, Annie llenó los calcetines de los tres con pequeños regalos y les escribió notas divertidas de parte de Papá Noel, donde les recordaba que limpiaran su habitación y se lavaran detrás de las orejas; en la carta para Kate añadió un mensaje, y le aseguró que al año siguiente le traería carbón si se hacía más tatuajes. Luego Annie fue a acostarse en medio de la quietud del apartamento, contenta de que todas las personas que más quería en el mundo estuvieran en casa, durmiendo en sus habitaciones. Era su noche del año favorita. No podía ser mejor.

7

El día de Navidad Annie se levantó temprano para meter el pavo en el horno, y llamó a Whitney, como hacía todos los años. Se felicitaron las fiestas, charlaron unos minutos y su amiga le recordó de nuevo su invitación para Nochevieja; Annie, no obstante, insistió en que no quería ir a New Jersey si tenía en casa a alguno de sus sobrinos. Nunca le había importado no salir en Nochevieja, pues no era una noche que tuviera un significado especial para ella, y no soportaba verse rodeada de gente cada vez más borracha y sin nadie a quien dar un beso a medianoche, cosa que la hacía sentir más sola que quedarse en casa.

—Ya veré —le prometió Annie—. Depende de lo que hagan los chicos. Lizzie se va mañana a París, pero los otros dos estarán aquí. Y que yo sepa, ninguno tiene planes.

—Bueno, tú ven si quieres —le dijo Whitney con toda confianza—. A nosotros nos encantaría tenerte aquí... y que pases una feliz Navidad, Annie. Dales recuerdos a los chicos.

—Y tú a los tuyos y a Fred de mi parte.

Annie encendió entonces el árbol de Navidad para que tuviera un aspecto festivo y luminoso cuando se levantaran sus sobrinos. Poco después apareció Kate con cara de sueño, una camiseta de una estrella del rock y el pelo de punta. Annie se fijó entonces en que llevaba un brillantito en la nariz, uno nuevo. No le dijo nada a su sobrina, pero nunca se acostumbraría a sus piercings y tatuajes.

—Papá Noel me ha dejado una nota buenísima —comentó Kate con un bostezo mientras sonreía a su tía.

—¿En serio? ¿Qué pone?

Annie se hizo la inocente como había hecho siempre, sobre todo cuando aún creían en Papá Noel. Había tratado por todos los medios de conservar el mito por ellos, deseando que hubiera en sus vidas toda la alegría y la magia que merecían.

—Dice Papá Noel que le encanta mi nuevo tatuaje de Campanilla, y que él también se acaba de hacer uno. Se ha tatuado un Rudolph enorme en el culo. Me promete que el año que viene me dejará una foto —dijo Katie con una sonrisa de oreja a oreja.

—¡Eso no es lo que pone en la nota de Papá Noel! —repuso Annie con una mirada de reproche—. ¡Yo misma he leído la nota al levantarme!

—¡Sí que pone eso! —insistió Katie y fue corriendo a buscar la nota.

Había escrito una por su cuenta con un divertido dibujo de Santa Claus mostrando el tatuaje de Rudolph en sus posaderas al aire. Annie soltó una carcajada cuando Kate se la pasó, y luego la pegó con celo en la chimenea. En aquel momento Liz salió de su habitación con la parte superior de un pijama de hombre que le quedaba muy sexy con sus piernas largas y esbeltas. Annie llevaba un viejo camisón de franela y una bata de cachemira rosa. Y Ted apareció unos minutos más tarde en calzoncillos y camiseta. En la mañana de Navidad se imponía la comodidad, no la elegancia. Unos instantes después se intercambiaron los regalos frente al árbol lleno de luz.

Los retratos que Kate había hecho de ellos tres fueron todo un éxito, y a sus hermanos les regaló uno de Annie.

También había pintado a sus padres, a partir de fotografías, pero los había dejado clavados con chinchetas en la pared de la habitación de la residencia. No quería disgustar a nadie llevándolos a casa. A Annie le encantaron los bonitos cuadros de sus tres sobrinos, y Katie le prometió encargarse de que se los enmarcaran. Annie dijo que quitaría un cuadro para colgarlos en el salón, y abrazó a Kate con lágrimas en los ojos. A Ted y a Liz les gustó muchísimo el retrato de Annie.

Los regalos de Ted también causaron furor entre sus hermanas y su tía, que se puso enseguida el casco de obra personalizado. Liz había traído unas pulseras de oro preciosas para Annie y Kate; a Ted le regaló un elegante reloj de buceo de Cartier, con una deportiva correa elástica.

Después desayunaron todos juntos en la cocina. Liz se comió medio pomelo, como de costumbre; se la veía más delgada que nunca. Katie tomó cereales y Ted preparó unos huevos fritos para Annie y para él. El olor a beicon era delicioso, y el pavo ya se estaba dorando en el horno. A Annie se le ocurrió pensar, mientras los observaba hablar y reír entre ellos, que tenían una vida hecha de pedazos de panes y peces. De algún modo, había logrado criar a tres niños, que no eran suyos, sin tener ni idea de lo que hacía, y los tres habían salido de maravilla, se querían todos y le enriquecían la vida de un modo que no habría imaginado ni en sueños. Se sintió muy afortunada mientras ponía los platos del desayuno en el lavavajillas y le daba las gracias en silencio a su hermana por los tres hijos fantásticos que había heredado de ella, y que habían llenado su vida de amor y dicha.

Los tres se retiraron un rato a sus habitaciones después de desayunar. Todos tenían amigos con los que querían hablar. Ted cerró la puerta de su cuarto para llamar a Pattie, que esta vez por fin le cogió el teléfono, aunque aún parecía estar muy disgustada. Él le deseó feliz Navidad.

—Deberías estar aquí conmigo y los niños —le dijo ella con voz lastimera, y un instante después rompió a llorar de nuevo.

—Hoy tengo que estar con mi familia —le explicó él una vez más.

Ella no parecía entenderlo, o no quería. Ted no podía pasar el día de Navidad en ningún otro sitio que no fuera allí. Y después de tan solo cuatro semanas, no era justo que Pattie esperara que dejara plantada a su familia por ella. Le contrariaba que Pattie hubiera armado tanto alboroto por aquel tema, pero le propuso ir a verla aquella tarde. Quería darles unos regalos. Prometió llamarla en cuanto viera que podía escaparse.

—Que pases un buen día —le deseó ella, aún dolida y desilusionada a juzgar por su tono de voz. Ted no volvió a pedirle perdón. Pattie tenía que entender que su familia era importante para él—. Te quiero, Ted —dijo ella con tristeza, como si hubiera perdido a su mejor amigo.

—Hasta luego —respondió él.

No estaba preparado todavía para decirle que la quería, y desde luego no como una disculpa por pasar la Navidad con sus hermanas y su tía. Se sentía mal pero no culpable, y le molestaba que Pattie fuera tan posesiva con él.

Ted parecía más relajado cuando salió de su dormitorio. Al menos esta vez Pattie había hablado con él.

—¿Problemas sentimentales? —le preguntó Liz con una ceja levantada.

Ted negó con la cabeza, sorprendido de que su hermana mayor lo hubiera adivinado, y reacio a abrirse a ella.

—¿Por qué lo preguntas?

—Nunca cierras la puerta cuando hablas por teléfono, a menos que estés discutiendo con una chica. ¿Alguien nuevo? —quiso saber Liz con interés, y él volvió a sacudir la cabeza.

—No, solo es una persona con la que he salido unas cuantas veces. —Ted no quería ni imaginarse la cara que pondría su hermana mayor si le decía que se trataba de una mujer de treinta y seis años con dos hijos—. Puede que vaya a verla esta tarde —añadió.

Liz asintió. No le pareció extraño; ella también tenía que ir a su casa a recoger unas cosas para el viaje.

Mientras charlaban, Annie había ido al dormitorio de Katie para darle las gracias de nuevo por los bonitos retratos. Le gustaban de verdad. Se fijó en un libro que había encima del escritorio de Katie sobre cultura y costumbres musulmanas. No era la clase de temas sobre los que Katie solía leer. Nunca había sido muy aficionada a la lectura, y sus gustos se inclinaban más hacia las biografías de artistas contemporáneos y estrellas del rock. Y nunca había mostrado interés por otras religiones, ni siquiera por la suya.

—Parece interesante —dijo Annie, cogiendo el libro—. ¿Estás dando religiones orientales en clase? De hecho, podría ayudarnos a entender algunos de los conflictos que hay actualmente en el mundo.

—Me lo ha dejado un amigo —aclaró Katie, y se volvió.

Annie regresó entonces al salón para reunirse con los otros dos. Iban arreglados para la comida, y Ted llevaba traje y corbata, como tenía por norma para los acontecimientos familiares. Annie siempre había insistido cuando eran pequeños en que los días de fiesta había que ir bien vestido.

Liz llevaba un sencillo y exiguo vestido de lana negro que apenas le llegaba a los muslos. Annie se había puesto un vestido rojo, su preferido en Navidad, y Katie apareció al cabo de unos instantes con una falda de cuero roja, unas medias de rayas rojas y blancas, botas militares rojas, un jersey de pelo blanco y unas bolas de Navidad a modo de pendientes. No podía negarse que tenía un estilo propio, pero con su atuendo demostró a todos una vez más que era una artista con talento. Y a Annie le había impresionado el libro que había descubierto en su cuarto. Le gustaba ver que Kate se interesaba por cosas y culturas distintas. Kate era una librepensadora y nunca hacía propias las ideas de nadie sin antes contrastarlas por sí misma. Era una persona totalmente liberada. Annie había intentado abrirles tantas puertas como había podido. Nunca había querido que vivieran en un mundo pequeño y cerrado. Y le encantaba el hecho de que fueran tan diferentes entre sí. De los tres, Ted era el más tradicional y Katie la más independiente. Annie pensó que Jane y Bill también se habrían sentido orgullosos de ellos.

La comida de Navidad discurrió en medio de una conversación animada. Annie les sirvió champán. Ya tenían todos edad para beber, y rara vez se excedían, aunque Ted había tenido sus escarceos con el alcohol durante los dos primeros años de universidad. Pero ahora eran todos adultos y, cuando bebían, lo hacían con moderación.

Liz dijo que estaba muy ilusionada por ir a París a pasar unos días con Jean-Louis. La sesión que tenía programada para la primera semana de enero era muy importante, pues correría a cargo de un famoso fotógrafo francés y se realizaría con joyas procedentes de toda Europa. Incluso la reina de Inglaterra había prestado una pieza que Lizzie tenía pensado colocar en portada. Habló con entusiasmo al respecto. Ted era el único que estaba más callado de lo normal, y Annie intuyó que algo le preocupaba; pero, fuera lo que fuese, no parecía dispuesto a compartirlo con ellas.

Después de comer, Ted vio el fútbol un rato y luego se levantó y dijo que salía un momento para encontrarse con sus amigos, sin precisar nada más. Se quedó a la expectativa por si alguien ponía algún inconveniente y, al comprobar que no era así, fue a su habitación y cogió los regalos ya envueltos para los hijos de Pattie. Les había comprado un juego a cada uno. No estaba seguro de qué podría gustarles a los niños de esa edad. A Pattie ya le había dado su regalo por si al final no podía escabullirse de casa el día de Navidad.

Se puso el abrigo y se despidió con un beso de su tía mientras esta charlaba con Kate y Liz. Se le veía muy serio. Había dejado los regalos para Jessica y Justin en la entrada para que no llamaran la atención de ninguna de ellas.

—Volveré dentro de un par de horas —prometió.

Cogió las llaves de la mesa del vestíbulo y los regalos para los hijos de Pattie, y se fue.

—¿Qué mosca le ha picado? —preguntó Liz a su hermana y a su tía.

Katie dijo que no tenía ni idea. A ella no le había contado nada, aunque lo había oído discutir por teléfono en su habitación.

—Me pega que tiene que ver con alguna chica —sugirió Annie con calma—. No suelta prenda al respecto.

—Como siempre —comentó Liz.

Todas coincidieron en que esta vez parecía más reservado que de costumbre.

—Si sigue viéndola, acabaremos conociéndola. A lo mejor tiene una pinta extraña, o es un bicho raro o algo así —insinuó Kate.

—Sí, puede que lleve piercings y tatuajes por todas partes —dijo Liz, burlándose de ella, y todas rieron.

Fuera lo que fuese lo que Ted se traía entre manos, las tres acertaron al suponer que les hablaría de ello cuando estuviera preparado. De momento era un misterio, puesto que así lo quería él. Y Annie respetaba a sus sobrinos demasiado para intentar sonsacarle nada.

Ted subió la escalera del edificio de Pattie tan rápido como pudo. Le había prometido que intentaría estar allí sobre las cinco, y ya eran casi las seis. Pero le había sido imposible salir antes. No había querido dejar plantadas a Annie y a sus hermanas el día de Navidad. Las tradiciones eran importantes para su familia, también para él.

Llamó al timbre. Durante un largo instante Pattie no acudió a abrirle la puerta, y Ted temió que no lo dejara entrar. Ella le había dicho que estaría allí. De repente se sintió como un niño en apuros, una sensación a la que no estaba acostumbrado. Siempre había sido responsable y de buenos modales. Annie rara vez se enfadaba con él, y cuando lo hacía era clara y directa. Le echaba la bronca en el momento y se acabó. Nunca había alargado una disputa, ni les había guardado rencor o tratado de forma pasiva-agresiva a ninguno de ellos. Pattie parecía estar castigándolo por pasar la Navidad con su familia. Cuando por fin le abrió la puerta, la notó afligida. Era evidente que había estado llorando, y en cuanto lo tuvo delante se lanzó a sus brazos entre lágrimas. Ted se quedó atónito.

—¿Cómo has podido dejarme sola un día como hoy? —le echó en cara ella.

Ted miró a su alrededor y al no ver a sus hijos le preguntó con cara de perplejidad:

—¿Dónde están Jessica y Justin?

—Los he mandado al cine con la señora Pacheco. Quería estar contigo a solas cuando llegaras.

—Les he traído un detalle —dijo Ted, dejando las cajas envueltas en papel de regalo encima de la mesa—. Y yo no te he dejado sola, Pattie. Tú estabas con tus hijos, y yo con mi familia. No podía dejarla plantada.

Ted parecía calmado y razonable, pero el histerismo y las exigencias de ella le preocupaban. Era una relación demasiado reciente para que Pattie esperara tanto de él.

—Y has preferido dejarme plantada a mí —repuso ella en voz baja.

—Yo no te he dejado plantada —le corrigió él con firmeza—. Y solo llevamos saliendo cuatro semanas.

—Estoy enamorada de ti, Ted.

A él le habrían convencido más aquellas palabras si ella no se las hubiera dicho ya desde un principio. Para Ted, el amor era algo que crecía poco a poco con el tiempo, no algo que estallaba en toda su plenitud la primera noche. Él le iba tomando cada vez más cariño, pero aun así quería estar seguro de si se trataba de amor o simplemente de una conexión sexual fabulosa.

Se alegró de ver que llevaba puesto el jersey que le había regalado, aunque a ella no parecía haberle entusiasmado, pues esperaba otra cosa de él. Pattie olvidaba que Ted tenía veinticuatro años y era estudiante, por lo que un jersey blanco de cachemira suponía un gran regalo para él. A Annie le había encantado el chal de cachemira que le había comprado en la misma tienda. Pero Pattie le había dicho claramente que quería un anillo de prometida. La mera idea de un regalo como aquel lo había dejado perplejo, ya que no lo consideraba apropiado después de tan solo cuatro semanas. Pattie iba demasiado rápido para él, y eso le incomodaba. Ni siquiera un hombre de la edad de ella habría estado dispuesto a avanzar tan deprisa en la relación.

Bajo la tierna mirada de Ted, Pattie le dio su regalo. Y al desenvolverlo, él se sintió disgustado al ver que se trataba de un estuche de joyería. Al abrirlo se le cortó la respiración: era un bonito reloj antiguo de oro, y no iba para nada con su estilo. Ted llevaba el reloj de buceo de Cartier que le había regalado su hermana, mucho más acorde con su edad. Y aún le incomodó más ver que era un objeto caro.

—¿Te gusta? —le preguntó Pattie expectante—. Era de mi padre.

—Es precioso —contestó Ted en voz baja, y cerró el estuche sin probarse el reloj—. Pero no puedo aceptarlo. Es un regalo de mucho valor, y pertenecía a tu padre. No puedes dárselo a alguien como yo.

—¿Por qué no? ¿Qué quieres decir? —Pattie parecía dolida.

—Apenas me conoces. ¿Y si rompemos? No creo que quieras que me largue con el reloj de tu padre. Deberías guardarlo para dárselo un día a Justin.

También a Ted lo esperaba el reloj de su padre, que aún no había llevado nunca. Annie lo guardaba a buen recaudo para él.

—Pues entonces no rompas conmigo —repuso ella en un tono lastimoso—. Quiero que lo tengas tú, Ted.

—Ahora no —dijo él con dulzura, y la acalló con un beso. Un instante después sucedió lo previsible; la ropa de ambos acabó amontonada en el suelo y las tensiones de los dos últimos días encontraron su vía de escape. Los dominó la pasión, y se revolcaron entre jadeos, primero en el sofá y luego en la cama, aferrándose el uno al otro de forma insaciable. Él no se cansaba de ella, y ella parecía desesperada por el modo en que hacía el amor con él, como si quisiera engullirlo entero y convertirse en parte de él.

Eran las diez de la noche cuando la señora Pacheco llamó para preguntar si podía llevar los niños a casa, pues quería acostarse. Habían perdido la noción del tiempo por completo, y Ted aún estaba allí. Se vistieron a toda prisa y unos minutos más tarde Jessica y Justin llamaron al timbre. En cuanto entraron por la puerta, Ted les entregó los regalos. Los juegos les encantaron, y Pattie volvía a mostrarse contenta y relajada. Las últimas horas le habían servido para convencerse de que Ted seguía enganchado a ella. Le había aterrado la idea de haberlo perdido y, como consecuencia de sus pensamientos, lo había hundido en la miseria, castigándolo por pasar aquel día con su familia.

—Tengo que irme —le susurró él.

Ella negó con la cabeza. Quería que se quedara, pero los niños estaban en casa, y él no iba a cometer una locura con ellos allí. De modo que les felicitó a todos la Navidad, besó a Pattie, se enfundó el abrigo y corrió escaleras abajo. Deseaba volver a casa. No sabía por qué, pero aquella noche lo había puesto triste. Pattie parecía desesperadísima, y se había pasado al regalarle el reloj de oro de su padre. Aquello no lo había conmovido, sino asustado. Ted había dejado el preciado objeto en el tocador del dormitorio de Pattie. No estaban casados ni prometidos, y él ni siquiera sabía si estaba enamorado. Pattie le gustaba mucho y tenían una relación sexual extraordinaria; Ted quería estar con ella, pero no convertirse en su prisionero, y a veces tenía esa sensación. Tomó una bocanada de aire mientras le hacía señas a un taxi y subió al coche. Aquella tarde la había visto más sexy que nunca, pero por primera vez en el mes que llevaban juntos sintió un gran alivio al irse. No sabía cómo interpretar aquella sensación; de repente tuvo la impresión de que Pattie lo ahogaba.

Sus hermanas y su tía estaban durmiendo cuando llegó a casa. Había sido un día largo. Cuando él se marchó, habían visto una película, y después Kate y Annie habían jugado al Scrabble mientras Liz terminaba de hacer la maleta para su viaje a París, luego se fueron las tres a la cama.

Ted entró de puntillas. Annie había dejado el árbol encendido para cuando volviera; se sentó en el sofá y lo observó mientras pensaba en el lugar donde había pasado las últimas horas. Estar con Pattie era de lo más intenso y excitante, pero su pasión incandescente a veces lo abrasaba. Y lo único que tenía presente en aquel momento era lo bien que se sentía por estar allí, en el apartamento donde había crecido, con las personas a las que realmente amaba. Pattie era como una fantasía descabellada de la que no se cansaba. Pero aquello era real.

Se quedó un rato en el salón, sonriendo ante el árbol de Navidad y sintiendo que regresaba a su infancia, feliz de estar en casa.

8

El día después de Navidad Ted durmió hasta casi mediodía. Lizzie se marchó de casa a las diez de la mañana para coger el avión a París, que salía a la una, y Annie estaba ante su mesa de trabajo, enfrascada en unos planos para el apartamento de Jim Watson, cuando Kate entró a preguntarle si podía venir un amigo suyo a cenar pizza aquella noche. Su sobrina siempre era muy considerada a la hora de invitar a gente a casa, y Annie accedía a ello encantada. Siempre les había dado un recibimiento caluroso a todos ellos.

—Pues claro. No hace falta que lo preguntes, pero gracias igualmente. —Y entonces la miró y sonrió—. ¿Es un nuevo ligue del que no me has hablado?

—No, no es más que un amigo. —Pero después de todos aquellos años como madre suplente, a Annie ya no la engañaban. Los novios o novias nuevos siempre se anunciaban como simples amigos—. Aún no sabemos si iremos al cine o nos quedaremos aquí.

—Lo que más os apetezca. Yo me quedaré trabajando, pero puedo hacerlo en mi habitación.

—No tienes que esconderte —le dijo Kate con una sonrisa—. Ya no tengo quince años. No me avergüenzo de ti.

—Pues me alegro. Antes sí lo hacías.

—Has mejorado —afirmó Katie magnánima con una amplia sonrisa.

—¿Cómo se llama?

—Paul. Va a mi facultad. Tiene mucho talento. Quiere ser artista gráfico algún día, pero es muy bueno en bellas artes. Sus padres quieren que estudie algo práctico, como diseño.

—¿Cuántos años tiene?

—Veintitrés.

A Annie le pareció una edad razonable.

—Estaré encantada de conocerlo. Me gusta que traigas a tus amigos a casa —comentó.

Katie asintió y volvió a su cuarto para llamar a Paul. Él dijo que se pasaría por allí sobre las cinco. Después de que su hermana hablara con Paul, Ted salió de su habitación. Parecía exhausto. Sus aventuras sexuales con Pattie lo agotaban. Ella acababa de llamarlo para invitarlo a comer con los niños. Aún quedaba nieve en el parque que tenían cerca de casa, y le propuso una guerra de bolas de nieve o quizá ir a patinar por la tarde. A él le sedujo la idea y aceptó.

Se fue de casa una hora después sin decirles ni a su tía ni a su hermana adónde iba. Solo comentó que había quedado con unos amigos, y no especificó cuándo volvería. A Annie no le extrañó, ni se molestó por ello. No pretendía controlar cada uno de sus movimientos y, con veinticuatro años, su sobrino podía ir y venir cuando quisiera estando en su casa.

Katie también salió un rato. Quería pasarse por sus tiendas favoritas, que estaban ya en rebajas, y regresó a casa poco antes de las cinco. Annie seguía trabajando en su habitación; no se había movido de allí en toda la tarde. A los pocos minutos de llegar Katie sonó el timbre, y su sobrina fue a abrir. Annie los oyó hablar y reír en el salón, con la música que Katie había puesto de fondo. Eran The Clash, que a Annie de hecho le gustaban.

Llevaban allí una hora cuando Annie se dejó ver por el salón. Iba a la cocina a prepararse una taza de té. Quiso saludar de manera informal y sonrió al apuesto joven, que se puso en pie y le tendió la mano. Era mucho más educado y desenvuelto que los amigos habituales de Katie. Se presentó con unos modales impecables e iba vestido con blazer y corbata, algo insólito entre los acompañantes de su sobrina. Era un chico guapo, de pelo negro azabache, piel color miel intenso y ojos como el ónice. Annie reparó entonces en que sería de Oriente Próximo, o de la India quizá, y de repente recordó el libro sobre cultura musulmana que había visto en la habitación de Katie. Estaba claro que se lo habría dejado él. Y ella no le había dicho una palabra a Annie sobre el chico antes de su llegada. El joven se mostró sumamente cortés al estrecharle la mano. Parecía muy maduro para su edad, y era muy distinto de los amigos de Kate de la facultad de arte, que tenían tatuajes y piercings por todas partes e iban con tejanos caídos, camisetas rotas y el pelo despeinado.

En un intento de que el chico sintiese que era bien recibido, Annie le ofreció una copa de vino. Él sonrió y le respondió que prefería una taza de té, lo que supuso un grato cambio en vista de las ingentes cantidades de cerveza que los amigos de Katie consumían siempre que iban a visitarla.

Los dos jóvenes siguieron a Annie hasta la cocina, y mientras ella preparaba el té, Katie se sirvió una Coca-Cola y Paul charló relajado con Annie. Cuando esta le sirvió el té, Paul le explicó que sus padres eran iraníes, de Teherán, pero que vivían todos en Estados Unidos desde que él tenía catorce años. Contó que aún le quedaba familia en su país natal, pero que, desde que se habían marchado nueve años antes, no habían vuelto ni de visita. Añadió que era ciudadano estadounidense, al igual que sus padres. No había rastro alguno de acento en su voz y parecía muy refinado y adulto, y también muy respetuoso a juzgar por el modo en que hablaba con Annie. A Katie le brillaban los ojos cada vez que lo miraba, y sintió cierta preocupación al observarlos.

Eran jóvenes y encantadores, y Paul se veía a todas luces un chico maravilloso, pero a Annie le asustaba que tuvieran culturas tan diferentes. Katie parecía estar enamorada, y, en tal caso, Annie no podía evitar preguntarse qué pensarían los padres de él de su sobrina, con todos aquellos piercings y tatuajes, y siendo una mujer liberada. Katie era muy joven para tomarse un amorío demasiado en serio, pero, si lo hacía en esa ocasión, Annie se planteó si sería motivo de preocupación para los padres de Paul. En cuanto a sus orígenes, Katie y Paul procedían de dos mundos distintos. Y Katie parecía mucho más alocada que él. Annie estaba acostumbrada a ello y sabía lo buena chica que era. Pero para quienes no la conocieran, Katie tenía un aspecto que podía resultar chocante, sobre todo para los padres de un chico tan educado y de apariencia tan conservadora como Paul.

Annie tenía la esperanza de que para Katie aquella fuera una aventura feliz, y no una relación duradera que supusiera un reto demasiado grande para los dos. Pero la mirada de su sobrina le decía algo muy distinto. Annie nunca la había visto así con ningún chico. Y Paul no era un chico, sino un hombre. Annie veía perfectamente todo lo que a Katie le atraía de él, pero eso no significaba que mantener una relación seria a su edad les fuera a resultar fácil. Annie sabía que las relaciones constituían un desafío de por sí sin necesidad de añadir a la mezcla contrastes extremos, ni bagajes culturales tan distintos en cuanto a las tradiciones. Bastante costaba ya conseguir que una relación funcionara con alguien que hubiera recibido una educación similar.

Annie seguía cavilando sobre ello cuando volvió a su habitación y se sentó a la mesa de trabajo con la vista clavada en los planos. No sabía qué pensar; era la primera vez que veía a Kate enamorada, y estaba preocupada por ella. Los dos eran unos jóvenes excelentes y no quería que sufrieran.

Katie y Paul vieron un DVD en el salón y pidieron una pizza. Annie no volvió a ver a Paul hasta que este se marchó. Había cerrado la puerta de su cuarto con sigilo para que tuvieran intimidad, pero se pasó toda la noche dándole vueltas a la cabeza, y acabó llamando a Whitney para confiarle sus cavilaciones.

—¿A qué vienen tantas preocupaciones? Ni que la chica fuera a casarse, por amor de Dios —la reprendió su amiga.

Hablar con Whitney sobre sus sobrinos siempre le servía para observar la realidad tal y como era, puesto que su amiga era una persona práctica y sensata.

—¿Y si le da por casarse? Él es musulmán, y ella, una chica estadounidense muy rebelde y totalmente liberada. El matrimonio es bastante complicado ya de por sí para añadirle diferencias culturales y religiosas.

—Venga ya, Annie, no seas tan carca. El matrimonio entre personas de distintas culturas está a la orden del día. Y ¿quién habla de que vayan a casarse? —Whitney se rió de ella e intentó que viera las cosas con cierta perspectiva. Annie se los imaginaba ya casados. Aquella era la primera relación seria de Kate—. En primer lugar, parece que él está totalmente americanizado. Y ella no ha dicho nada de casarse. Los dos son unos críos, y van a la misma facultad. Están saliendo, no pensando en el matrimonio. Ella tiene veintiuno, y él parece ser inteligente. Dices que es guapo, decoroso en el vestir y de modales exquisitos. Vamos, una maravilla. Así que a caballo regalado no le mires el diente, que por lo visto el chico es estupendo. Y si quieres echarte unas risas, piensa en el infarto que les dará a sus padres cuando vean los tatuajes de Piolín y Campanilla que lleva Katie en los brazos, por no mencionar la decena de piercings en las orejas. No creo que te llamen mañana para organizar una boda. ¿Por qué no te relajas un poco?

—Eso también me preocupa, lo de los padres de él, quiero decir. ¿Y si no saben apreciar lo encantadora que es Katie y la juzgan por su apariencia que, debo admitir, incluso a mí me asusta a veces? No soporto sus tatuajes. Y va en serio con este chico, lo intuyo. La conozco y lo veo. Está leyendo libros sobre su cultura —observó Annie con voz apagada—. A mí me parece bien, siempre y cuando no lo haga porque quiera casarse.

Annie se adelantaba a sí misma. En lo único en que podía pensar en aquel momento era en el futuro y la posible dificultad que tendría la joven pareja para integrar sus dos mundos.

—Mira —dijo Whitney con calma—, cuando yo tenía catorce quería ser monja, y mi hermano quería convertirse al judaísmo para poder celebrar un *bar mitzvá* con una fiesta por todo lo alto. Nada de eso ocurrió, y no creo que Katie se vaya a Irán. Además, él es estadounidense. Seguro que tampoco querrá vivir en Irán, por las razones que sean. Ahora su hogar está aquí.

—Según él, aún tiene familiares allí. Un tío y una tía, y un montón de primos. ¿Y si vuelve a su país y ella se va con él?

Annie no quería perderla por nadie, ni verla en otro país. Katie seguía siendo su niña.

—Yo tengo una prima en Islandia —añadió Whitney—, y no por eso me voy a trasladar allí. Annie, tienes que dejarlos volar. Has hecho un trabajo fantástico con tus sobrinos, los tres son maravillosos y tu hermana estaría orgullosa de ti, pero ya son adultos. Tienen que vivir su propia vida y cometer sus propios errores. Puede que uno de ellos se case algún día con alguien que tú no puedas ver ni en pintura, pero no creo que ninguno esté ahora mismo por la labor de casarse, ni siquiera Lizzie, que ya tiene una edad. Y si resulta que la cagan y se equivocan estrepitosamente, cosa que puede pasarle a cualquie-

ra, de cualquier cultura, tendrás que cruzarte de brazos y mantenerte al margen, porque es su vida. Lo que necesitas es tener
tu propia vida. No puedes aferrarte a ellos por siempre jamás
ni vivir sus vidas o impedir que cometan errores. Es lo que
hay. Una vez que se hacen mayores, es cosa suya, no nuestra.
Es horrible, y yo misma lo pasaré fatal cuando uno de mis chicos se presente en casa con una pelandusca, pero será su vida,
y su decisión, no la mía. Annie, tienes que tener tu propia
vida. Has invertido dieciséis años en ellos, has cumplido de
sobra con la promesa que le hiciste a Jane. Ya es hora de que
te levantes del banquillo y vuelvas a jugar. Quiero que te busques un hombre.

—Yo no quiero un hombre. Estoy bien como estoy. Lo
que quiero es verlos felices, y no pienso quedarme cruzada de
brazos con la boca cerrada si la fastidian en sus vidas o hacen
una tontería.

—No puedes impedirlo —dijo Whitney con firmeza, cosa
que a Annie le dio rabia oír, más aún al saber que tenía razón.

—¿Por qué no?

—Porque no tenemos ese derecho. No es sano para ti, ni
para ellos. Son mayores, te guste o no. Tú has cometido tus
errores, deja que ellos cometan los suyos.

—¿Qué errores he cometido yo? —preguntó Annie, y
sonó sorprendida.

—Tú has renunciado a tu vida por ellos —respondió Whitney con tacto.

Annie no replicó. Sí, tenía razón, pero había hecho lo que
debía, y no se arrepentía de ello. Los últimos dieciséis años
habían sido los mejores de su vida. Y lo más duro para ella
era hacerse a la idea de que se había acabado. Había hecho su
trabajo. Ahora tocaba abrir la jaula y dejarlos volar, aunque
Katie acabara viviendo lejísimos o en una cultura distinta. Si

eso era lo que quería, nadie podía detenerla, ni tenía el derecho de hacerlo. Ni siquiera Annie.

—No sé si puedo cruzarme de brazos y limitarme a observar sin más —admitió Annie con franqueza.

—No tienes más remedio —contestó Whitney con sinceridad—. Tu labor ha terminado. Van a coger las riendas de su vida, pase lo que pase.

Era un trago amargo. Si ya era duro vivir en un nido vacío, más duro resultaba aún ver que tomaban decisiones que a la larga podían hacerlos infelices.

—Hasta ahora has tenido suerte —continuó su amiga—, y has hecho un buen trabajo. No creo que vayan a fastidiarla ahora. Y si lo hacen, no puedes impedirlo. Lo único que puedes hacer es ayudarlos después a levantarse, si te dejan. Y Katie podría ser igual de infeliz si se casara con uno de París, de Londres o de New Jersey.

—No soporto esa idea de que lo que hacen ahora tendrá consecuencias en su futuro —dijo Annie desalentada—. Cuanto mayores son, más se la juegan. Era muchísimo más fácil cuando eran pequeños.

—No, no lo era. Estabas muerta de miedo por si no criabas bien a unos niños que no eran tuyos. Lo que pasa es que lo has olvidado.

—Puede que sí —dijo Annie con tristeza—. Es un chico majo —añadió, refiriéndose a Paul—. Me gusta. Es que no quiero que Katie acabe en la otra punta del mundo, viviendo en Teherán. No quiero perderla.

—Ten un poco de fe en Katie. Ella no querrá eso tampoco. Está muy unida a todos vosotros, y seguro que termina viviendo en Nueva York. Además, Paul también vive aquí, y sus padres. Deja de pensar que va a casarse y a dar tumbos por el mundo. Estás sacando las cosas de quicio por nada.

Whitney intentó tranquilizarla, y Annie sabía que tenía

razón. Por angustioso que fuera, tarde o temprano tendría que aprender a dejarlos volar, o quizá ese momento ya había llegado, le gustara o no.

Estaba sentada en la cama, pensando en ello, cuando Katie entró en su habitación. Paul se había ido. Ella tenía una expresión soñadora y sonrió con timidez a su tía. A Annie se le cayó el alma a los pies al verla. Nunca había visto a nadie tan enamorado. Y eso hacía a su sobrina mucho más vulnerable a sufrir un gran desengaño si las cosas no salían como ella esperaba. Con veintiún años, era improbable que un amor durara para siempre. Lo último que quería Annie era verla sufrir, o decepcionada siquiera. Le habría gustado tenerla protegida dentro de una burbuja el resto de su vida.

—Es un chico majo —opinó Annie con cautela, sin saber qué más decir a alguien que parecía estar flotando en una nube—. Tiene muy buenos modales, es inteligente, muy guapo, y se le ve buena persona.

—Es una persona maravillosa —afirmó Katie, defendiéndolo al instante, como si se sintiera en el deber de hacerlo.

—No lo dudo —dijo Annie en voz baja. Y, aventurándose a entrar en aguas peligrosas, añadió—: Pero procede de una cultura muy distinta. Es algo que deberías considerar.

Katie le lanzó una mirada cargada de hostilidad, dispuesta a entrar en guerra, que era precisamente lo que Annie temía. No quería perderla por aquel chico, ni por ningún otro. No merecía la pena.

—Y ¿qué importa eso? Es estadouniodense. Vive en Nueva York, y no piensa volver a Irán, salvo de visita. Su vida está aquí, igual que la mía.

—Eso está muy bien. Pero puede que tenga ideas distintas a las tuyas. Su familia no es de aquí, y tiene parientes en Irán. Sé que tú no lo ves así, pero eso importa. Si te casaras con él, ¿cómo educarías a tus hijos? ¿Qué esperaría él o su familia de ti? Siempre te sentirías como una extraña o una intrusa. Katie, si vas en serio con él, tienes que pensar en ello. Venís de mundos distintos. Me preocupa cómo pueda afectarte eso.

Annie fue todo lo sincera que pudo con ella al expresar sus temores.

—No puedo creer que tengas tantos prejuicios. ¿Qué es lo que te molesta? ¿Que tiene la piel más oscura que yo? ¿A quién coño le importa?

—Pues claro que no. Pero me preocupa que sus ideas sean muy diferentes de las tuyas, demasiado quizá. Puede que sus padres también piensen eso de ti.

—Eres ridícula —espetó Katie con una mirada de desdén juvenil—. Ni siquiera tienes un hombre en tu vida. Nunca lo has tenido. Pero si vives como una monja, por favor. ¿Qué sabras tú de amar a alguien y construir una vida juntos?

—No mucho —admitió Annie con lágrimas en los ojos. Katie le había dado duro donde más le dolía—. Solo quiero que veas el camino que puede que estés tomando. Es así en cualquier relación. Los orígenes, las costumbres familiares y las tradiciones importan, y mucho, entre dos personas, aunque se amen. Solo quiero lo mejor para ti.

Annie se abstuvo de responder al resto de las cuestiones que le había planteado Katie. No dijo que había vivido como una monja porque le había tocado criar a tres niños con veintiséis años, y que el hombre del que estaba enamorada en aquel momento la había dejado plantada porque se había hecho cargo de esos tres niños que no eran suyos, o que desde entonces no había tenido tiempo de ir en serio con nadie porque estaba demasiado ocupada haciendo de chófer para unos y otros, llevándolos al ortodoncista y a los partidos de fútbol. No dijo nada de eso y centró la conversación en Katie y en Paul, que era lo que tocaba.

—Haré lo que me parezca bien —sentenció Katie, lanzándole una mirada llena de ira.

Annie asintió, recordando lo que le había advertido Whitney una hora antes: que era la vida de sus sobrinos, que ellos tenían derecho a cometer sus propios errores y que ella debía dejarlos volar. Annie lo intentaba, pero le costaba. ¿Y quién sabía si su relación con Paul sería un error? Tal vez no lo fuera.

—Te quiero, Katie —dijo Annie en voz baja a modo de respuesta.

Y con esto Katie salió del dormitorio hecha una furia y cerró la puerta de golpe. Lo único que quería Annie para ella era una buena vida.

Aquella noche Annie se quedó tumbada en la cama, pensando en Katie y en la discusión que habían tenido. Y se preguntó si estaría equivocada. Puede que no tuviera derecho a decir nada. Paul parecía una buena persona, quizá con eso bastara. Puede que proceder de dos culturas distintas no importara y fuera ella quien cometía un error. ¿Qué derecho tenía a decirle a Katie de quién enamorarse y cómo vivir? Tal vez Katie fuera feliz con él. ¿Quién era ella para juzgarlo? Y Katie tenía razón en parte de lo que decía. Era cierto que Annie vivía como una monja. A efectos prácticos, su vida como mujer había terminado con veintiséis años. Y a sus cuarenta y dos, le parecía demasiado tarde para comenzar de nuevo. Había cambiado una vida en pareja por ellos, y no se arrepentía. No tenía ninguna relación en su haber que le sirviera de ejemplo, y lo único que sabía de la cultura iraní era lo que había leído al respecto. No era la vida que habría elegido para Katie, pero su sobrina tenía derecho a decidir por sí misma.

Y mientras descansaba en la cama, Annie pensó también en Ted, y se preguntó quién sería la mujer misteriosa que lo tenía tan absorto. Su sobrino se había pasado todo el día de Navidad como si estuviera en las nubes y por la noche había

desaparecido. Ella nunca lo había visto así. Y estaba convencida de que Liz perdía el tiempo con hombres como Jean-
Louis. Liz se lo pasaba bien y disfrutaba de su trabajo, pero
los hombres como Jean-Louis nunca estarían dispuestos a
cuidar de ella, pues estaban demasiado obsesionados consigo
mismos. Resultaba duro ver crecer a sus tres sobrinos.

Annie se despertó al día siguiente con dolor de cabeza.
Ted y Katie ya se habían ido, y ninguno de los dos le había
dejado una nota para comentarle sus planes. Ella era consciente de que, con la edad que tenían, no le debían explicacio-
nes sobre adónde iban, y ella no tenía derecho a preguntarles
al respecto. Mientras pensaba en ellos dos, se preparó una
taza de té y luego salió a dar un paseo. Whitney la llamó al
móvil y ella le habló sobre la discusión que había tenido con
su sobrina la noche anterior.

—Katie tiene que defender la relación, independientemente de lo que piense en el fondo. No puede darte la razón ni
reconocer ante ti que tiene sus dudas. A ninguno de nosotros
nos gusta admitir que no estamos seguros de lo que hacemos.
Para ella es más fácil atacarte. Y decirle lo que piensas no es
tan malo. Katie sabe que tienes buenas intenciones. Ahora dale
cancha y a ver qué hace. Y diviértete un poco, para variar.
¿Qué, te apuntas a lo de Nochevieja? Te vendría bien airearte
y pasar una noche fuera de casa.

—No quiero dejarlos plantados en Nochevieja.

—¿Cómo dices? ¿No hablarás en serio? Ya hemos hablado
de eso. Son ellos los que te van a dejar plantada a ti. Ya son
mayores. Tienen sus propios planes. Y quiero que conozcas
al amigo de Fred. Es un tipo estupendo.

Mientras oía decir eso a su amiga, Annie recordó el comentario que le había hecho Katie la noche anterior con respecto al hecho de que vivía como una monja. Tenía cuarenta
y dos años, no noventa y cinco. Quizá Katie y Whitney tu-

vieran razón. Al menos debía probar. No quería morir sola, y si le quedaban otros cuarenta o cincuenta años de vida, podría ser agradable un poco de compañía.

—Está bien. Iré —dijo Annie, como si acabara de dar su conformidad para que le extrajeran el hígado por la nariz.

—¡Genial! —Whitney parecía emocionada—. Puedes quedarte a dormir. No deberías volver a casa sola. Piénsalo, esto podría ser el principio de un tórrido romance y de una nueva vida para ti. Te encantará ese hombre.

Annie llevaba años sin aceptar una cita a ciegas, tiempo más que suficiente para olvidar lo decepcionantes que solían resultar. Pero al menos tendría algo que hacer en Nochevieja. Y Whitney estaba en lo cierto. Seguro que sus sobrinos tenían sus propios planes.

Annie no vio a Ted ni a Katie hasta el día siguiente, y les comentó que iría a casa de Whitney y Fred para Nochevieja. De haber puesto objeciones alguno de los dos, ella habría cancelado sus planes, pero, como Whitney predijo, ambos le dijeron que ellos también tenían planes con sus amigos. Annie no le mencionó a Katie ni una sola palabra más sobre Paul. Ya había hablado bastante, y su sobrina seguía enfadada con ella cuando Annie salió para New Jersey la tarde del último día del año.

9

Annie llegó a casa de Whitney y Fred, en Far Hills, a las seis de la tarde. Había muy poco tráfico y fue a buen ritmo. Para vestir solo había cogido un sencillo traje de noche negro, que colgó en el asiento trasero. A su llegada encontró a los tres hijos de su amiga jugando a baloncesto en el jardín. Tenían catorce, dieciséis y diecisiete años, y los tres muchachos se parecían a Fred, pelirrojos y con pecas. A los tres les apasionaba el deporte, como a su padre, y el mayor comenzaría la universidad al año siguiente. Quería ir a Duke y estudiar medicina, como su padre. Los chicos la saludaron con la mano al verla.

Fred era cirujano ortopédico y había sabido abrirse camino. No era la clase de hombre que Annie habría elegido como pareja, pero Whitney estaba feliz y llevaba una buena vida con él. Fred pecaba de ególatra y siempre se había admirado a sí mismo, pero era un buen padre y marido, un buen apoyo para su familia y una persona responsable. Annie siempre lo había respetado por ello.

Al entrar en la casa después de que Whitney la recibiera con un abrazo, Annie vio la mesa del comedor preparada de manera elegante, con una cubertería y una cristalería relucientes, y flores blancas y serpentinas plateadas por doquier. Parecía que la velada sería más refinada de lo que ella esperaba.

—¿Cuántos invitados tenéis? —preguntó Annie con nerviosismo.

Sabía que la mayoría de los amigos de Whitney y Fred estaban casados y que formaban parte del estrecho círculo de personas que vivían en Far Hills, muchas de las cuales eran médicos como Fred. Siempre se sentía un poco extraña entre ellos, como una intrusa o una especie de bicho raro. Intentó pensar en otra cosa.

—Veinticuatro —respondió Whitney mientras ayudaba a Annie a llevar sus cosas al dormitorio que le había reservado. Se trataba de una hermosa habitación de invitados, y su amiga había pensado hasta en el último detalle—. ¿Cómo estaba Katie cuando te has marchado de casa?

—Seguía cabreada. Estos días apenas la he visto. Me ha dicho que tenía planes con sus amigos. No le he preguntado, pero supongo que se refería a Paul.

—Estará bien —dijo Whitney—. Desconecta por un día. Aprovecha esta noche para divertirte un poco. Los invitados llegarán a las siete. Nos sentaremos a la mesa a las ocho u ocho y media.

Annie no tenía mucho margen de tiempo para vestirse. Se sumergió en la bañera unos minutos después de que Whitney la dejara sola. Se había prometido que haría un esfuerzo por empaparse del espíritu festivo de la noche.

Se secó el pelo con secador y se lo recogió con un moño italiano. Se maquilló con esmero y se enfundó el vestido negro. Luego se calzó un par de sandalias de tacón alto adornadas con plumas que Lizzie le había traído de París. Y, por último, se puso unos pendientes de brillantes que se había comprado. Al acabar de arreglarse se miró en el espejo y concluyó que una experta en moda como su sobrina Lizzie le daría su aprobación. Como complemento final cogió un pequeño bolso de mano de satén negro. Annie tenía un aspecto elegante y sofisticado cuando salió de su habitación, coincidiendo con la llegada de los primeros invitados, que pasaron al salón. Se trataba de una pareja que ya había visto antes. Él era cirujano ortopédico como Fred, su esposa era amiga de Whitney y tenían hijos de la misma edad; Annie recordaba que siempre bebían un poco más de la cuenta.

El matrimonio miró de arriba abajo a Annie al verla entrar en el salón, en el caso de la mujer con aquella expresión petulante y condescendiente que algunas casadas ponían ante las solteras, como si se compadecieran de ellas. Annie no habría cambiado su vida por la suya, pero conversó afablemente con la pareja mientras seguían llegando más invitados. Hacia las ocho ya estaban todos. En los barrios residenciales de las afueras la gente era puntual, a diferencia de lo que ocurría en las grandes ciudades, donde todo el mundo llegaba tarde. Y Annie aún no había averiguado quién sería su cita a ciegas. Todos los hombres presentes en la sala eran barrigudos y parecían de mediana edad, y la mayoría de las mujeres se veían entradas en carnes. Whitney también, aunque al ser tan alta como Annie lo llevaba bien. Esta siempre había sospechado que el exceso de peso se debía a que la mayoría de las mujeres bebían demasiado vino. Annie era la que mejor tipo tenía de todas. Y le sorprendió descubrir que las mujeres no le hacían caso, y que los hombres hablaban entre ellos de negocios o medicina, reunidos en corrillos. Se comportaban como si las mujeres no existieran, y a ellas no parecía importarles y charlaban de compras, del tenis o de los hijos.

—¿Lo has visto? —le preguntó Whitney, que se paró a charlar un instante con Annie antes de alejarse de nuevo.

La anfitriona estaba ocupada con sus invitados. Le había presentado a algunos de ellos, todos en pareja. Y Annie había deducido que ella y su cita a ciegas serían los únicos solteros presentes en el salón. Pero todavía no lo había visto. Lo único que sabía de él, por lo que le había contado Whitney, era que tenía cuarenta y dos años, ejercía de cirujano, conducía un Porsche y estaba divorciado. Habría sido difícil identificarlo a partir de aquella descripción a menos que lo hubiera visto salir de su coche solo.

Las mujeres llevaban trajes de noche y vestidos de fiesta, y los hombres iban con esmoquin, pero nadie destacaba por su elegancia, y todos parecían demasiado arreglados. Cinco minutos antes de que se sentaran a cenar Whitney se acercó para presentarle a Bob Graham, el hombre que tanto empeño tenía en que conociera y, al verlo, a Annie se le cayó el alma a los pies. Era igual que todos los individuos con los que había tenido citas a ciegas, y él la miró de arriba abajo como si fuera un trozo de carne. Enseguida le soltó que era cirujano, especializado en trasplantes de corazón y pulmón, y se quedó callado como si esperara que lo aplaudieran. Se veía medianamente atlético, pero no dejaba de tener barriga y bastante papada. Y llevaba unos injertos capilares pésimos que se había hecho un año antes, al divorciarse. Annie lo habría preferido calvo, e intentó recordarse a sí misma ser comprensiva y dar al pobre hombre una oportunidad. ¿Y si resultaba ser la mejor persona del planeta y tan solo llevaba injertos de cabello poco acertados? Valdría la pena aguantarlo con su pelo si fuera un ser humano maravilloso, y quizá lo fuera. O fascinante. O divertido. O inteligentísimo. Todo era posible. Annie lo vio fijarse en los pendientes de brillantes que llevaba puestos. El tipo fue al grano.

—¿Está divorciada? —Al verla sola a su edad, supuso que así sería.

—No. Nunca he estado casada —contestó ella, sonriéndole mientras se preguntaba si su respuesta la haría parecer atrevida o una fracasada.

—Bonitos pendientes. Su ex novio debía de ser generoso.

A Annie le sorprendió el comentario. Nunca había tenido un novio que le regalara algo que no fuera un pañuelo o que la invitara a algo más que una comida.

—Me los he comprado yo —dijo, sin dejar de sonreírle mientras Whitney los hacía pasar al comedor como a borregos.

El cirujano se sentó a su lado y no le hizo el menor caso durante la primera mitad de la cena, tiempo que estuvo hablando sobre sus operaciones más recientes y de la política del hospital con dos hombres que tenía enfrente. Y el hombre sentado a la izquierda de Annie le daba la espalda y estaba enfrascado en una seria conversación con la mujer que había al otro lado. Ya iban por los postres cuando el cirujano se volvió de nuevo hacia ella, como si acabara de recordar su presencia. Annie esperaba que le preguntara a qué se dedicaba, en vista de que llevaba toda la noche escuchándolo hablar de su propio trabajo.

—Estoy construyéndome una casa en las islas Caimán —explicó él, sin venir a cuento—. Tengo un rancho en Montana y necesitaba algo en un paraíso fiscal. Ahora tengo el barco allí. ¿Ha estado alguna vez en St. Barts?

—No, nunca —respondió ella, sonriéndole—. He oído que es precioso.

—Acabo de vender una casa que tenía allí. En dos años he sacado el doble de lo que costó. —Annie no sabía qué decir a eso, y le maravillaba que su interlocutor aún no le hubiera preguntado a qué se dedicaba o cualquier cosa sobre ella. Todo giraba en torno a él—. He estado de safari en Kenia con mis hijos. Pasamos allí las Navidades. El año pasado fuimos a Zimbabue. Me ha gustado mucho más Kenia. —La conversación resultaba fácil, ya que solo hablaba uno. Él no hacía preguntas, no le importaban sus opiniones, su experiencia personal, sus vacaciones ni su trabajo—. Tengo unas fotografías fantásticas de nuestra estancia allí.

Tampoco estaba interesado en los acontecimientos de orden mundial, solo en los suyos, y Annie lo escuchaba con gran asombro.

Whitney le sonrió desde la otra punta de la mesa. Daba la sensación de haber bebido mucho, al igual que el resto de los invitados. La cena, preparada por el mejor servicio de catering de Far Hills, había sido excelente, pero nadie parecía haberle prestado atención. El único tema de conversación eran los vinos. Fred había sacado los mejores que poseía y sabía mucho del tema. Bob también. Le habló a Annie de las bodegas que tenía en su casa y de lo bien surtidas que estaban de los caldos franceses más selectos. Luego se refirió a su barco y a lo grande que era. Le contó que lo había decorado con obras de arte de gran valor, y comentó que le había entregado algunas a su ex mujer. Cuando se levantaron de la mesa después de cenar, Annie aún no había abierto la boca ni una sola vez. El hombre de la izquierda le pidió disculpas por no haber hablado con ella, y Bob se alejó sin decirle nada para ir a conversar con Fred y varios colegas suyos.

Se sentía como la persona invisible de la sala. Las mujeres le tenían miedo porque la veían más delgada, mejor vestida y más guapa; y los hombres no mostraban el menor interés por ella. Bob Graham podría haberse pasado toda la noche hablando con un espejo y se lo habría pasado igual de bien. Sospechó que normalmente saldría con mujeres más jóvenes que se dejaban impresionar por su dinero, su barco o su Porsche. A Annie no le impresionaba nada de ello, y lo único que quería era volver a casa. Pero estaría atrapada allí toda la noche. Lamentaba haber ido. Habría estado mejor sola en casa, pero ahora tenía que aguantarse y poner buena cara, aunque solo fuera por Whitney.

—¿A que es un tipo realmente estupendo? —le susurró Whitney refiriéndose a Bob cuando pasó por su lado para ir a hablar con las mujeres con las que solía jugar al tenis todos los días.

Whitney y ella eran amigas desde hacía años, y a Annie le encantaba hablar con ella, pero cuando la veía en aquel entorno se daba cuenta de lo poco que tenían en común, y de lo distintas que eran sus vidas. Whitney nunca había trabajado, y llevaba veinte años casada con Fred desde que acabó la universidad. Ya tenía dos niños cuando Annie se hizo cargo de la familia de Jane, y Whitney le había dado su apoyo e inestimables consejos. Compartían recuerdos, pero poco más. Y Annie no soportaba a sus amigas. Siempre olvidaba cuánto las detestaba hasta que iba a visitarla a New Jersey, lo que no solía hacer muy a menudo. La mayoría de las veces se veían en Nueva York, cuando Whitney iba de tiendas, y se sentía a gusto a solas con ella. Pero allí, en su hábitat natural, con aquella gente estirada, pedante y presuntuosa, a Annie le daban ganas de gritar y salir corriendo de la sala. Hasta entonces lo mejor de la noche había sido la comida.

Todos siguieron bebiendo hasta medianoche y, cuando Fred acabó la cuenta atrás de los últimos segundos del año, se pusieron a gritar y a soplar las pequeñas cornetas que Whitney había sacado justo antes de las doce. Luego se besaron todos, se desearon un feliz año nuevo, y veinte minutos más tarde se fueron a casa. Para entonces, Whitney estaba totalmente borracha y Fred subió a acostarse sin despedirse de nadie.

—Bob me ha dicho que eres estupenda —le aseguró Whitney, arrastrando las palabras.

Annie no soportaba verla así. Quería que su amiga fuera mejor, que fuera distinta, pero no era así. Whitney era uno de ellos. Y la fantástica cita a ciegas había sido otra broma de mal gusto. Annie había olvidado, desde la última que había sufrido, lo horrorosas que podían ser. Siempre juraba que no volvería a hacerlo, pero Whitney le había insistido y, después de lo que le había dicho Katie, pensó que al menos debía intentarlo de nuevo.

Cuando Whitney fue a la cocina a pagar a los responsables del catering, Annie aprovechó para entrar con sigilo en su habitación, quitarse la ropa y el maquillaje, meterse en la cama y apagar la luz. Y lo único que quería no era un hombre, sino volver al pasado, a los días de infancia de sus sobrinos, a aquellos tiempos felices en los que pasaban la Nochevieja bebiendo ginger ale, aguantando levantados hasta las doce para luego caer rendidos los tres en su cama. Aquellas eran las Nocheviejas que echaba de menos, no la que acababa de vivir con una cita a ciegas con Bob Graham incluida. Mientras se quedaba dormida, deseó estar en casa. Se sentía mucho más sola allí, con Whitney y sus amistades, de lo que se habría sentido sin más compañía que ella misma.

La Nochevieja de Ted con Pattie estuvo cargada de afecto y dulzura. Prepararon la cena en el apartamento de ella. Había dejado a los niños con su padre, aprovechando que este ya había regresado a la ciudad. Brindaron el uno por el otro con champán, pasaron del desenfreno a la ternura en sus lances sexuales y a medianoche pusieron la tele para ver el descenso de la bola en Times Square y luego volvieron a hacer el amor. Era una noche tonta y divertida, llena de la pasión que Ted había descubierto con ella en aquel último mes. Y Pattie lo cogió por sorpresa al preguntarle si estaría dispuesto a mudarse a su casa.

—¿Qué pensarían tus hijos? —le dijo él, con verdadera cara de asombro.

Nunca había vivido con una mujer, solo con compañeros de piso, además de sus hermanas y su tía. No tenía claro que estuviera preparado para irse a vivir con ella, y se sentía incómodo por los niños.

—Pensarían que nos queremos —le respondió Pattie.

Pero él era muy consciente de que supondría asumir una gran responsabilidad. ¿Y si no salía bien? ¿Cómo afectaría eso a sus hijos? Ya habían pasado por un divorcio. Ted no quería ponerlos en peligro, y así se lo dijo a Pattie; pero ella, ajena a los temores de Ted, se negaba a atender a razones.

—Y ¿por qué habría de salir mal?

—Necesitamos más tiempo —contestó él con sensatez.

Pattie se limitó a sonreír, como si conociera todos los secretos del mundo. Aquella noche le dijo mil veces que lo amaba, y él le hizo el amor una y otra vez. Fue la Nochevieja más apasionante de su vida. Se emborracharon los dos con champán y, al final, se quedaron dormidos el uno en brazos del otro mientras salía el sol en el nuevo año.

Paul y Katie pasaron la Nochevieja en el apartamento de Annie. Ella ya se había quedado a dormir en casa de él. El compañero de piso de Paul salía con una chica que tenía su propio apartamento, y se iba allí con ella la mayor parte del tiempo, lo cual les venía muy bien. Pero aquella vez Paul se quedó con Katie. Prepararon la cena en la cómoda cocina, vieron películas, se besaron a medianoche e hicieron el amor en la cama de ella. Paul fue tierno, cariñoso y respetuoso, y Katie supo que todos los temores de Annie ante el choque de culturas que pudiera darse entre ellos no tenían razón de ser en su caso. Él era tan estadounidense como ella, independientemente del lugar en el que hubiera nacido. Además, era el hombre más bueno del mundo, y por primera vez en su vida Katie estaba pérdidamente enamorada.

A Paul le aterraba la idea de que Annie pudiera presentarse en casa en mitad de la noche, y Katie lo tranquilizó una y otra vez, asegurándole que no volvería hasta el día siguiente.

De todos modos, Paul le pidió que cerrara con llave la puerta de su dormitorio. No quería que nadie los interrumpiera. Y Katie descansó plácidamente en sus brazos mientras hablaban, a altas horas de la noche, de todas sus inquietudes, esperanzas, temores y sueños. Paul le dijo que quería llevarla un día a Teherán a visitar a sus parientes de allí. Él mismo tenía ganas de volver a ver Irán. Conservaba muchísimos recuerdos de su tierra natal y de su familia, pero quería vivir en Estados Unidos. Simplemente deseaba que ella conociera su país algún día, y Katie también compartía aquel deseo. Quería saberlo todo sobre él y ver dónde había vivido de niño.

Paul le había presentado a sus padres, que habían sido educadísimos con ella, aunque un poco fríos al principio. Él le había explicado que ellos siempre habían albergado la esperanza de que su hijo acabara casándose con una chica persa. Pero le aseguró que con el tiempo, cuando la conocieran mejor, se enamorarían de ella. Fue lo mismo que le había dicho Katie acerca de Annie, que necesitaba hacerse a la idea de su relación, y sobre todo del hecho de que Katie se hubiera hecho mayor.

Pero Katie no pensó en toda la noche en su tía. En su corazón y en su mente no había lugar más que para Paul, y para la vida que iban a compartir. Ante ella tenía un año nuevo, un mundo nuevo, una vida nueva con él. Y las diferencias que preocupaban a sus familias no existían para ellos. El único mundo que les preocupaba a ellos dos era el suyo propio.

10

Annie no veía la hora de irse de Far Hills al día siguiente. No quería ser maleducada y marcharse antes de que Whitney y Fred se levantaran. Ella ya estaba en pie y vestida a las nueve de la mañana, pero sus anfitriones aparecieron a las diez. Annie se reunió con ellos en la cocina para desayunar y hablar de cómo había ido la noche anterior. La pareja tenía una resaca espantosa a juzgar por su aspecto. Annie había bebido muy poco y se encontraba bien.

—Y ¿qué te pareció Bob? —preguntó Whitney esperanzada mientras Fred leía el periódico, por lo visto sin importarle en absoluto la desastrosa cita a ciegas. Eso era un asunto de Whitney, no suyo.

—Es un hombre muy interesante —respondió Annie con diplomacia, sin querer herir los sentimientos de Whitney diciendo lo que pensaba realmente, que era un ególatra, un cretino presuntuoso y un plomazo—. Me lo contó todo del safari que había hecho por Kenia en Navidad, del rancho de Montana, de su barco, de la casa que está construyéndose en las islas Caimán y de la que acaba de vender en St. Barts. Tiene muchos temas de conversación. —Pero solo sobre sí mismo.

Whitney se hizo una idea de la situación y miró con cautela a su amiga. Se dio cuenta de que Annie callaba mucho y que estaba siendo educada. Al oírlas hablar, Fred se levantó y se fue a la otra sala. Le pareció que era una conversación de mujeres.

—No te negaré que es un poco engreído, pero en el fondo es un hombre estupendo. Le dio una fortuna a su mujer cuando se divorciaron.

Annie no estaba segura de que eso lo convirtiera en un hombre tan estupendo, a menos que lo único que ella quisiera fuera dinero y un divorcio. Pero si buscaba conversación y un ser humano de verdad, con aquel hombre no tenía nada que hacer.

—Si a ella le parece bien... —dijo Annie con indiferencia mientras se tomaba el café a sorbos.

—Ella lo dejó por el instructor de golf del club. Fue un golpe terrible para el ego de Bob, y desde entonces ha estado saliendo con muchas mujeres jóvenes, que solo van detrás de su dinero. Lo que él necesita es una persona de verdad.

—¿Eso quién lo dice, tú o él? Seguro que se lo pasa muy bien con tanta mujer joven —supuso Annie con buen criterio, aunque en el fondo le traía sin cuidado.

—Las conozco, y son todas unas cazafortunas. Se merece algo mejor.

A Annie le dieron ganas de replicarle que no, que merecía lo que tenía, y que si se paseaba con la billetera en la mano, encontraría a mujeres que buscaran eso. Quizá en aquel momento él no quisiera más que comprar una. Pero fuera como fuese, no le interesaba lo más mínimo. Estaba clarísimo por todo lo que Annie se había abstenido de decir. Aquel hombre le había parecido totalmente repulsivo.

—Lo siento —dijo Whitney, que vio lo que Annie pensaba de él por la expresión de su rostro—. Supongo que no es tu tipo. Yo confiaba en que lo fuera; es el único soltero que conozco. Aquí están todos casados. —Y a Annie tampoco le habría interesado ninguno de ellos, a juzgar por el panorama de la noche anterior. En su vida había visto a un grupo de hombres con menos atractivo, y sus esposas no eran mucho mejores. Tanto los unos como las otras se habían pasado la noche entera hablando de dinero—. ¿Le contaste que eres arquitecta? —le preguntó Whitney, lo que provocó la risa de Annie.

—No llegó a preguntármelo. Solo hablaba de sus casas y de sus posesiones. Y yo lo dejé hablar. Yo no le interesaba a él, ni él a mí. Es dificilísimo buscar pareja a alguien. Creo que esas cosas pasan cuando menos te lo esperas. No he tenido una sola cita a ciegas que haya funcionado —le dijo a Whitney con una mirada indulgente.

Annie sabía que su amiga tenía buenas intenciones, aunque se hiciera falsas ilusiones con Bob.

—A lo mejor deberías intentar conocer a alguien por internet —sugirió Whitney sin demasiado entusiasmo.

Realmente quería ayudar. No soportaba ver que Annie estaba sola, sobre todo ahora que ya no vivía con los chicos. Sabía lo duro que eso era para ella y el vacío que había dejado en su vida.

—No busco una cita, ni un hombre ni un marido. Estoy bien así —aseguró Annie—. Y, de todos modos, no dispongo de tiempo. Ahora mismo tengo una lista de diez encargos importantes. En serio, Whit, estoy bien. No es un objetivo prioritario para mí en estos momentos.

Whitney sabía que no lo era desde hacía ya demasiado tiempo.

—No lo es desde hace dieciséis años —le recordó Whitney—. Tienes que pensar en tu futuro. No vas a ser joven y guapa por siempre jamás, y no querrás acabar sola.

A Annie no le parecía mal, si la alternativa era alguien como Bob Graham.

—Estar sola no es tan malo —repuso, sonriendo a su amiga—. No es que sea infeliz. Simplemente echo de menos a los chicos. Pero eso te pasará a ti también un día de estos. Todos se hacen mayores y acaban yéndose de casa tarde o temprano.

—Le tengo pavor a ese día —confesó Whitney.

En aquel momento Fred entró de nuevo en la cocina y oyó su comentario.

—Pues yo no —dijo él con una amplia sonrisa—. En cuanto se vaya el último, podremos comenzar a viajar y a hacer todo lo que no hemos podido hacer en los últimos veinte años. Podremos salir por ahí sin preocuparnos de si nos destrozan el coche, nos queman la casa o acaban con un coma etílico jugando a la botella con cerveza. Me muero de ganas de estar sin ellos —dijo en un tono alegre.

—No creo que las mujeres lo vean de esa manera —le contestó Annie—. Para nosotras es una pérdida enorme que se marchen de casa. Los chicos han sido el mejor quehacer que he tenido durante todos estos años. Y de repente estoy obsoleta. Menos mal que nunca he dejado mi trabajo, porque ahora mismo estaría perdidísima.

Whitney la entendía perfectamente, razón por cual intentaba emparejarla con alguien.

Annie se levantó entonces de la mesa y fue a por sus cosas. Luego se despidió de Fred, dio las gracias a Whitney por la agradable estancia en su casa y se metió en el coche con un suspiro de alivio. No veía la hora de llegar a su casa. Se sentía tonta por haber aceptado la invitación al pensar que aquella cita a ciegas sería distinta. Se prometió a sí misma, como ya había hecho antes, que no volvería a caer en la trampa. Pero sabía que al cabo de un par de años lo olvidaría y se dejaría liar de nuevo con otra cita. Confiaba en que la próxima vez recordaría lo nefasta que había sido la experiencia.

En el momento en que Annie abandonaba New Jersey, Katie y Paul estaban preparando el desayuno en la cocina de su casa. Se habían levantado pronto y ya estaban vestidos. Paul quería irse antes de que regresara la tía de Katie. No sabía cómo reaccionaría ella ante el hecho de que hubiera pasado allí la noche, y había percibido las reservas que él le suscitaba, aunque Katie había tenido tacto al hablarlo con él. Ambos estaban decepcionados por la reticencia de sus respectivas familias, pero no les sorprendía.

—Tu tía piensa que somos de dos mundos distintos —dijo Paul con tristeza.

Lo había visto en sus ojos, aunque ella lo había tratado con amabilidad y él le caía bien.

—Ya se le pasará —aseguró Katie en voz baja—. Lo que le ocurre a Annie es que cree que sigo siendo una niña. Se preocupa mucho por mí —añadió abiertamente—. Era bastante joven cuando mis padres murieron, y ha cuidado de nosotros como una madre. Supongo que le cuesta renunciar a eso y darse cuenta de que ya somos mayores.

—Parece buena mujer —opinó Paul, y luego se agachó para besar a Katie—. Te quiero. Tú también eres una buena mujer —dijo, sonriéndole.

Habían quedado en que volvería aquella tarde. Paul no quería que Annie supiera que había pasado allí la noche, y tampoco quería buscarle problemas a Katie. Calculó el tiempo a la perfección. Se marchó del apartamento diez minutos antes de que Annie volviera a casa. Katie había lavado y recogido los platos, y estaba haciendo la cama cuando su tía entró por la puerta y le deseó un feliz año nuevo.

—¿Qué hiciste anoche? —le preguntó Annie.

En un principio había pensado que Katie tal vez pasaría la

noche con Paul, pero vio que no había sido así. El dormitorio de su sobrina estaba en perfecto orden, y no había ni rastro de él.

—Salimos con unos amigos. No hicimos nada del otro mundo. Volví a casa muy pronto —le explicó Katie mientras terminaba de hacer la cama antes de que fueran juntas al salón—. ¿Y tú? ¿Te lo pasaste bien?

Parecía que Katie ya no estaba enfadada con ella, y Annie se echó a reír y le contó lo de la cita a ciegas.

—Creo que ha sido la peor de todas las que llevo. Preferiría ser monja el resto de mi vida a salir con tipos como ese —admitió Annie.

Katie se avergonzó al oír aquel comentario.

—Siento haberte dicho eso. Estaba disgustada.

No le había hecho gracia que Annie expresara sus preocupaciones acerca de Paul. Él era maravilloso con ella y un hombre de lo más bondadoso, y quería que Annie viera su relación con el mismo entusiasmo que ella y que la aceptara sin la menor vacilación, lo cual era mucho pedir, fuera quien fuese él. Annie siempre era muy protectora con ella. Demasiado, para su gusto.

—No pasa nada, si tienes razón. Vivo como una monja. ¿Dónde está Paul, por cierto?

—Vendrá más tarde —contestó Katie como si tal cosa, intentando dar la sensación de que la presencia constante de Paul allí fuera algo normal.

—Me alegro —dijo Annie con sinceridad—. Que se quede a cenar si quiere.

A Annie le gustaba Paul y quería conocerlo mejor, dado lo importante que sin duda era para Kate. Pero también sabía que las tradiciones tenían raíces muy profundas, incluso en una nueva generación y en otro país.

—¿Dónde está tu hermano? —preguntó a Katie.

—No sé. Ha desaparecido. Saldría con sus amigos ano-che. Seguro que aún estará durmiendo allí donde acabara.

Katie volvió a su habitación y llamó a Paul para contarle que podía regresar cuando quisiera y que su tía lo había invitado a cenar. Él pareció aliviado.

—¿No se ha enterado de que he pasado la noche ahí? —preguntó nervioso.

—En absoluto. He recogido todos los platos. Ha llegado a casa justo después de que te marcharas.

—Me pasaré después de comer con mis padres —le prometió él.

Katie se tumbó entonces en la cama a escuchar música y pensar en él. Nunca se había sentido tan feliz.

Ted y Pattie se despertaron a las dos de la tarde, cuando su ex llamó para avisar de que iba a llevar a los niños. Ted dijo que quería irse igualmente. No le parecía bien que lo vieran tan a menudo por allí, y además sospecharían que habría pasado la noche con su madre. Deseaba mantener una apariencia de decoro por ellos.

—Tengo que volver a casa —anunció mientras hacía girar el grifo de la ducha y Pattie lo observaba desde la puerta del baño, admirando su cuerpo.

—¿Por qué? —le preguntó ella, metiéndose en la ducha con él—. ¿Por qué tienes que ir a casa? ¿Por qué no te quedas aquí con nosotros?

—Tengo que pasar un rato con mi hermana y mi tía —dijo con toda sinceridad.

A veces sentía como si Pattie intentara apoderarse de su vida. Quería tenerlo allí a todas horas.

—¿No preferirías estar aquí? —preguntó ella, pegando su cuerpo al de él mientras el agua les corría por la cara.

Pattie lo sostuvo entonces en sus manos y Ted cobró vida de nuevo. Ella producía un efecto inmediato en él, como si hiciera magia.

—A veces preferiría estar aquí —dijo él mientras la besaba y le acariciaba los pechos. Ella lo guió con sus manos para que la penetrara—. Y otras veces también me gusta estar con ellas —susurró con los labios pegados a su cabello, mientras la imagen de Annie y Kate se desvanecía rápidamente en su mente.

Pattie, que tenía el poder de sacar de su cabeza todo lo que no fuera ella, se sentó a horcajadas sobre él mientras hacían el amor en la ducha. El efecto fue instantáneo y explosivo, y a Ted le supuso un esfuerzo enorme salir cuando terminaron. Las diligentes aplicaciones con jabón por parte de ella prolongaron aún más su excitación.

—No voy a irme nunca de aquí si sigues haciéndome eso —le advirtió Ted, y ella rió.

—Esa es la idea.

Ted se apartó entonces de Pattie y, mirándola a los ojos, expresó con palabras una pregunta que solía hacerse.

—¿Qué quieres de un crío como yo?

—Estoy loca por ti. En mi vida he estado enamorada de esta manera.

Parecía joven y vulnerable al decir aquello.

—¿Por qué? No soy lo bastante mayor para ser un padre para tus hijos. No estoy preparado para ser un marido. Aún no he acabado la carrera de derecho. Tengo la sensación de que maduré cuando te conocí, pero todavía me queda un camino largo por recorrer.

—Pues recórrelo conmigo. Nos haremos mayores juntos.

—Tú ya eres mayor —le recordó Ted—. Eres madre, y has sido esposa... yo no soy más que un crío.

—Mientras seas mío nada de eso me importa. —Y luego

Pattie añadió algo que lo aterrorizó—: No pienso dejarte escapar nunca.

—No digas eso —le pidió Ted en voz baja mientras se secaba y se vestía.

Se sentía atrapado cuando Pattie le decía cosas así, y no quería ser su rehén, por muy excitante que fuera ella. Quería estar con ella por decisión propia. A veces la veía envuelta en un halo de desesperación que lo ponía nervioso. La relación entre ambos era muchísimo más intensa que cualquier otra que Ted hubiera tenido en su vida.

—Es la verdad —dijo ella mientras lo miraba con tristeza—. Si me dejaras, me moriría.

—No, no te morirías —repuso él con dureza—. Tienes hijos. No puedes pensar así.

—Pues entonces no me dejes.

—No pienso irme a ninguna parte —le dijo con dulzura—, pero no digas esas cosas. Me da miedo.

Pattie asintió y lo besó con fuerza en la boca.

Ted se marchó unos minutos antes de que llegaran los niños, y cogió un taxi para ir a casa de Annie. Antes de montarse en el coche, se volvió para despedirse de Pattie con la mano mientras ella lo observaba desde la ventana, sin despegar la mirada del taxi hasta que este desapareció.

En París, Jean-Louis y Liz tenían previsto recoger a su hijo Damien para pasar todo el día con él. La noche anterior habían cenado con unos amigos de Jean-Louis. Lizzie se lo estaba pasando de maravilla desde que había llegado allí. Jean-Louis tenía un pequeño y coqueto apartamento en la margen izquierda del Sena, con una terraza que daba al río. Le encantaba observar los barcos que surcaban sus aguas y contemplar la ciudad. Cuando iba allí por cuestiones de trabajo, se alojaba en el Four Seasons o en el Bristol, pero era mucho más divertido y romántico estar con él. Y le hacía ilusión conocer a su hijo. Jean-Louis tenía pensado llevarlo al parque con ella, y le había prometido que lo montaría en el tiovivo.

Lizzie estaba arreglándose en aquel baño antiguo, con sus pintorescos ojos de buey, cuando abrió un cajón en busca de un rollo de papel higiénico, pues el que estaba puesto se había terminado. Liz se quedó parada al ver varias braguitas y un sujetador negro de encaje. Ninguna de aquellas prendas íntimas eran suyas. No estaba segura de si serían reliquias del pasado de Jean-Louis, o algo más reciente, pero lo sacó todo y lo tiró encima de la cama, donde él estaba viendo en la tele un partido de fútbol entre el Paris F.C. y el Sant-Germain.

—He encontrado esto en el baño —dijo Liz con aire despreocupado.

Jean-Louis apartó la mirada un instante de la tele, y en aquel momento el Paris F.C. marcó un gol. Oyó la ovación del público y volvió los ojos rápidamente hacia la pantalla mientras hablaba con ella. Al ver la ropa interior de encaje encima de la cama, se quedó como si nada.

—Has descubierto mi secreto —dijo, sonriéndole—. Me la pongo cuando tú no estás aquí.

—Muy gracioso —respondió Liz con un leve temblor en el estómago. Normalmente no era celosa, pero habían acordado que tendrían una relación exclusiva, y quería estar segura de que la cosa seguía igual—. ¿Es de alguien que conoces?

Era poco probable que una perfecta desconocida hubiera entrado en su apartamento y hubiera dejado unas braguitas y un sujetador en un cajón.

—Será de Françoise. Seguro que esas prendas llevan años aquí y que se las dejó olvidadas cuando se marchó. Nunca miro esos cajones. Ya las puedes tirar. Si no las ha reclamado en cuatro años, no creo que las necesite ahora.

Françoise era la madre de su hijo, así que a Liz le pareció razonable, y sonrió a Jean-Louis mientras arrojaba las braguitas y el sostén a una papelera que había bajo el escritorio. Aunque no lo pareciera, Jean-Louis tenía una señora de la limpieza que iba a su casa una vez por semana. El apartamento se veía tan desordenado como su ropa.

—Por cierto, nos hemos quedado sin papel higiénico —le informó Liz mientras continuaba vistiéndose, aliviada por la explicación sencilla y nada dramática de él.

No soportaba las escenas de celos, y era agradable saber que Jean-Louis no la engañaba. Por mucho que no fuera el romance del siglo, era un acuerdo cómodo para ambos.

—Hay un rollo en mi escritorio. En el cajón de abajo.

El lugar extraño para guardar el papel higiénico era algo típico de él. Sus aptitudes para los quehaceres domésticos eran nulas.

—Ya sé que parece un disparate, pero, si no, se me olvida dónde lo he guardado.

Para entonces Lizzie ya se había enfundado unos tejanos, un jersey y unas botas de tacón alto muy sexis, y se la veía escuálida. Se enrolló una pashmina de color frambuesa alrededor del cuello y se puso un abrigo de zorro negro que había comprado en Milán. Estaba elegantísima para ir al parque y el tiovivo, y Jean-Louis le dedicó una sonrisa de admiración mientras apagaba la televisión y se levantaba de la cama. Estaba contento: su equipo había ganado. La llevaría a comer a la Brasserie Lipp antes de recoger a su hijo. Liz tenía curiosidad por conocer al pequeño y ver a su madre, una modelo de muchísimo éxito con la que Jean-Louis había vivido dos años y conservaba una buena relación. Se habían separado antes de que el niño cumpliera un año, hacía cuatro, y ella había tenido varios novios después de Jean-Louis.

Liz comió una ensalada en el famoso restaurante situado

en el boulevard Saint-Germain, mientras que Jean-Louis pidió una copiosa comida alemana. A las tres ya estaban en el bloque de pisos de la rue Jacob donde vivía Françoise. La modelo tenía veinticinco años, pero aparentaba quince cuando les abrió la puerta. Era más alta incluso que Liz, ya que pasaba del metro ochenta descalza, y tenía unos ojos verdes enormes, una tez perfecta y una larga cabellera pelirroja. Damien tenía el mismo color de ojos que su madre, pero por lo demás era el vivo retrato de Jean-Louis. Sonrió a su padre con cara de alegría y luego lanzó una mirada inquisitiva a Liz. Jean-Louis la presentó entonces como su amiga. Françoise la miraba con la misma expresión de curiosidad que su hijo. Tras darle la mano a Lizzie, los invitó a pasar.

La decoración del apartamento era decididamente marroquí, con pufs de piel en el suelo, mesas bajas y sofás que habían conocido tiempos mejores y que estaban tapados con telas de colores vistosos. Françoise tenía las mismas aptitudes que Jean-Louis para los quehaceres domésticos. Había revistas, fotografías sueltas, su portafolio de modelo, botellas de vino medio llenas y zapatos por todas partes.

Damien, que parecía un niño alegre y de trato fácil, corrió a abrazar a su padre y luego se despidió de su madre con un beso cuando se marcharon.

Las dos mujeres se habían mirado de arriba abajo con interés, sin apenas decir nada. Lizzie tenía la sensación de que a Françoise no le había hecho mucha gracia verla, pero tampoco parecía demasiado disgustada. Jean-Louis le había contado que siempre habían tenido una relación abierta cuando vivían juntos y que nunca se habían guardado fidelidad mutua. Según le había dicho, ella era la primera mujer a la que le había prometido exclusividad, algo que para él representaba una enorme concesión y un gran compromiso. Hasta entonces nunca había dado importancia a la monogamia, ya fuera por su parte o por la de su pareja. Jean-Louis creía en la opción de vivir el momento, de aprovechar las oportunidades cuando se presentaban. Y solía burlarse de Lizzie por lo americana que era, y por lo puritanos que eran sus compatriotas. Pero ella se ceñía a sus propias normas. No quería que su novio se acostara con nadie más. Nunca había tenido pruebas de lo contrario, y cuando lo llamaba por la noche a su casa de París desde Nueva York, él siempre estaba solo. A Liz le había intrigado verlo con la madre de Damien en aquella ocasión. Parecían llevarse bien, nada más. Jean-Louis le había contado desde el principio que Françoise y él eran buenos amigos, y ella lo creyó. Él nunca le había mentido.

Fueron al Bosque de Bolonia y, pese a hacer frío, estuvieron corriendo un buen rato y jugaron a la pelota con Damien. Era un niño encantador, y Liz se esforzó en hablar francés con él y se montaron los tres en el tiovivo. Luego fueron a Ladurée, en los Campos Elíseos, para tomarse unos pastelitos con chocolate caliente. A Damien le encantó, e incluso Lizzie sucumbió a la tentación y pidió unos *macarons* y un té. Después regresaron al apartamento de Jean-Louis, y Liz le dio a Damien el tren que le había llevado de regalo. Al pequeño le gustó mucho, y cuando se cansó de jugar con él, Jean-Louis le puso un DVD de Disney en el dormitorio, en francés, mientras los dos adultos se quedaban en el salón, hablando tranquilamente. Había sido un día perfecto. Hacía tiempo que Lizzie quería conocer a su hijo, pero hasta entonces no había surgido la ocasión. Aquella era la primera vez que ella tenía tiempo libre estando en París; siempre que iba andaba ocupadísima con las sesiones de fotos que debía organizar, y desde que llegaba hasta que se iba no hacía más que trabajar.

—Ojalá estuviera conmigo más a menudo —dijo Jean-Louis con nostalgia—. Es un niño estupendo, pero yo nunca estoy en París. O no paro demasiado por aquí. Françoise también viaja mucho. Su madre viene de Niza para cuidar de Damien, pero Françoise está planteándose mandarlo a vivir con ella, ahora que va a empezar el colegio en serio. Para él es difícil andar dando tumbos entre nosotros dos, y su abuela lo cuida muy bien. Françoise lo tuvo siendo muy joven. Cuando se quedó embarazada, nos pareció una gran idea, pero seguramente deberíamos haber esperado. —Jean-Louis sonrió a Liz—. Pero entonces no habría llegado a nacer. Supongo que, después de todo, el destino toma las decisiones acertadas.

A Liz le sonó extraño que algo tan importante como la decisión de tener o no un hijo se dejara al «destino». Ella, de momento, nunca se había sentido preparada para dar ese paso, y no se imaginaba dándolo en breve. Su trabajo la absorbía demasiado, como a Françoise y a Jean-Louis, pero a ellos no parecía importarles.

—¿Y no os echará mucho de menos si lo mandáis a vivir con su abuela?

Liz se compadecía del pequeño ante el hecho de que tuviera que verse de aquí para allá entre dos personas tan independientes, que lo habían tenido siendo muy jóvenes, y una abuela que vivía en otra ciudad.

—Sería lo mejor para él. Ella le daría más estabilidad que nosotros, y Françoise tiene dos hermanas, una en Aix y otra en Marsella. Damien vería a sus tías, tíos y primos. Nosotros no tenemos tiempo de relacionarlo con otros niños, salvo en el parvulario, o en la guardería donde lo lleva Françoise. A ti también te crió alguien distinto de tus padres. Y no parece que te haya afectado de forma negativa —comentó Jean-Louis con sentido práctico.

Pero lo que él no veía ni había entendido nunca era lo mucho que le había marcado a Lizzie la muerte de sus padres, por muy maravillosa que hubiera sido Annie con ellos. No era lo mismo que crecer con tu madre y tu padre, y para ella había sido una pérdida sumamente traumática. Y quizá fuera aún peor si tus padres decidían enviarte con otra persona. ¿Cómo se explicaría uno algo así con el paso del tiempo?

—Nosotros no tuvimos más remedio. Mis padres fallecieron. Pero Damien podría sentirse completamente abandonado por vosotros. Yo sufrí muchísimo la pérdida de mis padres durante toda mi adolescencia. Creo que los culpé por morir, aunque quería mucho a mi tía y ella se portó de fábula y fue como una madre para mí. Pero no es mi madre, sino mi tía.

—Ya se lo explicaremos más adelante. —Jean-Louis le sonrió mientras se encendía un Gitanes—. Françoise no está dispuesta a renunciar a su carrera. Y, a este nivel, solo podrá hacer lo que hace unos años más. Sería una lástima que lo dejara ahora. Y yo no puedo. Seguro que lo entenderá —le dijo, seguro de sí mismo.

Liz no estaba tan segura de cómo se sentiría Damien más adelante ante unos padres que no habían estado dispuestos a sacrificarse por él y que solo pensaban en sí mismos. En cierto modo le parecía que lo trataban como un juguete. Ella no dejaba de estar agradecida por todo lo que había hecho Annie por ellos, de lo que era aún más consciente en aquel momento. No podía imaginar cómo sería su vida si a ella le hubiera tocado criar a tres niños, de las edades que tenían sus hermanos y ella misma cuando Annie se hizo cargo de los tres con veintiséis años. Liz no se veía capaz de hacerlo, ni en aquel momento ni nunca, lo que acrecentó aún más su admiración por su tía por todo lo que había hecho.

—Yo tampoco podría hacerlo —admitió Liz—, pero no tendría un hijo. No quiero arruinarle la vida a nadie.

—Nosotros no le estamos arruinando la vida —le aseguró Jean-Louis, ajeno a lo que iban a hacerle al pequeño.

En aquel momento su hijo entró en el salón. La película había terminado y tenía hambre. Jean-Louis le puso un poco de queso y paté en un plato y abrió una caja de *macarons*, los pastelitos que habían comprado aquella tarde en Ladurée. Damien parecía encantado con aquella cena. Cuando estaba con su madre, se alimentaba de pizzas y sándwiches. Su padre siempre tenía cosas de comer más ricas. Pero tampoco se le veía triste o desnutrido, y era un niño fácil de complacer. A su edad, había aprendido ya a amoldarse a los adultos que tenía a su alrededor y a no dar problemas. Si lo hacía, se lo quitaban de encima. A Liz le parecía una vida dura para un niño y no era partidaria de una forma de crianza como aquella, que nada tenía que ver con la que había recibido ella por parte de su tía. Annie se había amoldado a ellos para proporcionarles infancia estable y feliz y siempre hablaba de lo afortunada que era por tenerlos. Lizzie se sintió entonces más agradecida que nunca a su tía al analizar el contexto de su propia vida y ver lo duro que habría sido para ella compatibilizar todo lo que tenía entre manos. Y estaba segura de que para Françoise y Jean-Louis tampoco debía de ser fácil. Pero era Damien quien pagaba las consecuencias. En su caso nunca había sido así. Ella había tenido una infancia perfecta, dadas las circunstancias. E incluso siendo así, a su edad seguía teniéndoles miedo a los compromisos a largo plazo. Nunca le había dicho a un hombre que lo amaba, por temor a que, si lo hacía, él pudiera morir o desaparecer, y tampoco creía que hubiera estado enamorada de verdad en toda su vida. No dejaba de hacerse esa pregunta con respecto a Jean-Louis. Estaba ligada a él, y se lo pasaba bien con él, pero para ella el amor era algo mucho más profundo que eso, un sentimiento en el que no había vuelta atrás. Nunca había renunciado a la posibilidad de acabar una relación o dejarla. Y de momento aquel era el grado de compromiso al que estaba dispuesta a llegar. No concebía la idea de tener un hijo con él, y, desde luego, no a los veinte años, como había hecho Françoise. Jean-Louis solía decir que le gustaría tener otro algún día, pero no entraba en los planes de Liz ofrecerse como voluntaria.

Damien jugó un rato a cartas con Lizzie, y también con su tren nuevo, y luego Jean-Louis le puso otro DVD. Al final, la irresistible criatura pelirroja de enormes ojos verdes se quedó dormida en la cama de su padre, y Jean-Louis lo cogió en brazos y lo llevó hasta la estrecha cama que había montada para él en una habitación minúscula, donde el pequeño dormía cuando estaba en su casa. Al día siguiente lo llevarían de vuelta con Françoise.

Liz y Jean-Louis pasaron una noche tranquila, charlando y bebiendo vino después de que Damien se durmiera. Hablaron sobre todo de moda, de los redactores y fotógrafos que conocían, de la política de diversas revistas, en particular la de ella, y de sus respectivas trayectorias profesionales. Estaban a gusto el uno con el otro y eran compatibles, tenían los mismos intereses y muchos conocidos en común, y trabajaban en el mismo medio. Era una situación ideal para ambos. Y un plan perfecto para pasar el día de Año Nuevo. Liz se acurrucó junto a él cuando se fueron a la cama aquella noche. No quería más que eso, y le gustaba estar con Jean-Louis tanto en el pequeño y precioso ático de París como en el loft de Nueva York. Aquella noche no hicieron el amor porque Lizzie temía que Damien pudiera entrar en la habitación y sorprenderlos, y además solo había un baño en el apartamento. Jean-Louis le aseguró que el pequeño no oiría nada y que nunca se despertaba durante la noche, pero ella no quería arriesgarse y causarle un trauma. Se sentía responsable de él estando allí.

A la mañana siguiente se despertaron los tres al mismo tiempo, y Damien apareció en la puerta del dormitorio principal con la misma ropa que llevaba el día anterior. Jean-Louis no había querido despertarlo intentando quitársela, y el pequeño subió a la cama con ellos de un salto y les preguntó qué harían aquel día. Jean-Louis le explicó que lo llevarían de vuelta con su madre después de desayunar, porque Lizzie y él debían organizarse para trabajar al día siguiente, y tenían mucho que preparar.

—Mi abuela viene esta noche —dijo Damien todo contento—. Mamá se va mañana a Londres, a trabajar. Estará fuera cinco días. —Él ya sabía cuál era el plan y parecía gustarle la idea de quedarse con su abuela—. Cuando mi abuela está aquí, comemos helado todos los días —le contó a Liz.

Ella se compadeció del pequeño. No le parecía que bastara con helado para compensar la ausencia de unos padres que estaban tan poco con él, y que cuando lo estaban se mostraban tan egocéntricos. Confió en que su abuela lo resarciera lo mejor posible.

Liz preparó tostadas con mermelada para todos y coció un huevo para Damien mientras Jean-Louis se hacía un café con leche y le daba un poco al niño. Lo sirvió en tazones, como se hacía en las cafeterías de toda la vida. Estaba delicioso, y a Damien le quedó un bigote blanco de la bebida aromática. Liz apuró el suyo hasta la última gota.

A las once de la mañana ya estaban de vuelta en la guarida marroquí de Françoise. Damien estaba contento de ver a su madre, aunque al despedirse de su padre puso cara triste. Jean-Louis le explicó que estaría en París dos semanas y que tenía pensado volver a verlo; a su hijo pareció alegrarle la idea. Se veía claramente que adoraba a su padre.

En el apartamento de la rue Jacob había en aquel momento un hombre, que a Lizzie le pareció muy joven, de diecinueve años como mucho. Al cabo de unos minutos lo reconoció. Era un joven modelo británico con el que *Vogue* había trabajado mucho recientemente, y se mostró muy amable con Damien cuando entraron por la puerta. Le hablaba como si él fuera otro crío, y Damien parecía conocerlo. Se llamaba Matthew Hamish, y Jean-Louis también lo conocía. Liz lo vio un tanto enfadado cuando se marcharon, lo cual la sorprendió. Y por los comentarios que él hizo sobre el joven modelo británico, sospechó que estaba celoso.

—¿Estás celoso de él? —le preguntó mientras se alejaban del edificio de Françoise.

—Pues claro que no. Con quien se acueste o deje de acostarse no es asunto mío. —Aunque no lo sabía a ciencia cierta, cuando llegaron habían encontrado a Matthew tumbado en el sofá con el torso desnudo, en tejanos, descalzo y como si acabara de salir de la ducha—. Simplemente pienso que no tiene mucho sentido dejar que entren y salgan de la vida de Damien personas que no son importantes para ella.

—¿Cómo sabes que él no lo es? —le preguntó Lizzie con interés.

Jean-Louis le parecía sin duda celoso. Su ex había sido más amable con Liz que él con el joven modelo, a quien apenas había dirigido la palabra. Françoise, en cambio, le había dado las gracias a Liz por cuidar de Damien y se había mostrado más afectuosa en aquel encuentro que en el primero.

—No es su tipo —respondió él un tanto lacónico, y cambió de tema.

Sin embargo, Liz vio que el enfado le duró un rato. Cuando llegaron a casa, Jean-Louis se relajó. Ambos tenían llamadas pendientes relacionadas con las sesiones de fotos que harían a la mañana siguiente, y Liz lamentó que no pudieran trabajar juntos. El suyo era un gran montaje de joyas que llevaba meses organizando, y él tenía una sesión para fotografiar la portada del número de abril de la edición francesa de *Vogue*.

A la hora de comer bajaron a un bistrot para tomar una sopa y una ensalada, y cuando volvieron al ático, hicieron el amor. La irritación de Jean-Louis por lo de Françoise y el modelo británico parecía haberse disipado, y Lizzie se dio cuenta de que la reacción de él respondía a un instinto territorial. A nadie le gustaba encontrarse con la pareja actual de su ex amante, por mucho que la historia entre ellos hubiera terminado. Y Liz reparó en que la franqueza con la que se trataban, sobre todo por Damien, era algo muy francés. Pero, en cualquier caso, Jean-Louis volvía a estar de buen humor cuando se fueron a la cama aquella noche, y se durmieron abrazados. Él había puesto el despertador a las cinco de la mañana. Ambos tenían que estar en sus respectivos estudios a las seis. Y mientras conciliaba el sueño, Liz se vio pensando en Damien. No sabía por qué, pero no podía quitárselo de la cabeza. Se le encogía el corazón al ver la vida que llevaba. Aquel pequeño merecía muchísimo más de lo que le daban. Casi le hizo desear que Jean-Louis y ella estuvieran juntos mucho tiempo. A saber si al final sería así. Hasta entonces habían pasado unos días perfectos en París.

11

Liz era una de esas redactoras meticulosas que trataba de prever de antemano cualquier problema que pudiera surgir. No soportaba las sorpresas, en especial las malas, y hacía lo posible por evitarlas. Pero, a pesar de prepararlo todo a conciencia, al día siguiente se le presentaron un montón de cuestiones espinosas durante la sesión de fotos. Esta vez habían elegido como decorado un espacio al aire libre, la place Vendôme, y lo primero que salió mal fue que empezó a llover. Colocaron un toldo enorme sobre las modelos y utilizaron luz artificial. Tardaron más tiempo en montarlo todo, pero no era nada que no pudieran solventar. Habían puesto estufas para combatir las bajas temperaturas, pero una de las modelos dijo que se encontraba mal de todas formas y se negó a trabajar.

La ropa empleada en la sesión tenía un interés secundario, y la estilista y Lizzie habían elegido varios vestidos sencillos en blanco y negro de un diseñador estadounidense. Dos de los vestidos se habían quedado retenidos en la aduana francesa, y como no podían contar con ellos, tuvieron que arreglárselas con lo que tenían. La estilista sustituyó uno de los vestidos por una elegante camisa blanca que quedaba muy bien. Todo el foco de atención de la sesión estaba centrado en las joyas que Lizzie presentaba, y ese fue el problema más grave. Todos los diseñadores que le habían ofrecido su colaboración habían enviado las joyas que ella había elegido, pero uno de los más importantes había reemplazado varias por otras que a ella no le gustaban. Lizzie lo llamó de inmediato, y el diseñador le pidió disculpas, pero había vendido las piezas que ella había escogido sin comunicárselo en ningún momento. Lo peor era que, al tratarse de un diseñador de Roma, Lizzie no podía volver a buscar otras piezas. En su lugar, aprovechó un descanso en medio de la sesión para acudir corriendo a dos de los joyeros con los que trabajaba en París, pero no encontró nada que la convenciera, y le faltaban tres o cuatro piezas. Era la clase de estrés y follón que detestaba, pero a veces era inevitable.

—Por Dios, debería haber leído mi horóscopo para hoy —se quejó Lizzie, dirigiéndose a la jefa de estilismo.

No sabía qué hacer. Reorganizó las joyas para varias de las fotos; pero, las pusiera como las pusiese, se quedaba corta, y aquel era un artículo muy importante. A la jefa de redacción le traería sin cuidado que una modelo hubiera caído enferma, que dos vestidos se hubieran quedado en la aduana y que cuatro de las piezas más destacadas que tenían previsto utilizar se hubieran vendido. Sentada en silencio en una silla al borde del decorado, Lizzie cerró los ojos e intentó buscar una solución. Se le daba bien sacar conejos de la chistera, pero esta vez se había quedado sin ideas. Una de las ayudantes de estilismo se le acercó al cabo de unos minutos, y Lizzie le hizo señas para que la dejara sola. No quería que la molestaran en aquel momento. Jean-Louis la llamó durante su descanso para comer, y ella le dijo que estaba con el agua al cuello y que ya lo llamaría más tarde. Él le contó que su sesión estaba yendo de fábula, lo que solo sirvió para irritarla aún más. En aquellos momentos tenía problemas que resolver. Mientras apagaba el móvil, se le acercó de nuevo la joven ayudante.

—Perdona, Liz. Ya sé que estás ocupada, pero es que Alessandro di Giorgio está aquí.

—Mierda —dijo Lizzie apretando los dientes.

Alessandro di Giorgio era uno de los diseñadores importantes cuyas piezas estaban empleando, y lo último que necesitaba Liz en aquel momento era un joyero entrometido deseoso de asegurar que su trabajo tenía un papel destacado en la sesión de fotos. Algunos diseñadores eran como las típicas madres pesadas de un niño artista, y a Lizzie no le hacía falta que nadie le dijera lo que tenía que hacer, o que tratara de engatusarla para que le diera un lugar preferente.

—¿Puedes decirle que no estoy?

No lo conocía personalmente, solo lo había tratado por correo electrónico, y las joyas con las que contaba de di Giorgio, todas ellas de gran valor, habían viajado hasta allí desde Roma custodiadas por vigilantes armados.

—Creo que sabe que estás aquí —le informó la joven estilista, excusándose.

La ayudante, recién salida de la escuela, estaba muerta de miedo. Aquel era su primer trabajo importante. Conocía la fama de perfeccionista que tenía Liz, y dado todo lo que había fallado aquella mañana, le aterraba pensar que alguien pudiera desquitarse con ella. La moda era un negocio sumamente estresante, y cuando las cosas salían mal en una sesión de fotos, la mierda siempre rodaba cuesta abajo. Y ella estaba al final del todo. Liz la miró con fastidio, pero fue educada.

—Ahora mismo no tengo tiempo de hablar con él. Estoy intentando ver qué coño puedo hacer con las tres piezas que me faltan. Cuatro, para ser exactos.

—De eso quiere hablar contigo. Dice que tenía que venir a París igualmente, a ver a una clienta importante, y que ha traído consigo varias joyas que tú no has visto. Se ha pasado por aquí y, al explicarle lo que ocurría, se ha preguntado si te gustaría ver lo que tiene.

Lizzie se quedó mirándola asombrada y la cara se le iluminó de repente con una sonrisa.

—Dios existe. ¿Dónde está ese hombre?

La joven señaló a un individuo alto y rubio con un traje azul oscuro y corbata que llevaba un maletín grande y que estaba flanqueado por dos vigilantes armados. El hombre tenía la mirada puesta en Liz y esbozaba una sonrisa prudente. Al aproximarse a ella, Liz comprobó que era igual que las fotografías que había visto de él, y que iba impecablemente vestido.

—¿Señorita Marshall? —la saludó en voz baja, mientras los dos vigilantes se quedaban un poco más atrás, pero lo bastante cerca para actuar si lo atacaban—. Según creo, tiene usted un problema. Yo he quedado esta tarde con una clienta y, al ver que la sesión tenía lugar aquí, he pensado en pasarme. Mi clienta se disgustará si le llevo menos piezas, pero ojos que no ven... Y usted puede hacérmelas llegar más tarde. Si se queda con alguna joya de las que le interesaban a ella, le diré que ha habido un retraso en mi taller.

—Tiene que haber un patrón de los redactores de la sección de joyas en apuros —dijo Liz agradecida.

Ella era una gran admiradora de sus diseños.

—Preferiría no enseñárselas aquí —le explicó—. Seguro que me entiende. Si dispone de unos minutos, tengo una suite en el Ritz. Podríamos ir allí.

El hotel estaba literalmente a veinte metros del decorado. Ella lo miró con los ojos como platos. El hombre hablaba un inglés perfecto, con un ligero acento italiano.

Liz se sintió como una vagabunda al entrar en el Ritz a su lado. El diseñador vestía un traje de confección impecable y en cambio ella iba con mallas, zapatillas deportivas, una sudadera y un impermeable, y por una vez ni siquiera llevaba unos tacones altos en el bolso. Y no se había molestado en cepillarse el pelo a las cinco de la mañana. Tan solo le había dado tiempo a recogérselo con un pasador y tomar una taza del café que había preparado Jean-Louis antes de salir corriendo por la puerta. Y ahora tenía una pinta desastrosa.

Le llamó la atención ver que Alessandro di Giorgio disponía de una suite enorme en la parte del hotel Ritz que daba a Vendôme. La utilizaba para reunirse en privado con sus clientes particulares y, sin dudarlo, desbloqueó la cerradura del maletín, lo abrió y sacó de su interior una docena de piezas impresionantes hechas con diamantes, rubíes, esmeraldas y zafiros. Las joyas eran incluso más grandes e imponentes que las que Liz tenía previsto emplear del otro diseñador, lo que significaba que habría una representación mayor de la obra de di Giorgio. Pero a aquellas alturas no le quedaba otra, y eran sin duda las joyas más hermosas que había visto en su vida.

—¿Puedo cometer la osadía de preguntarle quién es esa clienta suya interesada en estas joyas?

Liz estaba fascinada ante el tamaño enorme de aquellas piezas.

—La esposa de un emir —respondió el hombre con discreción, pero no especificó de qué emir se trataba—. ¿Le servirán?

—¿Que si me servirán? ¡Esto es un milagro! —exclamó Liz, mirándolo asombrada.

—Coja las que le gusten, las que necesite. Ya me excusaré ante la mujer del emir.

Aquello también suponía una buena publicidad para él. En Estados Unidos era muy conocido, pero en Europa aún lo era mucho más. Pertenecía a la tercera generación de joyeros del mismo apellido. El negocio lo había montado su abuelo, y su padre seguía vivo y en activo. Alessandro tenía treinta y ocho años, y llevaba quince diseñando para su padre. Liz los había investigado a fondo para el reportaje, y le gustaba el hecho de que tuvieran tantas piezas únicas, y de que su trabajo fuera tan respetado en Europa. Poseían tiendas en Roma, Londres y Milán, pero ninguna en París. Se encargaba él mismo de reunirse personalmente con los clientes, y había sido una verdadera suerte que estuviera por allí aquel día.

Liz cogió cuatro de las joyas más grandes y Alessandro aprobó su elección asintiendo con la cabeza. El diseñador veía por dónde iba ella y el estilo que buscaba, y le sugirió una quinta pieza que, en su opinión, también podría servir. A Liz le pareció bien y la añadió a las demás. El hombre las puso en estuches y asignó a uno de los vigilantes para que la acompañara hasta la plaza. A los diez minutos de haber entrado en el hotel, volvieron a salir por la puerta, en el caso de Liz con una anodina bolsa del Ritz que contenía todo lo que necesitaba e incluso una pieza adicional. Cuando llegaron al decorado, Liz se quedó mirando al diseñador, sin saber qué decir. Le había salvado el culo, pero decirle eso a un hombre tan distinguido y refinado como él habría sido una grosería, con lo educado que era él.

—Me ha salvado la vida, en serio —le dijo, casi al borde del llanto. Él sonrió—. Le devolveré todo esta noche, o mañana como mucho.

—Tómese su tiempo —le respondió él con calma—. Estaré en París tres días. Tenemos que ver a varios clientes aquí.

—¿Va alguna vez a Nueva York? —le preguntó Liz, que se sentía realmente en deuda con él por su generosa ayuda.

—No mucho. Gran parte del negocio está en Europa. Pero voy de vez en cuando. Me gusta mucho Nueva York.

Alessandro parecía más joven cuando hablaba con ella. Se veía tan serio y bien vestido que Liz había pensado al principio que era mucho mayor. Pero entonces recordó que solo tenía diez años más que ella.

—Pues la próxima vez que vaya a Nueva York, le debo una comida, una cena, el nombre de mi primogénito o lo que quiera.

—Ha sido un placer poder ayudarla. Espero que la sesión de fotos vaya bien, señorita Marshall —le deseó en un tono formal.

—Ahora seguro que sí, gracias a usted —le respondió con una sonrisa radiante.

Al diseñador no le costó mirar más allá del pelo sin cepillar y la ropa de trabajo para ver que Liz era una belleza.

—*Arrivederci* —le dijo.

Y luego se alejó para subir a un Mercedes con chófer acompañado de un solo vigilante armado, puesto que el otro se quedó allí en vista de que Liz tenía ahora algunas de sus joyas más importantes.

Media hora más tarde reanudaron la sesión, Liz mucho más animada, sabiendo que tenía lo que necesitaba, y el fotógrafo entusiasmado al ver las piezas. Eran más bonitas que las que había prometido el otro diseñador.

A las seis de la tarde seguían trabajando cuando Jean-Louis se pasó por allí. Liz parecía tensa, afectada aún por las calamidades de la mañana, pero la cosa iba bien.

—¿Te queda mucho? —le susurró, acercándose a ella por detrás.

Liz se volvió sobresaltada y, al verlo, le sonrió.

—Una hora, más o menos.

Estaba helada hasta los huesos, pero no le importaba. Había hecho un tiempo espantoso, pero la sesión había ido genial.

—¿Qué has hecho con las joyas que te faltaban?

—Un ángel caído del cielo con un maletín me ha ofrecido

unas incluso mejores —le explicó con una amplia sonrisa, so-brecogida aún por la suerte que había tenido.

—¿Qué significa eso? —preguntó Jean-Louis con cara de perplejidad.

Él sabía que Liz tenía un don especial para resolver pro-blemas, pero lograr algo así era demasiado incluso para ella.

—Lo que acabo de contarte. Ha dado la casualidad de que uno de los diseñadores con los que hemos colaborado estaba en París, y se ha pasado por aquí. Llevaba un maletín lleno de piezas increíbles para una importante clienta árabe y me ha cedido cinco para la sesión. Son las joyas más impresionantes que he visto en mi vida, mejores que las que teníamos. Y más grandes.

—Realmente haces magia —le dijo Jean-Louis, dándole un abrazo—, y tienes mucha suerte. —Liz se sentía sin duda di-chosa aquel día—. He quedado con un amigo en el Ritz para tomar una copa —le explicó él—. Ven cuando acabes, y volve-remos a casa juntos.

Jean-Louis desapareció después por la puerta del Ritz y Lizzie regresó al trabajo.

Al final no terminó hasta al cabo de dos horas, después de que fotografiaran todas las piezas de di Giorgio. Liz se las de-volvió al vigilante armado que había estado con ella toda la tarde y escribió una nota a toda prisa para el generoso dise-ñador, dándole las gracias de nuevo. Le prometió mandarle fotos de muestra de la sesión. Luego fue al bar del Ritz para reunirse con Jean-Louis, al que encontró todo contento to-mando un kir royale con un viejo amigo. Habían ido juntos al colegio, y su acompañante tenía el mismo aspecto desali-ñado de Jean-Louis. Parecían casi gemelos. Jean-Louis le explicó que su amigo era artista y que tenía un estudio en Montmartre que perteneció en su día a Toulouse-Lautrec. Y Liz tuvo que reconocer para sí que, por una vez, iba tan desarreglada como ellos. No veía la hora de llegar a casa y entrar en calor con un largo baño caliente.

Volvieron al ático de Jean-Louis a las diez de la noche. Lizzie tenía que estar en pie de nuevo a las cinco para la segunda jornada de la sesión de fotos. Esta vez utilizarían como exteriores la plaza de la Concordia, y el Arco de Triunfo el tercer día. Era una semana dura. Jean-Louis no trabajaba al día siguiente y pensaba pasarlo con unos amigos.

Mientras Liz se sumergía en la bañera y cerraba los ojos, repasó mentalmente las fotografías que habían hecho y las joyas, las modelos y la ropa que habían empleado. A medida que veía pasar la película del día en su cabeza, se sintió satisfecha del trabajo. Y seguía pensando en ello, preocupada ya por el día siguiente, cuando se quedó dormida en la cama de Jean-Louis. Él la miró un instante y sonrió mientras apagaba la luz. Nunca había conocido a nadie que trabajara tanto como Liz, y desde luego no quería eso para sí mismo. Pocas personas lo querían.

Los primeros días de Annie de vuelta al trabajo tras las vacaciones no fueron mucho más tranquilos que los de Liz. Parecía que el caos se hubiera instalado en todas las obras, se había quedado sin su contratista más importante y todos los proyectos que llevaba iban con retraso. Tras el primer día del año, todo se había descontrolado. Annie estaba tan estresada que no tuvo tiempo de parar a comer en toda la semana. Era jueves por la tarde cuando regresó a su despacho a una hora decente. Había unos planos que tenía que modificar y quería poner sus archivos en orden. Y tenía un montón de llamadas y correos electrónicos pendientes. Le pidió a su ayudante una taza de café solo y se puso a trabajar. Para empezar, decidió mirar la correspondencia que tenía sobre la mesa. La segunda carta que abrió era de la facultad de Kate, y de repente le entró el pánico, pensando que había olvidado pagarle la matrícula. Normalmente se encargaba de ello su contable, pero el cheque podría haberse extraviado al mandarlo por correo. Sin embargo, su corazón se detuvo cuando vio lo que decía la carta. Le informaban de que Kate había abandonado los estudios durante un semestre. Y Annie llevaba tanto estrés acumulado a lo largo de la semana que se puso furiosa en cuanto lo leyó. ¿Qué diablos hacía Kate? Annie olvidó el resto de los temas que tenía pendientes mientras marcaba el número de móvil de Katie hecha una fiera.

—Quiero verte en casa esta noche —gritó por teléfono, algo impropio de ella.

Annie rara vez perdía los estribos con sus sobrinos. Prefería explicar las cosas y ser razonable. Pero lo que había hecho su sobrina no era razonable. Annie no estaba dispuesta a permitir que dejara la universidad. Además, Kate no le había pedido permiso, aunque, a sus veintiún años, tampoco tenía por qué.

—¿Qué ocurre? —preguntó Katie con voz de asombro.

—Ya te lo diré cuando te vea —contestó Annie lacónica—, no por teléfono. Llegaré sobre las ocho. Te quiero en casa a esa hora. —Y, dicho esto, colgó sin esperar la respuesta de Katie.

Annie estaba tan enfadada que temblaba. No se había encargado de criar a sus sobrinos durante dieciséis años, de enseñarles todo lo que estaba en su mano y de darles todas las oportunidades que sus padres habrían querido, para que se convirtieran en unos marginados. Katie era una artista con talento, y Annie quería que fuera a la universidad y terminara los estudios que había empezado.

Annie se ventiló todo lo que tenía que hacer en el despacho en un tiempo récord y se marchó a casa, llevando consigo los planos que quería modificar. Había pasado toda la tarde tan alterada que no podía pensar con claridad. Las luces estaban encendidas cuando llegó al apartamento, y Katie se encontraba en su habitación, escuchando música. Salió en cuanto oyó cerrarse la puerta de entrada y se quedó allí plantada, mirando a su tía. Se veía que Annie estaba furiosa. Después de quitarse el abrigo y colgarlo, entró en el salón, seguida de Katie. Annie se sentó y la miró con una mezcla de ira y decepción. Fue la decepción lo que impresionó a Katie, más que la ira.

—¿Se puede saber qué demonios tienes en la cabeza? —Fueron las primeras palabras que Annie le dirigió—. He recibido el aviso de tu facultad. Es que ni siquiera lo has consultado conmigo. ¿Qué falta de respeto es esa? ¿Y qué piensas hacer ahora, sin título? ¿Trabajar en McDonald's?

Katie hizo un esfuerzo para mantener un tono de voz calmado. Quería demostrar a Annie que era una adulta, no una niña. Tenía derecho a tomar sus propias decisiones.

—Me han ofrecido un trabajo que quiero hacer durante un semestre. Pensé que quizá podrían convalidármelo como un proyecto de carrera o un período de prácticas, pero no me lo han permitido. Así que me he cogido un semestre libre para hacerlo. Tampoco es para tanto. Volveré a la facultad el próximo curso.

—¿Qué tipo de trabajo es? —quiso saber Annie, disgustada aún por el proceder de Katie.

Su sobrina no le había comentado nada durante las vacaciones sobre la idea que tenía de dejar aparcados los estudios, o de hacer unas prácticas. Al menos podría haberlo hablado con ella.

—Es un buen trabajo —contestó Katie, eludiendo la pregunta—. Quiero hacerlo.

—¿De qué se trata?

Esta vez Annie se mostró implacable, como solo ella podía serlo cuando estaba enfadada, lo cual ocurría en contadísimas ocasiones. Lo único que quería era lo mejor para Katie.

—Voy a dedicarme a hacer diseños para un salón de tatuajes —respondió Katie en voz baja.

Annie se quedó mirándola horrorizada.

—¿Estás loca? ¿Vas a perder un curso en Pratt, una de las mejores universidades de arte y diseño del país, para trabajar en un salón de tatuajes? Por favor, dime que no estás hablando en serio.

—Hablo muy en serio. Hacen unos trabajos artísticos increíbles. Sé que puedo explotar mi creatividad allí. Algunos de los artistas emergentes más importantes del momento han comenzado su carrera en salones de tatuajes.

—Si no te quisiera tanto, te mataría. Katie, no puedes hacer eso. ¿Es demasiado tarde para que te matricules en la facultad este semestre?

—Ni idea, pero no pienso hacerlo. Voy a trabajar en el salón de tatuajes. Empecé el martes, y me encanta. Ya he dejado la habitación de la residencia, me voy este fin de semana.

—Pues espero que vengas a vivir a casa —dijo Annie con una voz glacial. Estaba tan furiosa y disgustada que apenas podía hablar.

—Pensaba hacerlo igualmente —respondió Katie con educación—. Como ya te he dicho, volveré a la facultad el semestre que viene. Quiero dedicarme a esto un tiempo. Es muy creativo.

—Ya me explicarás qué tiene de creativo tatuar anclas y águilas en los culos de la gente. Es el mayor disparate que he oído en mi vida.

Katie siempre había sido distinta a los demás. Era más independiente, más artística, más consciente de su individualidad, más valiente y nunca temía probar nuevas ideas. Pero, en opinión de Annie, aquella era una de las peores que había tenido en su vida. Ella siempre había apoyado a su sobrina en todo para que explotara su creatividad, pero esta vez se había pasado de la raya.

—¿Paul tiene algo que ver en todo esto? —preguntó Annie con recelo.

—No —respondió Katie, sacudiendo la cabeza con lágrimas en los ojos—. Él también está enfadadísimo conmigo. Piensa que es una estupidez, algo indigno e inapropiado para una mujer.

—Ahí le doy la razón. —Annie no quería imaginarse siquiera diciendo que su sobrina diseñaba tatuajes. Qué habrían pensado sus padres al respecto. La mera idea le resultaba insoportable—. Me has decepcionado mucho, Katie —dijo Annie, calmándose un poco—. Espero que acabes la universidad. No por mí, sino por ti. Necesitas un título para hacer algo importante con tu arte, o incluso para conseguir un buen trabajo.

—Ya lo sé —admitió Katie, siendo razonable, mientras las lágrimas le corrían por las mejillas. No soportaba la idea de decepcionar a su tía, a la que tanto quería y cuyo respeto era tan importante para ella—. Yo solo pretendía hacer algo diferente y más creativo, y los tatuajes siempre me han encantado.

—Lo sé —dijo Annie, acercándose a ella para rodearla con el brazo—. Pero yo solo quiero que acabes tus estudios, y un salón de tatuajes es un sitio de lo más desagradable, lleno de gente espantosa.

—Eso no lo sabes, y de todos modos no me importa. A mí lo que me interesa es el trabajo artístico. Se puede encargar otro de hacer los tatuajes.

Katie no le contó a su tía que también iban a enseñarle eso.

—¿Ted y Lizzie lo saben? —preguntó Annie, dudando de

si sería una conspiración o solo una de las ideas descabelladas de Kate. Su sobrina negó con la cabeza—. A ellos tampoco les va a hacer ninguna gracia.

Al decir eso Annie, Katie alzó la barbilla con aire desafiante, tal como hacía cuando tenía cinco años. Siempre había sido la más dura de pelar de los tres, y nunca había temido defender sus propias ideas o aceptar las consecuencias que ello podía suponer.

—Yo tengo que hacer lo que me haga feliz, y lo que sea mejor para mí, no solo lo que os parezca bien a todos vosotros. Quiero aprender a hacer tatuajes bonitos. Es una forma de arte gráfico, aunque no te guste. Y luego volveré a la facultad.

Sonaba tozuda y desafiante.

—Pienso exigírtelo —dijo Annie con dureza. Luego le enjugó las lágrimas de las mejillas y le habló en un tono más suave—. Ojalá no fueras tan independiente y me escucharas alguna vez en tu vida.

—Ya te escucho. Pero también debo hacer lo que creo que está bien. Tengo veintiún años. Ya no soy una niña.

—Para mí siempre serás una niña —dijo Annie con toda sinceridad.

Era la conversación que había mantenido con Whitney hacía un mes, sobre dejarlos volar y permitir que cometieran sus propios errores e hicieran su vida. Ella no podía protegerlos siempre.

—¿Dónde está ese sitio? —quiso saber Annie.

Katie se lo dijo. Era un barrio horrible, y a su tía le dio pavor ya solo imaginársela allí. ¿Y si le ocurría algo? ¿O si cogía el sida con una aguja?

—Ojalá desistieras de esa idea —le suplicó Annie—. Realmente es una de las peores que has tenido en tu vida.

—No pienso hacerlo —repuso Katie, obstinada—. Soy

adulta, y estoy en todo mi derecho de tomar una decisión como esta.

—Supongo que así es —reconoció Annie con tristeza—. Pero no todas las decisiones que tomamos son buenas.

—Ya veremos —dijo Katie tranquilamente, dispuesta a hacer lo necesario para defender su independencia.

Lo que no le contó a Annie entonces fue que también quería viajar, y que estaba planeando ir a Teherán con Paul para visitar a su familia en primavera. Katie consideró que en aquel momento dicha noticia podía esperar. Y después de hablar con su tía unos minutos más en tono calmado, Kate volvió a su habitación. Tenía previsto trasladar todas sus cosas de la residencia al apartamento aquel fin de semana.

Ya en su dormitorio, Annie se tomó dos aspirinas para el dolor de cabeza que tenía desde aquella tarde y se tumbó en la cama. Habría llamado a Lizzie, pero no quería molestarla en París. Y allí serían las tres de la madrugada. En lugar de ello llamó a Ted, que no contestó, y le saltó el buzón de voz. Annie le dejó el mensaje de que la llamara en cuanto pudiera. No podía creer que Katie fuera a trabajar en un salón de tatuajes. La mera idea la ponía enferma. La única esperanza que tenía era que Katie entrara en razón e hiciera lo que había prometido y volviera a la facultad. Y lo peor de todo era saber que, por mucho que la quisiera, no había nada que Annie pudiera hacer. De la noche a la mañana se había vuelto una antigua.

12

El día siguiente fue aún más estresante para Annie. Discutió con dos contratistas y tuvo una reunión muy complicada con uno de sus clientes más exigentes. Hacía un tiempo de perros, lo que ralentizaba todo, y el hecho de que Katie hubiera abandonado los estudios, sin consultarlo siquiera antes con ella, tuvo a Annie con los nervios de punta todo el día. La idea de que su sobrina trabajara en un salón de tatuajes le parecía peor cuanto más pensaba en ello. Y Ted seguía sin dar señales de vida. Annie necesitaba alguien con quien desahogarse al menos, y quizá él pudiera influir en su hermana menor, o quizá Liz pudiera hacerlo cuando regresara a Nueva York. Pero de momento Liz estaba en París hasta arriba de trabajo, y Ted no la había llamado.

A última hora de la tarde Annie no aguantaba más y, después de visitar una obra donde iba todo mal, cogió un taxi y le dio al conductor la dirección del salón de tatuajes que Katie había mencionado la noche anterior. Estaba en la Novena Avenida, en un barrio conocido en su día como *Hell's Kitchen*, es decir, la Cocina del Infierno, dado su pasado escabroso, pero que en los últimos años había experimentado una verdadera mejoría. Con todo, no era una zona que Annie quisiera que su sobrina frecuentara, y menos aún que fuera cada día a trabajar allí en vez de a la facultad. Gruñó en alto cuando llegaron a la dirección. El salón de tatuajes se veía iluminado con luces de neón, y a la salida había un grupo de personas de aspecto desagradable fumando. Annie no había visto a gente con tan mala pinta en su vida.

—¿Se ha equivocado de dirección? —le preguntó el taxista al oír el gruñido de desesperación en el asiento de atrás.

—No, por desgracia es esta —respondió Annie mientras le pagaba y le daba una buena propina.

—¿Se va a hacer un tatuaje?

El conductor parecía sorprendido. No parecía de ese tipo de personas. La mujer llevaba un abrigo de lana negro con unos pantalones de vestir y un jersey de cachemira también negros, e iba arreglada de forma impecable.

—No. Solo vengo a mirar.

Annie no quería confesarle que su sobrina trabajaba allí. Era demasiado embarazoso y deprimente.

—Yo que usted no me lo haría —le aconsejó el hombre—. Puede coger el sida con las agujas —le advirtió.

—Lo sé.

Annie le dio las gracias de nuevo y salió del taxi. Empujó la puerta del salón de tatuajes para abrirla y miró a su alrededor. Todos los que estaban allí trabajando llevaban piercings y tatuajes, y la mayoría tenían los brazos cubiertos de arriba debajo de vistosos diseños. Por mucho que Katie afirmara lo contrario, Annie seguía sin considerar aquello arte.

Una mujer se le acercó para preguntarle en qué podía ayudarla, y ella le dijo que estaba allí para ver a Kate Marshall. Annie parecía una visitante de otro planeta, con su cabello rubio, liso y brillante, sus elegantes botas de tacón alto y su abrigo negro nuevo. Quería salir corriendo de allí, pero no se movió del sitio mientras esperaba a Kate. Al cabo de unos instantes apareció su sobrina por una puerta trasera que daba a las salas privadas. Iba con una minifalda, un suéter de cuello de cisne rojo y unas botas militares, y llevaba el pelo corto teñido de negro azulado. Pero incluso vestida así, Annie creía que tenía demasiado buen aspecto para aquel sitio.

—¿Qué haces aquí? —le preguntó Katie en un susurro. Parecía nerviosa por el hecho de que Annie se hubiera presentado allí.

—Quería ver dónde trabajas.

Las dos mujeres se miraron fijamente a los ojos, y al final fue Katie la primera en apartar la mirada. Sabía que no podía convencer a Annie de que aquella era una alternativa aceptable a la universidad, pero también pensaba que no tenía por qué defenderse. Había tomado una decisión que a ella le parecía acertada.

—¿Estás bien? —le preguntó Annie con delicadeza.

Katie asintió y luego sonrió, más alegre ya de lo que estaba un instante antes.

—Me divierto mucho. Me están enseñando un montón de cosas. Quiero aprender a hacer tatuajes, así sabré lo que se necesita y cómo quedan los diseños en la piel.

Annie se abstuvo de preguntar por qué. Solo estuvo allí unos minutos, y Katie no le dijo a sus compañeros quién era. La hacía sentir como una niña a la que su tía hubiera ido a controlar, y ella ya no se consideraba ninguna cría. Era una adulta. Se veía que le incomodaba tener a su tía allí, así que una vez que Annie hubo echado un vistazo, se marchó.

Le entraron ganas de llorar mientras se alejaba de allí en un taxi. No podía borrar de su mente la imagen de aquella gente, con pernos y agujeros por todas partes, un aspecto que a ella la aterraba. Tenía que visitar una obra más antes de volver al despacho, y luego a casa al final del día.

Aquella obra era otro de sus puntos conflictivos en aquel momento, y se cogió un enfado tremendo al ver que uno de los obreros se había dejado una manguera abierta unas horas antes y, con el frío que hacía, el agua se había helado en el suelo, que se había convertido en una invitación a accidentes y en otro quebradero de cabeza que no necesitaba. Se lo hizo notar al capataz y al contratista, que también estaba allí, y luego, pensando aún en Katie y en su nuevo trabajo, pasó por encima de los escombros y se apresuró a salir de la obra en dirección a la calle. Se le hacía tarde. Estaba tan absorta en sus pensamientos en torno a Katie que no vio el último tramo del hielo sobre el que se había quejado, y de repente sus botas de tacón alto salieron volando por el aire y ella cayó con fuerza sobre un pie con un grito agudo. Uno de los obreros la vio caer y corrió a auxiliarla. La levantó del suelo, le sacudió la ropa y le ayudó a recobrar el equilibrio. Pero en cuanto se apoyó sobre los dos pies, Annie hizo una mueca, le dio un vuelco el estómago y pensó que iba a desmayarse del dolor. Alguien le acercó una silla plegable; veía las estrellas del daño que se había hecho en el tobillo.

—¿Está usted bien? —le preguntó el capataz preocupado.

Era exactamente lo que les había advertido que podría ocurrir. Lo que no esperaba era que el previsible accidente lo tuviera ella misma. Iba totalmente distraída y alterada a raíz de la visita al salón de tatuajes, y con las prisas por volver al despacho no había mirado dónde pisaba. Y, para colmo, era una de las rarísimas ocasiones en las que llevaba tacones altos estando en una obra. En principio no tenía pensado visitar ninguna aquel día, pero había cambiado de opinión al llegar al trabajo.

Para entonces tenía a su alrededor un corrillo de hombres, e intentó ponerse en pie de nuevo, pero no pudo. Estaba enfadadísima consigo misma. Llevaba veinte años visitando obras y nunca se había lesionado. Había cometido un grave error al ponerse botas de tacón alto aquel día.

—Me parece que me lo he roto —dijo Annie, haciendo un gesto de dolor mientras trataba de levantarse. No podía apoyarse lo más mínimo en el pie lesionado.

—Será mejor que vaya al hospital —le aconsejó el capataz—. Puede que solo sea un esguince, pero de todos modos debería hacerse una radiografía para saberlo, y ver si tienen que ponerle una escayola.

Justamente lo que necesitaba ahora. Con todo lo que tenía que hacer aquellos días, lo que menos quería era tener que ir cojeando con unas muletas o una escayola.

—Puede que baste con irme a casa y ponerme un poco de hielo —dijo mientras intentaba abandonar el lugar renqueando, pero al final dos hombres tuvieron que ayudarla a meterse en un taxi, mientras que un tercero le llevaba el maletín y el bolso—. Gracias. Siento ser una carga.

—No lo es. Pero vaya a urgencias —insistió el capataz.

Annie asintió, fingiendo estar de acuerdo con él; pero, una vez dentro del taxi, le dio al conductor la dirección de su despacho. Estaba segura de que se le pasaría en cuanto regresara a casa y se quitara las botas, aunque de momento le dolía a rabiar. Y cuando llegó al despacho, fue incapaz de salir del coche. Mientras lo intentaba en vano, el taxista se volvió para observarla.

—Parece que se ha hecho daño de verdad —le dijo el hombre con compasión—. ¿Qué le ha ocurrido?

—Me he caído en un sitio lleno de hielo —le explicó, tratando de utilizar la puerta como puntal, pero no podía apoyar el pie lesionado en el suelo sin que le entraran unas ganas enormes de gritar.

—Ha tenido suerte de no golpearse la cabeza —le comentó el taxista. Al ver que su clienta no saldría sola de allí, pues no podía moverse, le sugirió—: ¿Por qué no deja que la lleve a un hospital? Quizá se lo haya roto.

Annie comenzaba a sospechar que era así, y se puso furiosa por la mala suerte que había tenido. Se recostó de nuevo en el asiento y pidió al conductor que la llevara al servicio de urgencias del NYU Medical Center. Se sentía tonta yendo allí, pero no podía dar un solo paso. Como mínimo necesitaría unas muletas.

El taxista la llevó al lugar indicado y la dejó en el coche mientras entraba en el hospital a buscar ayuda. Al cabo de unos instantes salió por la puerta del centro acompañada de una mujer con un pijama azul que empujaba una silla de ruedas. Annie aguardaba impotente sentada en el borde del asiento, incapaz de caminar.

—¿Qué tenemos aquí? —le preguntó con amabilidad la técnico en urgencias.

—Creo que me he roto el tobillo. He resbalado y me he caído sobre una capa de hielo.

Annie estaba pálida y parecía sufrir mucho dolor. La enfermera la ayudó a sentarse en la silla de ruedas, Annie le dio otros diez dólares al taxista y este le deseó suerte. El dolor era tal que tenía náuseas y ganas de llorar, más por Katie que por el pie. No soportaba la idea de que su sobrina trabajara en un salón de tatuajes, y el lugar le había parecido horrible. Era lo único que tenía en la cabeza mientras la mujer del pijama azul la llevaba hasta el mostrador de admisión de urgencias, donde Annie entregó la tarjeta del seguro médico. Una vez que hubo rellenado el formulario, le pusieron una pulsera de plástico en la muñeca con su nombre y fecha de nacimiento, la dejaron en un rincón con la silla de ruedas, le dieron una bolsa de hielo y le dijeron que esperara.

—¿Cuánto? —preguntó Annie, al ver la sala de espera abarrotada.

No sabía con certeza si los atenderían por prioridad o por orden de llegada, pero en cualquier caso tenía para horas. Allí había por lo menos cincuenta personas, la mayoría heridas o enfermas.

—Un par de horas —respondió la mujer con sinceridad—. Puede que más, o tal vez menos. Depende de la gravedad de los casos que tenga delante.

—Quizá debería irme a casa —dijo Annie bastante desanimada.

Llevaba un día realmente horrible, por no decir dos días, y ahora esto.

—Si lo tiene roto, no debería irse a casa —le aconsejó la enfermera—. No creo que quiera volver a las cuatro de la madrugada con el tobillo como un balón de fútbol, gritando de dolor. Será mejor que se haga una radiografía, ahora que está aquí, y salga de dudas.

Parecía un consejo razonable, y Annie decidió esperar. No tenía nada que hacer en casa. Ni siquiera había podido pasar por el despacho para recoger los planos. Y tampoco podría haber trabajado, con aquel dolor agudo que tenía. Seguía con náuseas y confió en no acabar vomitando. Le asombraba que algo tan pequeño pudiera hacerla sentir tan mal. El mero hecho de apoyar la pierna en la silla de ruedas le causó un dolor insoportable. Se quedó un rato con los ojos cerrados, intentando sobrellevarlo, y la mujer que tenía al lado comenzó a toser. Parecía muy enferma, así que con toda la discreción que le fue posible, Annie se alejó de ella. No quería que encima le contagiaran algo. Bastante tenía ya con el tobillo. Fue con la silla de ruedas hasta un rincón tranquilo, donde aún no había nadie sentado, y observó al personal sanitario entrar con un hombre en una tabla rígida al parecer con el cuello roto. Había tenido un accidente de coche. E inmediatamente después apareció otro hombre con un ataque al corazón. Si se regían por un sistema de clasificación según prioridad, vio que estaría allí una eternidad, pues los casos más graves serían atendidos antes que ella. En aquel momento eran las cinco y media de la tarde, y todo apuntaba a que sería una noche larga. Miró a su alrededor y tuvo la sensación de que hubieran descargado un aeropuerto entero en la sala de espera de urgencias.

Volvió a cerrar los ojos, intentando respirar a través del dolor, y un instante más tarde alguien empujó su silla de ruedas y se deshizo en disculpas mientras ella abría los ojos. Se trataba de un hombre alto y moreno que llevaba una férula inflable en el brazo. A Annie su cara le resultó vagamente familiar. Cerró los ojos de nuevo. Una de las botas se le quedó metida en la silla de ruedas, y el pie que llevaba descalzo se le había hinchado el doble de su tamaño desde que había llegado allí, y empezaba a verse ya muy amoratado. Annie no sabía si eso significaba que lo tenía roto o no. Se adormiló un rato en la silla, pero las molestias que sentía en el tobillo no le dejaban conciliar el sueño y al final abrió los ojos. Sentado a su lado estaba el hombre de la férula inflable con semblante adusto. Tenía la férula en el brazo izquierdo y con la mano derecha utilizaba el móvil para cancelar citas. Parecía un hombre ocupado. Iba con pantalones cortos, camiseta y zapatillas de deporte, y Annie le oyó contarle a alguien por teléfono que se había hecho daño jugando al squash. Era apuesto y se veía muy en forma. Por lo que decía, parecía dolerle mucho. Permanecieron sentados el uno junto al otro sin dirigirse la palabra. A Annie le dolía demasiado el pie para mostrarse sociable, y tenía muchas ganas de llorar. Se lamentaba de su suerte por estar allí.

En la tele de la sala de espera comenzó el telediario de las siete, que arrancó con el anuncio de que su presentador, Tom Jefferson, no estaría presente aquella noche, ya que se había lesionado jugando al squash y en aquel preciso instante se encontraba en el hospital. Annie, que estaba viendo la tele sin prestar mucha atención, cayó en la cuenta entonces de quién era el hombre que tenía sentado a su lado. Se volvió hacia él con cara de sorpresa y lo vio un tanto incómodo.

—¿Es usted? —Al asentir él, Annie añadió—: Qué mala suerte lo de su brazo.

El hombre sonrió.

—Lo mismo le digo. Eso tiene que doler. He visto cómo se le ha inflado en el rato que llevo aquí.

Annie tenía el tobillo cada vez más hinchado y amoratado. Asintió con la cabeza y se reclinó en la silla de ruedas con un suspiro. De vez en cuando intentaba mover los dedos del pie para ver si podía, pero esta vez le dolía demasiado. Había visto a Tom Jefferson hacer lo propio con los dedos de la mano, tratando de evaluar el alcance de la lesión y ver si tenía un esguince o se la había roto.

—Me parece que vamos a pasarnos aquí toda la noche —dijo Annie cuando se acabó el telediario. Los problemas en Corea u Oriente Próximo le parecían mucho menos importantes que su tobillo—. ¿Y usted? ¿No puede hacer valer su influencia para que lo atiendan antes?

—No lo creo. Me parece que los tres infartos, el cuello roto y la herida de bala tienen prioridad sobre la emisión de un telediario. No me atrevo ni a plantearlo.

Annie asintió. Razón no le faltaba, y desde luego pensó que era un hombre discreto. Ambos estaban totalmente centrados en sus respectivas lesiones, y ella tenía la sensación de que habían naufragado juntos en una isla desierta. Y nadie parecía saber que estaban allí, o a nadie parecía importarle.

Annie acabó enviando a Kate un mensaje de texto para decirle que llegaría tarde a casa, pero no le explicó la razón. No quería que se preocupara. Así pues, se vio sola en la sala de espera de urgencias, sentada al lado de un completo desconocido con un brazo roto.

—Una vez me dispararon en el brazo —dijo el hombre al cabo de un rato—, mientras cubría una noticia en Uganda. Sé que suena absurdo, pero esto duele más. —Parecía compadecerse también de sí mismo.

—¿Va de fanfarrón? —le preguntó Annie con una amplia sonrisa—. Pues yo una vez, de pequeña, me caí de la cama y me rompí una costilla, y el tobillo me duele más. A mí no me han disparado nunca, así que usted gana.

El hombre se echó a reír ante su comentario, y Annie se fijó en que tenía una sonrisa preciosa. No era de extrañar, tratándose de una especie de estrella televisiva.

—Lo siento. No pretendía ser maleducado. ¿Cómo se lo ha hecho? —le preguntó Tom con cara de preocupación.

—En una obra. Había hielo en el suelo; acababa de decirles que lo quitaran antes de que provocara un accidente, y voy yo y me resbalo.

—¿Trabaja usted en una obra? —preguntó Tom con una mirada maliciosa.

Al menos hablando con él se pasaba el rato. No tenían nada más que hacer mientras esperaban a que los atendieran.

—Más o menos. Tengo mi propio casco de obra. —Aunque en el momento del accidente no lo llevaba. Y el taxista tenía razón. Tuvo suerte de no haberse golpeado la cabeza—. Soy arquitecta —aclaró.

Su interlocutor se quedó impresionado. Había imaginado que se dedicaría al mundo de la moda o quizá al de la publicidad, dado que iba bien vestida, era de habla educada y parecía inteligente.

—Eso debe de ser divertido —comentó él, tratando de darle conversación para distraerse los dos.

—A veces. Cuando no me rompo la crisma en las obras.

—¿Le pasa a menudo? —bromeó Tom.

—Es la primera vez.

—En mi caso también es la primera vez que me lesiono haciendo deporte. Estuve diez años realizando misiones peligrosas en Oriente Próximo, fui jefe de redacción en el Líbano durante dos años, he sobrevivido a dos bombardeos y me rompo el brazo jugando al squash. Qué patético.

Más que nada se sentía tonto. Entonces miró a Annie, que estaba desplomada en la silla de ruedas, con el pie fuera. Se le estaba amoratando por momentos, y lo tenía enorme.

—¿Tiene hambre? —le preguntó él.

—No. Tengo náuseas —respondió ella con franqueza.

No lo conocía de nada, ni volvería a verlo, así que no tenía que poner buena cara delante de él. Se sentía fatal. Y él la había visto llorar un par de veces. Tom supuso que sería por el dolor, pero era por Katie. Annie no podía borrar de su mente la imagen del salón de tatuajes. Y no había nada que pudiera hacer para que su sobrina cambiara de opinión.

—Estaba pensando en pedir una pizza —confesó Tom, sintiéndose un tanto avergonzado por querer comer en un momento como aquel—. Me muero de hambre.

Tenía buen apetito y era un hombre corpulento.

—Debe de ser algo masculino. Le vendrá bien. Seguramente estaremos horas aquí.

Tom sonrió con vergüenza ante el comentario de ella, llamó a un número de teléfono con el móvil, pidió una pizza y luego envió varios mensajes de texto. Annie se preguntó si tendría novia o esposa, y si aparecería una mujer para hacerle compañía. El hombre parecía rondar los cuarenta y cinco, y su cabello moreno comenzaba a encanecer por las sienes.

La pizza llegó una hora más tarde, y ellos seguían esperando. Tom la había pedido con todo menos anchoas, y le ofreció un trozo, pero Annie no podía comer. Se la acabó casi toda él solo, a pesar del brazo lesionado. Cuando se levantó para tirar a la basura la caja de la pizza, Annie vio que era más alto de lo que creía. Pero lo que más le impresionó fue lo amable y sencillo que era. Lejos de reclamar una atención especial, aguardaba su turno con paciencia. Al volver a su sitio, se ofreció para ir a buscarle un vaso de agua o un café de la máquina, pero Annie declinó su oferta.

—Acabo de darme cuenta de que usted sabe mi nombre, y yo no sé el suyo —dijo Tom con simpatía al tomar asiento de nuevo.

La charla les servía para matar el tiempo.

—Anne Ferguson. Annie. ¿Y tú, tienes algún parentesco con el ilustre presidente?

Tom sonrió ante la pregunta.

—No, mi madre era aficionada a la historia. En realidad, era profesora de historia. Puede que le hiciera gracia, aunque era una figura que le impresionaba. Yo he tenido que aguantar que se burlaran de mí toda mi vida.

Annie sonrió ante sus palabras. Luego se quedaron dormidos los dos un rato. Eran las nueve de la noche, y ella llevaba allí casi cuatro horas.

Sentía un dolor punzante en el tobillo cuando, finalmente, a las diez, un auxiliar la nombró, fue a buscarla y se la llevaron dentro. Annie se despidió de Tom Jefferson, le dio las gracias por su compañía y le deseó suerte.

—Espero que no esté roto —le dijo ella para darle ánimos.

Había sido agradable tenerlo sentado al lado durante cuatro horas. No se había sentido tan sola.

—Lo mismo digo. ¡Y cuidado con el hielo en esas obras!

El hombre le dijo adiós con la mano mientras ella desaparecía por la puerta de urgencias. Estuvo allí dos horas más; le hicieron una radiografía y una resonancia magnética para ver si se trataba de una rotura de ligamentos. Le diagnosticaron un esguince grave, pero no había rotura. Le pusieron un aparato ortopédico, le dieron unas muletas y le dijeron que no se apoyara en el pie lesionado, algo que tampoco habría hecho por mucho que hubiera querido, ya que no habría podido soportar el dolor. Le indicaron que fuera a ver a su traumatólogo al cabo de una semana, le avanzaron que tardaría de cuatro a seis semanas en curar y le aconsejaron que, durante ese tiempo, llevara zapato plano.

Era medianoche cuando una enfermera de urgencias la sacó a la calle en silla de ruedas y le pidió un taxi. Al atravesar la sala de espera, Annie miró a su alrededor. Tom Jefferson ya no estaba allí. Annie se preguntó si se habría roto el brazo o solo tendría un esguince como ella. Había sido agradable hablar con él y pasar el rato en compañía. Pero de camino a casa su mente volvió a Katie y a sus propios problemas. Había sido una noche larga y dolorosa.

Annie entró en el edificio renqueando de modo vacilante con las muletas que le habían dado. Aún no les había cogido el tranquillo, y en el hospital le habían administrado un calmante, por lo que iba un poco grogui y se sentía un tanto borracha. Al llegar al apartamento, vio que las luces estaban encendidas. Katie se encontraba en casa, viendo una película con Paul. Lo único bueno que tenía el hecho de que hubiera dejado la facultad, pensó Annie entonces, era que volvía a vivir en casa, con lo que ella podría tenerla vigilada. Katie la miró con cara de asombro al verla entrar en el salón con las muletas y la bota metida en una bolsa de plástico. Annie estaba blanca como la cera.

—¿Qué te ha pasado? —preguntó Kate mientras se apresuraba a ayudarla a sentarse en una silla.

Annie parecía que venía de la guerra. Katie se preocupó, y Paul también se levantó para ayudarla.

—Una tontería. Me he caído en una obra. Había hielo en el suelo y, al ir con estas botas, me he resbalado.

—Ay, pobre.

Katie corrió a buscarle una bolsa de hielo, y Paul la ayudó a levantarse de la silla para acompañarla a la cocina. Annie se veía insegura con las muletas y agotadísima. Los dos jóvenes tenían cara de gran preocupación.

—Pensaba que habías quedado para cenar con alguien o algo así —dijo Katie—. ¿Por qué no me has llamado? Podría haberte acompañado al hospital. ¿A qué hora ha ocurrido? —le preguntó mientras Annie casi se desplomaba en una silla de la cocina.

—Justo después de ir a verte. Una media hora más tarde. —Annie no le contó que había sucedido en parte porque estaba tan disgustada con ella que no había mirado por dónde pisaba—. He estado en el hospital desde las cinco y media. Se me ha hecho eterno.

Tampoco le habló del presentador de televisión que había conocido. No le pareció relevante, aunque la había ayudado a pasar el rato mientras ambos esperaban a que los atendieran.

—¿Quieres comer algo? —le ofreció Katie.

Annie negó con la cabeza.

—Lo único que quiero es meterme en la cama. El calmante me ha dejado grogui. Espero estar mejor mañana.

A partir de ahora tendría que moverse con muletas, o a la pata coja. Las siguientes semanas no serían nada fáciles.

Entró renqueando en su dormitorio con Kate y Paul detrás de ella. Luego él regresó al salón y Katie la ayudó a desvestirse y a ponerse el camisón. Era complicado mantener el equilibrio sobre un solo pie y tener que utilizar muletas. Kate temía que se cayera en el baño y le dijo que la llamara si necesitaba algo durante la noche.

—Estaré bien —la tranquilizó Annie.

Había sido una noche agotadora y dos días terribles con la noticia de que Kate había dejado la facultad. Llevaba tiempo sin saber nada de Ted, ni de Lizzie, que aún estaba en París. Intentó no pensar en nada de ello al meterse a duras penas en la cama. Se tomó otro analgésico, tal como le habían recomendado que hiciera, y antes de apoyar la cabeza en la almohada ya estaba dormida. Katie le dio un beso, la arropó y volvió con Paul. Aquella noche habían estado haciendo planes muy importantes.

13

A Annie le costó más de lo que pensaba vestirse al día siguiente. Meterse en la ducha sin caerse había supuesto todo un reto intentando mantenerse sobre un solo pie. Y cuando logró llegar a la cocina con las muletas, ya estaba exhausta. Pero tenía demasiado trabajo para quedarse en casa. Kate la ayudó a bajar a la calle y subir a un taxi, y Annie llegó a su despacho a las diez, algo raro en ella, y se dijo que tendría que estar un tiempo sin visitar obras, por lo menos unos días.

Ted la llamó finalmente aquella mañana y se disculpó por no haberlo hecho antes. Le dijo que había estado muy ocupado. Katie le había enviado un mensaje de texto la noche anterior para contarle lo del tobillo de Annie, así que estaba al corriente y le preguntó cómo se encontraba.

—Estoy bien. Me duele a rabiar, pero no es nada. Solo un esguince. Te he estado llamando por tu hermana. ¿Te has enterado de que ha dejado la facultad y que está trabajando en un salón de tatuajes?

Annie se alteró por momentos de nuevo a medida que se lo contaba. El tobillo no tenía ninguna importancia en comparación con aquello.

—Estás de broma, ¿no?

—Ojalá lo estuviera. Te hablo muy en serio, y ella también

va en serio. Se ha cogido un semestre libre para trabajar en un salón de tatuajes de la Novena Avenida, y lo considera arte gráfico.

—¡Qué asco! Pues no, la muy pilla no me lo ha dicho. ¿Quieres que hable con ella?

Parecía tan disgustado como seguía estando Annie. Dejar la facultad era algo muy serio para ellos.

—Sí, pero no creo que sirva de nada. Puede que a ti te escuche, pero lo dudo. Está decidida a hacer un paréntesis en sus estudios.

—Me parece una estupidez, así que se lo diré.

A veces Kate escuchaba más a sus hermanos que a su tía, por lo que Annie tenía una leve esperanza, pero cuando a Katie se le metía algo en la cabeza, era muy difícil hacerle cambiar de opinión, y Ted era consciente de ello. Annie y ella tenían eso en común. Ambas eran más tercas que una mula.

—Y tú, ¿cómo estás? Llevas unos días que no cuentas nada. Estoy preocupada —dijo Annie con dulzura. Se preocupaba por todos.

—Estoy bien —respondió él con brusquedad.

Había estado con Pattie cada momento que ella se quedaba sin los niños, y sentía como si ya nunca tuviera tiempo libre. Andaba todo el día entrando y saliendo de su apartamento, o haciendo el amor con ella. Llevaba semanas sin ver a ninguno de sus amigos. Pero no le contó nada de eso a Annie. No veía la manera de hablarle de la aventura que tenía con una mujer doce años mayor que él. Sabía que Annie nunca lo entendería, y a veces dudaba de si él mismo lo entendía. Simplemente había ocurrido, y ahora la relación tenía vida propia y avanzaba a una velocidad de vértigo, como un tren expreso, con Pattie a los mandos.

—Ven a cenar a casa un día de estos —le sugirió Annie—. Te echo de menos.

Ted suspiró. No tenía tiempo de nada, a menos que fuera algo relacionado con Pattie.

—Al menos Katie podrá echarte una mano, ahora que la tienes en casa.

Ted se sentía culpable por no llamar o ir a ver a Annie más a menudo, pero Pattie siempre le encargaba cosas y lo quería a su lado a todas horas.

—Preferiría que volviera a la universidad —dijo Annie con tristeza.

—Yo también. Ya la llamaré. Hablamos pronto, Annie —le prometió.

Después de colgar, Annie trabajó un rato y estuvo trajinando como pudo por el despacho, tratando de llevar carpetas y planos aquí y allá, lo que le resultaba casi imposible con las muletas. Cogerles el tranquillo estaba costándole más de lo que pensaba, y el tobillo seguía doliéndole.

Acababa de sentarse de nuevo en la silla de su mesa cuando sonó el teléfono. Su ayudante la avisó de que tenía a un tal Thomas Jefferson al aparato. A Annie le sorprendió tener noticias suyas, atendió la llamada y enseguida le preguntó por su brazo.

—Está roto —contestó Tom en un tono desanimado. Había confiado en que solo fuera un esguince—. ¿Y tu tobillo?

—No es más que un esguince. Pero lo de ir en muletas es una lata.

Solo llevaba una hora en el despacho y ya estaba agotada y con un dolor punzante en el tobillo.

—Lo sé —dijo Tom—, a mí me pasó una vez. Jugando a baloncesto en el colegio. —Y cambió de tema—. Me gustó mucho conocerte, Annie. Me preguntaba si te apetecería quedar para comer algún día. O quizá podríamos ir a Lourdes —sugirió.

Annie rió.

—Sí que me apetecería —respondió—. Comer, no ir a Lourdes, aunque eso también podría estar bien. Es un lugar que siempre he querido visitar.

—Y yo —dijo Tom desenfadado.

Annie dio por sentado que no estaría casado, pero no quiso preguntar. Tenía la certeza de que no se trataba más que de una comida amistosa entre inválidos, no de una cita, así que era una estupidez preguntar su estado civil. En su encuentro inicial no había habido nada romántico. Y había sido una forma curiosa de conocerse.

—¿Qué te parece mañana? —propuso él—. ¿Puedes salir con las muletas?

—Ya me las arreglaré. Por fuerza. No puedo estar eternamente sin visitar las obras que llevo.

—Puede que quieras darte un día o dos de margen.

Tom sugirió un pequeño restaurante francés que ella conocía y le gustaba, y él le propuso quedar a las doce del día siguiente. A Annie le pareció un plan divertido, si lograba llegar hasta allí.

—Te cortaré la carne —se ofreció Annie.

Tom se echó a reír.

—Y yo te acompañaré hasta el taxi.

Así tendría algo que hacer, pensó Annie. Además, Tom le parecía un hombre al que sería interesante conocer. Era inteligente, simpático y atractivo.

Después de aquello tuvo un día largo, y hubo de cancelar varias reuniones. Le costaba mucho esfuerzo moverse y envió a su ayudante a dos obras. Katie la llamó para ver cómo estaba y se mostró muy solícita. Y al final Annie se dio por vencida y llegó a casa temprano, a las cuatro de la tarde, con dos bolsas llenas de trabajo. Vio a Tom en el telediario de aquella noche, después de tomarse un calmante y echar una cabezada. En la pantalla parecía haber vuelto a la normalidad, salvo por la escayola del brazo. Tenía el puño de la camisa arremangado, y no podía llevar chaqueta. Pero se le veía animado y presentó las noticias sin problemas.

Tom la esperaba ya en la mesa cuando Annie entró en el restaurante al día siguiente. Ella comenzaba ya a dominar el manejo de las muletas, pero él se acercó igualmente a la puerta para ayudarla.

—Parece que viajábamos juntos en un tren siniestrado —dijo Tom mientras la acompañaba hasta la mesa—. Gracias por quedar conmigo para comer. Me gustó hablar contigo el otro día.

Una vez sentados, ambos pidieron té helado. Annie dijo que si tomaba vino se caería con las muletas, y él explicó que nunca bebía al mediodía.

Tras pedir la comida, Tom le sonrió y fue directo al grano.

—La otra noche no te lo pregunté, pero supongo que no estás casada —comentó expectante.

Ella sonrió. Nadie había acudido al hospital a acompañar a ninguno de los dos, y ambos habían imaginado que el otro no tenía pareja. Pero él quería asegurarse.

—No, no lo estoy. ¿Y tú? —preguntó Annie, sonriéndole.

—Estoy divorciado. Estuve casado ocho años, y llevo cinco divorciado. Mi trabajo no ayuda a tener un matrimonio feliz. Me pasaba mucho tiempo viajando y a veces me ausentaba durante temporadas largas. Al final vimos que no funcionaría, y ella volvió a casarse. Nos llevamos bastante bien. Ella ahora tiene dos niños. Yo tampoco tenía tiempo para eso, y para mi ex mujer era algo muy importante. Y no la culpo por ello. Yo no quería tener hijos si nunca iba a estar en casa, y ahora es un poco tarde. —No parecía disgustado por ello—. ¿Estás divorciada?

A su edad, y con su aspecto, Tom había dado por sentado que Annie debía de estarlo, y se quedó sorprendido cuando la vio negar con la cabeza.

—Nunca he estado casada —se limitó a decir ella.

Él había sido tan franco y directo que Annie no se sintió como una fracasada al decírselo. Constataba un hecho, sin más.

—Así que no tienes hijos —supuso él.

Tom quería confirmar los detalles para ir despejando el camino, pero ella negó con la cabeza de nuevo y luego asintió en respuesta a su pregunta, lo cual lo desconcertó.

—No, no tengo hijos, y a la vez sí. Mi hermana y su marido fallecieron hace dieciséis años al estrellarse su avioneta. Yo me hice cargo de sus tres hijos. Por entonces tenían cinco, ocho y doce años. Ahora ya son adultos, o eso dicen ellos. A veces no estoy tan segura. Liz tiene veintiocho y es redactora de *Vogue*, Ted tiene veinticuatro y está sacándose el posgrado en derecho en la universidad de Nueva York, y Kate tiene veintiuno, es artista y va a Pratt. O iba hasta la semana pasada. Ha decidido tomarse un semestre libre, y yo tengo un cabreo de mil demonios por ello. Y esta es mi historia —dijo ella sonriendo a Tom mientras este la miraba, impresionado por lo que acababa de contarle.

—No, esa es la historia de tus sobrinos —repuso en voz baja—. ¿Cuál es la tuya?

—Ellos son mi historia —respondió Annie con toda sinceridad—. Tener a tu cargo a una familia ya formada cuando acabas de terminar la carrera de arquitectura es un trabajo a jornada completa. Yo tenía veintiséis años cuando vinieron a vivir conmigo. Tardé un tiempo en averiguar cómo hacerlo. Pero al final le cogí el tranquillo.

—¿Y ahora?

Tom de repente sentía curiosidad por ella. No había sospechado nada de eso la noche del hospital. Pero tampoco habían hablado de su vida personal. Bastante tenían ya con el dolor de sus respectivas lesiones.

—Justo cuando comenzaba a dárseme bien, va y se hacen mayores. Katie acaba de volver a casa, pero ha estado tres años viviendo en la residencia de estudiantes. Para mí es un momento odioso. Tengo que quedarme de brazos cruzados y limitarme a observar cómo llevan su propia vida y hacen todas las locuras propias de su edad, como dejar la facultad. Los echo muchísimo de menos.

—Ya me imagino, después de tantos años cuidando de ellos. ¿Por eso nunca te has casado?

—Probablemente... no lo sé... la verdad es que nunca tenía tiempo. Estaba demasiado ocupada con ellos y cumpliendo la promesa que le había hecho a mi hermana de que, si alguna vez les ocurría algo a ella y a su marido, yo me haría cargo de los niños. Y así lo hice. Lo he vivido como algo maravilloso, y nunca lo he lamentado. Han sido un regalo increíble en mi vida.

Para ella había sido un intercambio justo. Su juventud, por la de ellos.

—Menuda historia —dijo Tom con cara de admiración—. Parece que acabarás con el síndrome del nido vacío sin haber tenido siquiera tus propios hijos. No es justo. Pero supongo que ha satisfecho todas las necesidades que pudieras tener de ser madre. ¿Aun así, querrías tener tus propios hijos?

Annie le producía curiosidad. Estaba llena de sorpresas y parecía contenta con su vida. No era una de esas mujeres infelices y desesperadas que tenían la sensación de haber perdido el tren y trataban de arreglarlo como podían. A Tom le gustaba eso de ella. Annie no buscaba a nadie que la salvara. A él le parecía una mujer muy entera y en paz consigo misma.

—No lo sé. —Annie encogió los hombros con soltura—.

Nunca tuve tiempo de planteármelo con lo ocupada que estaba. Habría sido agradable que mi vida hubiera seguido ese camino, pero no fue así. Tomó otros derroteros. En cualquier caso, he tenido tres niños fantásticos —dijo, sonriéndole desde su lado de la mesa.

—¿No has tenido ninguna relación seria?

—Que durara no. También estaba demasiado ocupada para eso.

Annie no se disculpó por ello ni pareció lamentarlo siquiera.

—Vaya... me da la sensación de estar comiendo con la madre Teresa —bromeó Tom, dedicándole una amplia sonrisa.

Y Annie era mucho más guapa que la madre Teresa.

—No soy más que una mujer con muchas cosas entre manos. Tres críos y una profesión. No sé cómo la mayoría de las mujeres pueden compaginar todo eso con un marido.

—No pueden. Por eso la mayoría de los matrimonios terminan divorciándose. Parece que tú y yo estamos casados con nuestros trabajos y, en tu caso, también con los hijos de tu hermana.

—Ese sería el resumen. Y ahora tengo que aprender a desprenderme de ellos, algo que resulta mucho más duro de lo que parece.

Y por primera vez en dieciséis años, sentía que su vida estaba vacía como consecuencia de ello.

—Eso tengo entendido —dijo Tom, totalmente intrigado por ella.

Entonces pasaron a hablar del trabajo de él, de sus viajes, del tiempo que había estado en Oriente Próximo y de la arquitectura, que les fascinaba a ambos. Hablaron de arte y política. No dejaron de conversar en ningún momento hasta que terminaron de comer, y ambos disfrutaron enormemente en compañía del otro.

—Empiezo a pensar que fue una bendición romperme el brazo —comentó él con una amplia sonrisa mientras la miraba—. Si no hubiera sido así, nunca te habría conocido. —Era una buena manera de verlo, y ella se sintió halagada—. ¿Crees que podríamos volver a quedar algún otro día para comer? —preguntó, al parecer esperanzado.

Annie asintió con la cabeza.

—Me gustaría —respondió con franqueza, pensando que sería un hombre interesante al que tener como amigo.

—Te llamaré —le prometió Tom.

Pero Annie no le dio mucha importancia a su promesa. Muchos hombres le habían dicho eso a lo largo de los años y nunca la llamaban. Y puede que él tuviera novia. Ella no se lo había preguntado. El hecho de que no estuviera casado no significaba que estuviera libre. Todo era posible. No contaba con volver a tener noticias de él, aunque le caía bien. Pero era famoso, y puede que su vida fuera más activa o complicada de lo que él reconocía. Annie también sabía eso de los hombres por la cantidad de primeras citas que llevaba acumuladas en los últimos veinte años, tras las cuales nunca volvía a tener noticias de ellos.

Después de la comida, Tom la ayudó a montarse en un taxi y Annie regresó a su despacho. Ted la llamó y le contó que había hablado con Kate, quien se mantenía firme en su decisión de no volver a la universidad hasta el siguiente semestre. Estaba empeñada en trabajar en el salón de tatuajes. Él estaba muy enfadado con ella y así se lo había hecho saber. Pero a Kate le traía sin cuidado. No pensaba cambiar de opinión.

Dos días después Liz regresó de París, y tampoco logró nada con Kate. Le apetecía quedar con su hermana, pero estaba demasiado ocupada. A los tres días de su vuelta tuvo que irse a Los Ángeles por un artículo acerca de las joyas más importantes de las grandes estrellas de tiempos pasados. Había encontrado el paradero de más de una docena de piezas destacadas y a sus nuevos propietarios. Y ya habían pospuesto la fecha de la sesión de fotos por ella mientras había estado en París. Apenas tuvo tiempo de deshacer el equipaje y cambiar de maleta. Jean-Louis llegaba a Nueva York el día que ella se marchaba. Él se había quedado un par de días en París para ver a Damien, y tenía previsto estar de vuelta en Nueva York cuando Lizzie regresara de California.

Liz le contó a Annie que se lo habían pasado de maravilla juntos en París, y que su hijo era un niño encantador que no daba ningún tipo de problema. Lizzie seguía compadeciéndose de él por el hecho de que lo mandaran a vivir con su abuela, lo cual era lo más fácil para sus padres, pero no necesariamente lo mejor para Damien. Lizzie tenía sus dudas sobre ello, pero no se sentía cómoda siendo tan enérgica al respecto ante Jean-Louis. Al fin y al cabo, era el hijo de él, no de ella. Si Damien hubiera sido hijo suyo, ella nunca se habría separado de él, razón por la que aún no quería ser madre. No tenía tiempo para niños, y era lo bastante inteligente para ser consciente de ello.

Liz pasó por casa de su tía antes de coger el avión a Los Ángeles, y se sintió mal al verla caminando a duras penas con las muletas, aunque ya se le daba mejor que al principio. Pero Annie estaba cansada y seguía dolorida y preocupada por Kate. Liz le prometió intentar hablar con su hermana de nuevo a su regreso de Los Ángeles.

Paul ayudó a Katie a mudarse de la residencia de estudiantes aquel fin de semana. Volvieron a llevar todas sus cosas al apartamento de Annie y luego quedaron con sus amigos para ir al cine. Paul estaba por allí a todas horas, lo cual también era motivo de preocupación para Annie. Por muy majo que fuera, le seguía preocupando el hecho de que su relación parecía ir en serio y el modo en que eso podría afectarles.

Todos estaban ocupados y tenían sus vidas. Annie andaba liada con sus proyectos, Katie se pasaba el día trabajando o con Paul, Ted se había convertido en un hombre misterioso que rara vez se dejaba ver y Liz seguía en California. El domingo Annie decidió que necesitaba un descanso y fue a un mercado de agricultores que le gustaba y que montaban en el Tompkins Square Park del East Village. Vendían frutas y hortalizas frescas, conservas y mermeladas caseras. Le costaba arreglárselas con el tobillo maltrecho, pero consiguió moverse con las muletas y una bolsa de red en cada mano. Estaba hablando con una menonita tocada con una cofia de encaje sobre sus conservas caseras, cuando Annie levantó la mirada y se vio cara a cara con Ted al otro lado del mismo puesto.

Se quedó parada al verlo allí. Su sobrino estaba con una mujer y dos niños. Ella llevaba un canasto que iba llenando de productos caseros, y los pequeños se aferraban a él como si Ted fuera su padre. Al ver la estampa, Annie se dio cuenta de que aquella no era una mera conocida para él. Se trataba de una mujer a la que estaba muy ligado, y que sin duda le llevaba muchos años. A plena luz del día, Pattie aparentaba incluso más de los treinta y seis que tenía.

Y mientras Annie lo observaba fijamente a unos metros de distancia, sus miradas se cruzaron, y Ted pareció a punto de ponerse a llorar. No había escapatoria. El encuentro era inevitable. Le presentó a su tía a Pattie y sus dos hijos, y Annie se quedó aún más parada al ver que la mujer con la estaba saliendo su sobrino solo era unos años menor que ella. Y Annie se conservaba incluso más joven y en mejor forma.

Annie saludó a Pattie con cortesía, se mostró amable con los niños y apenas cruzó unas palabras con Ted. Estaba claro que aquel era el secreto que llevaba guardando todo aquel tiempo, y no parecía orgulloso de ello. Le aterraba la reacción de Annie. Esta le sonrió con dulzura y le dio un beso antes de alejarse con las muletas y las bolsas de red a cuestas. Lo único que le dijo a Ted al despedirse de él fue «Llámame esta semana». Ted sabía perfectamente lo que eso significaba. Ella quería una explicación de lo que se traía entre manos. No pensaba dejar pasar aquello sin hablar al respecto. Él era consciente de que no sería así.

Y al volverse hacia Pattie después de que Annie se marchara, Pattie se le quedó mirando descontenta. Él parecía encontrarse mal.

—Tienes cara de terror. Ella no puede hacerte nada, Ted. No eres un niño.

Pattie estaba disgustada. La sorpresa y desaprobación de Annie se habían hecho patentes, por muy amable que se hubiera mostrado.

—Para ella sí lo soy —dijo él nervioso.

—No le debes ninguna explicación. Ella no es tu madre y, aunque lo fuera, tú ya eres un hombre hecho y derecho. Lo único que tienes que decirle es que estamos enamorados, y que esto es lo que has elegido.

Pattie volvía a presionarlo. Aquello no era lo que él había elegido. Había caído allí sin más, como en un mullido colchón de plumas sobre el que le gustaba estar. Pero no tenía ni idea del tiempo que querría estar allí o de lo que significaba. Pattie hacía suposiciones que le complacían a ella, pero él no estaba seguro de nada salvo de que le gustaba estar con Katie. Y a su modo de ver, no solo al de Annie, seguía siendo un niño. Se sentía como tal. Y no quería que Pattie mandara sobre él más de lo que lo hacía su tía.

Lo único que podía decirle a Annie con franqueza era que estaba liado con Pattie y que llevaba así desde justo después del día de Acción de Gracias. No sabía más que eso. No estaba seguro de si con eso la asustaría o la tranquilizaría. Pero no estaba preparado para decirle que eso era lo que él había elegido, como Pattie quería que hiciera. Eso era lo que había elegido ella. Él de momento no había hecho tal cosa. Simplemente se lo estaba pasando bien.

Ted estuvo muy callado durante el trayecto a pie de vuelta al apartamento de Pattie, con el canasto lleno de las frutas y hortalizas que habían comprado. Lo dejó en la cocina. A Pattie no le gustó la cara que tenía. Desde el encuentro fortuito con su tía, se había quedado mudo y disgustado.

—¿Qué pasa si no aprueba lo nuestro, Ted? —le preguntó ella sin rodeos. Ambos sabían que se refería a Annie—. ¿Y si te dice que me dejes?

—No sé. Ella no haría eso. Es una mujer razonable y me quiere. Pero no sé si lo entenderá. Es difícil explicar qué hace una persona de veinticuatro con una de treinta y seis.

Ted era realista al respecto. Sus compañeros de piso la habían conocido y pensaban que estaba loco. Veían que era una situación complicada para él, con dos críos por medio, por muy bien que se lo pasara en la cama con ella.

—No es nada difícil de explicar —le corrigió Pattie—. Nos amamos. Esa es la única explicación que necesita cualquiera, incluida tu tía.

—Puede que yo necesite otra explicación —dijo Ted de repente, en un tono más duro de lo que pretendía, pero no soportaba que ella lo presionara—. Necesito saber por qué funcionaría esto, y si es una buena idea. Aún tengo que acabar la carrera de derecho, y tú tienes dos niños. Estamos en etapas distintas de nuestras vidas. A veces cuesta salvar esa distancia.

Ted intentaba ser sincero con Pattie, pero ella no quería escucharlo. Tenía su propia versión de la historia, que difería bastante de la de él. Para ella, aquello era amor verdadero. Para Ted, era sexo fantástico, y no sabía qué más habría aparte de eso.

—No tiene por qué costar —insistió Pattie con cara de pánico.

—Tú eres mayor que yo —dijo Ted sin rodeos—. Quizá tú puedas llevarlo mejor. Si quieres que te diga la verdad, a veces me da miedo.

Ted siempre le decía la verdad, le gustara a ella o no. Y Pattie nunca quería escuchar su opinión.

—¿De qué tienes miedo? —le preguntó ella quejumbrosa.

—De que nos hayamos metido en un atolladero del que ya no podamos salir aunque queramos.

—¿Eso es lo que quieres? —le preguntó Pattie con una mirada maligna repentina. Hablaba en voz baja para que los niños no la oyeran. Pero estos habían puesto la tele, y ellos estaban en la otra habitación—. ¿Me estás diciendo eso, Ted? —añadió con un brillo malicioso en los ojos—. ¿Que quieres dejarlo? Voy a explicarte algo. He esperado toda la vida para estar con un hombre como tú, y no pienso permitir que me engañes sobre lo nuestro. Si se te ocurre dejarme, me mataré. ¿Lo entiendes? Prefiero morir que vivir sin ti. Y si muero, será por ti.

Ted sintió que aquellas palabras lo laceraban como un puñal y, cerrando los ojos, se apartó como si quisiera borrar de su mente el hecho de que ella hubiera llegado a pronunciarlas.

—Pattie, no... —dijo él con voz quebrada.

—Lo haré, y será mejor que lo sepas.

Más que una súplica era una amenaza para que no la dejara, pues ella prometía destrozar la vida de él, la suya propia y la de sus hijos si lo hacía. Llevaban juntos seis semanas, y Pattie lo tenía sumido en una agonía. Y, lo que era peor aún, amenazaba con quitarse la vida. Y si ella significaba algo para él, Ted tenía que respetarlo. No podía acostarse con ella día tras día y noche tras noche y luego dejarla sin más. ¿Y si realmente se suicidaba? Pero Ted no quería correr ese riesgo. Estaba temblando cuando Pattie salió de la cocina y regresó al salón con los niños. El mensaje que le había hecho llegar ella era más poderoso incluso que el respeto que Ted le tenía a su tía. Pattie le había ganado la partida. Otra vez.

Ya en su apartamento, a su regreso del mercado de agricultores, Annie pensaba en ellos. No tenía ni idea de quién era aquella mujer, ni qué significaba para Ted. Se dio cuenta de lo unido que estaba él a aquellas personas, pero no vio amor en sus ojos, sino terror. Quería saber por qué, y qué pensaba hacer Ted al respecto. Mirara donde mirase, veía que sus sobrinos, a los que amaba, se habían puesto en situaciones difíciles y se hallaban en peligro. Y ella era incapaz de detenerlos o de ayudarlos siquiera. Lo único que podía hacer era observar mientras ellos corrían riesgos, y a la larga tendrían que aprender de sus propios errores, tal y como había dicho Whitney. Annie volvió al salón con las muletas y se sentó en el sofá. Ni siquiera había nadie con quien pudiera hablar de ello. No le quedaba otra que preocuparse y confiar en que al final tomaran las decisiones acertadas y todo saliera bien. Nunca había estado tan triste ni se había sentido tan inútil en su vida.

14

Esta vez Annie no tuvo que llamar a Ted. A la mañana siguiente la llamó él mismo para preguntarle si podían quedar para comer aquel día. La noche anterior se había quedado en casa de Pattie, por eso no la había llamado. No podía. Los niños se habían ido a pasar la noche con su padre, y Pattie lo había amenazado de nuevo con suicidarse, y luego le había hecho el amor como nunca antes. En la cama era cada vez mejor, pero había algo tan intenso y desesperado en ello que a Ted a veces le daba miedo. El gancho que utilizaba ella para tenerlo cerca era el sexo. Era adictivo, pero la amenaza que le había soltado la noche anterior le había hecho despertar. Por nada del mundo quería tener en sus manos la decisión de que se suicidara. Y ella parecía hablar en serio. Se lo había dicho en varias ocasiones.

Ted tenía el semblante sombrío cuando se reunió con su tía en Bread, un lugar que ella sabía que a él le gustaba. Y al verlo acercarse, a Annie se le encogió el corazón. No hacía falta que le dijera nada. Veía que estaba metido hasta el fondo en una situación que lo superaba, y que él era consciente de ello lo reconociera o no. Annie estaba angustiada por él.

Hablaron unos minutos del posgrado de él y del tobillo de ella para romper el hielo, y luego Annie fue directa al grano.

—¿Hasta qué punto estás liado con esa mujer? Y ¿qué quiere de ti? Tendrá cerca de cuarenta años, y tú no eres más que un niño.

Era lo que Ted esperaba que dijera su tía.

—Tiene treinta y seis. Ocurrió justo después de Acción de Gracias. Me da clase de derecho contractual, y en una prueba saqué una nota de mierda. Ella se ofreció a ayudarme y me sugirió que me pasara por su casa, y sin saber cómo acabé en la cama con ella. Y ahí he estado desde entonces. —Hablaba con la franqueza habitual en él, sin mencionar en ningún momento la palabra amor—. Pero en su asignatura he sacado sobresaliente en todo —añadió con una sonrisa culpable.

Ted intentó entonces restar importancia a la situación en la que se encontraba. Y no dijo que aprobaba a duras penas las otras asignaturas. No podía con las exigencias de Pattie y además con las del posgrado.

—¿Vas en serio con ella? ¿Estás enamorado?

Annie lo miró fijamente. No lo veía enamorado, sino más bien preocupado.

—No lo sé —respondió Ted con sinceridad.

Y le explicó lo de la amenaza de Pattie de la noche anterior, de que se mataría si a él se le ocurría dejarla. Ted no pensaba contárselo a Annie, pero las palabras de Pattie le habían afectado muchísimo y confiaba en los consejos de su tía, una mujer sensata que siempre había estado a su lado. Pattie era una desconocida para él y parecía un tanto inestable.

—Pero ¡cómo te ha dicho algo tan espantoso! No puede aferrarse a ti por medio de la culpa o del terror. Eso es chantaje, no amor —sentenció Annie, toda indignada.

—No quiere perderme. Creo que ha sufrido más de la cuenta con el divorcio —dijo Ted intentando ser comprensivo.

—Mucha gente se divorcia y no van por ahí amenazando

con suicidarse si sus relaciones no funcionan. Es enfermizo.

—Lo sé.

Ted parecía disgustado, y Annie no quería criticarlo por el lío en el que se había metido, con lo nervioso que estaba ya, y con razón.

—¿Qué puedo hacer para ayudarte? —le preguntó Annie con voz sosegada—. Quizá deberías intentar alejarte un poco de ella, antes de que la situación empeore, o que ella se vuelva más dependiente de ti de lo que ya es. ¿Los niños son conscientes de todo esto?

Ted negó con la cabeza.

—Son encantadores y me caen muy bien. Siempre están con su padre cuando yo me quedo en su casa. Tienen la custodia compartida. Y él es muy buen padre. Yo quiero estar con ella, Annie. Simplemente no quiero que sea tan intenso.

—Quizá solo sepa hacerlo así. A mí también me causa inquietud este tipo de gente. Intenta poner un poco de distancia, por tu propio bien. Dile que lo necesitas.

—Se vuelve loca cuando lo hago.

Annie no sabía qué decirle. Nunca había tratado con alguien tan desequilibrado, y le entristecía que Ted estuviera tan metido en una situación como aquella. Estaba convencida de que Pattie lo había manipulado para arrastrarlo hasta allí y sabía perfectamente lo que hacía. Ted era un ingenuo, y Pattie también lo sabía.

Hablaron de su relación durante toda la comida, y Ted se sentía un poco mejor cuando volvió a su apartamento, no al de Pattie. Annie le había dado un buen consejo. Llamó a Pattie y le dijo que aquella noche se quedaría en su casa. Le contó que tenía cosas que hacer, y algunos trabajos que redactar. Gracias a Annie había reunido el valor para hacerlo.

—¿No me estarás engañando? —lo acusó Pattie por teléfono.

A Ted se le cayó el alma a los pies.

—Pues claro que no. Es que tengo cosas que hacer aquí.

—Se trata de tu tía, ¿no? ¿Es eso? ¿Qué ha hecho? ¿Sobornarte para que te alejes de mí?

Pattie parecía desesperada y al borde de la histeria. En poco tiempo se había apoderado de la vida de Ted. Él se había convertido en su esclavo servicial, y ahora, ante sus amenazas y acusaciones, se sentía atrapado.

—Mi tía no haría algo así —repuso Ted con calma—. Es una mujer maravillosa. Está preocupada por nosotros, pero respeta mi derecho a tomar mis propias decisiones. No está loca, y no se le ocurriría sobornarme.

—¿Insinúas que yo estoy loca? —dijo Pattie, sonando muy nerviosa—. Pues no lo estoy. Estoy loca por ti, y no quiero que nadie se entrometa en lo nuestro.

—Nadie lo está haciendo. Déjalo ya. Iré mañana. Podemos llevar a los niños al parque.

—Van a pasar el fin de semana con su padre.

Pattie pronunció aquella frase con un tono de esperanza en su voz, y Ted supo lo que quería decir. Dos días de acrobacias sexuales propias de unas olimpiadas. De repente se sintió agotado ya solo de pensarlo, y con todo se excitó al instante como siempre que ella le decía algo así. Era como si su cuerpo lo traicionara y la deseara más que él, movido por un impulso que superaba a su voluntad. Su pene era adicto a ella y la obedecía.

—Mañana te llamo —le prometió Ted y, tumbándose en la cama, clavó la vista en el techo.

No tenía ni idea de qué iba a hacer, ni siquiera de qué quería hacer. Ahora pertenecía a Pattie. Se sentía poseído. Todo lo que le había dicho Annie en la comida tenía sentido. Pero Pattie mandaba, y él no. Era como si ni él ni Annie pudieran hacer nada. Pattie llevaba la batuta.

Una semana después de su primera comida, Tom Jefferson volvió a llamar a Annie a su despacho. Le contó que estaba en el barrio con motivo de una reunión, y se preguntaba si a ella le apetecería un almuerzo improvisado antes de que él tuviera que regresar al trabajo. A Annie le pareció un buen plan, y quedaron en el Café Cluny, uno de sus restaurantes predilectos. Encontró a Tom esperándola en la puerta y entraron juntos. Lo vio animado. Ella seguía yendo con muletas, y él aún llevaba el brazo escayolado, pero a ninguno de los dos le dolían ya sus respectivas lesiones. Tom le habló de una historia importante en la que estaba trabajando, y le comentó que quizá tendría que ir a California para estar un tiempo con el gobernador. A ella le encantaba oírlo hablar de su trabajo, y de sus historias de guerra pasadas. Y cuando le relató sus experiencias en Oriente Próximo, ella le contó que Kate estaba saliendo con un chico de Irán, y que estaba enamorado de él.

Tom vio la ternura en sus ojos cuando Annie mencionó a Katie, y le chocó que sus sobrinos al parecer aportaran una dimensión a su vida que a él le resultaba desconocida, ya que nunca había tenido hijos. Intuía lo mucho que ella los amaba, y le dio la sensación de que sus tres sobrinos tenían vidas y opiniones propias.

—Es un chico muy majo —le dijo Annie, refiriéndose a Paul—. Educado, amable, inteligente, considerado, con buenos valores y respetuoso. El sueño de toda madre. Pero me preocupa que Katie salga con alguien cuyas raíces y cultura son tan distintas a las suyas, por muy americano que sea y por mucho que lleve viviendo aquí desde los catorce años. A la larga pueden tener ideas muy divergentes. Ella es una joven muy muy muy liberada, y sus ideas pueden ser a veces muy extremas. Él parece mucho más conservador y tradicional que ella.

Eso puede hacer que la cosa no funcione después, si es que hay un «después». Y me da la sensación de que van muy en serio.

—¿Qué piensan los padres de él? —preguntó Tom con buen criterio.

—No lo sé. No los conozco. Kate lleva una imagen muy transgresora, con piercings por todas partes y un par de tatuajes. De hecho, ahora mismo trabaja en un salón de tatuajes. Si sus padres sobreviven a eso, deben de ser más liberales que yo. A mí casi me dio un infarto cuando Kate me dijo lo de su trabajo. Ella lo considera como unas prácticas en artes gráficas.

Tom rió ante la idea e imaginó el aspecto que tendría la sobrina menor de Annie.

—¿Tan en serio van Kate y Paul? ¿Se plantean casarse?

Era una pregunta razonable dado lo preocupada que estaba Annie.

—No. Son muy jóvenes —respondió ella, sonriéndole—. Ella solo tiene veintiuno, y él veintitrés. Creo que es el primer amor para ambos. Son los dos muy ingenuos. Cuesta tomárselos demasiado en serio, pero aun así me preocupo. Y creo que me pasaría lo mismo con cualquier chico, fuera de donde fuese. No quiero que le rompan el corazón a Kate, ni que se meta en una situación de la que luego se arrepienta, y que podría hacerles sufrir a los dos.

—Recuerda a Romeo y Julieta. Los críos pueden perder la cabeza cuando son jóvenes. Pero si dices que él es un buen chico, seguro que estarán bien. Probablemente ella sea más sensata de lo que crees.

Annie le habló entonces de Ted y de la mujer mayor que él, y de lo preocupada que estaba al respecto.

—Las mujeres que se comportan así pueden ser peligrosas —dijo Tom serio—. Parece obsesiva.

Annie opinaba lo mismo, y no había dejado de pensar en

ello desde que los había visto juntos y luego había comido con Ted, y su sobrino le había confesado abiertamente sus temores.

—Te tienen ocupada, ¿no?

—Más ahora que cuando eran pequeños. Entonces me quitaban más tiempo con las ligas infantiles, los partidos de fútbol y las clases de ballet. Pero ahora me dan más preocupaciones. Las decisiones que tienen que tomar son más importantes, y los riesgos que pueden suponer para ellos son mayores. Y no siempre ven eso ni los peligros a los que se enfrentan —dijo con cara de preocupación—. Y mi sobrina mayor tiene fobia al compromiso y es adicta al trabajo. Cuanto mayores son, más impotente me siento.

—Ya, pero es su vida, no la tuya —le recordó Tom con delicadeza.

—Eso es fácil de decir, lo difícil es vivir con ello —repuso Annie con una expresión nostálgica.

—Puede que si cultivaras más una vida propia —sugirió Tom con cautela—, ellos se volverían más independientes. No puedes estar siempre ahí por ellos, a costa de tu propia vida. Dieciséis años es mucho tiempo.

Annie no discrepaba con él, pero era incapaz de imaginarse desligándose de ellos. Y Tom la sorprendió con su siguiente pregunta.

—¿Crees que ahora hay lugar en tu vida para un hombre, Annie? Parece que has esperado mucho para contar con una vida propia. —Tom había deducido aquello de todo lo que le había contado ella—. Tal vez pienses que no te la mereces. Se diría que ya has cumplido la promesa que le hiciste a tu hermana. No puedes renunciar a tu propia vida por ellos eternamente.

Annie asintió. Era consciente de que Tom estaba en lo cierto. Simplemente no sabía cómo o cuándo hacerlo.

—Supongo que sí —se limitó a responder—. Lo que ocurre es que llevo mucho tiempo sin intentar tener una vida propia. —O sin quererlo siquiera.

Los chicos habían satisfecho todas sus necesidades emocionales desde hacía muchos años, pero también habían acaparado todo su tiempo, energía y atención.

A Tom le intrigaban sobremanera Annie y todo lo que había logrado, pero también veía que tendría que pasar una carrera de obstáculos para llegar hasta ella, un esfuerzo que en su opinión valía la pena.

—¿Te gustaría ir a cenar la semana que viene?

—¿Por qué no vienes a casa el próximo domingo por la noche y conoces a los chicos? Podemos dejar la cena de adultos para otro día.

Annie quería que Tom conociera a su familia y viera cómo era su vida. A él le atraía la idea, y también salir con ella a solas. Había tiempo para ambas cosas.

—Te llamo el domingo a ver qué planes tienes —le prometió él.

Ella sonrió, y siguieron charlando hasta que se marcharon del restaurante. Tom le dijo que, en caso de tener que irse a California, la avisaría. Todavía viajaba mucho, aunque no tanto al extranjero como en el pasado.

Annie se había sentido muy a gusto comiendo con Tom, y de regreso al despacho pensó con agrado en la idea de tenerlo en su casa para cenar el domingo. Aquella noche le dijo a Katie que no faltara a dicha cita, y que podía invitar a Paul. Quería que Tom lo conociera. A Ted le dejó un mensaje, pidiéndole que fuera a casa a cenar el domingo por la noche. No mencionó a Tom, ni incluyó a Pattie en la invitación. Y en cuanto a Liz, confió en que para entonces ya hubiera vuelto de Los Ángeles. Sabía que se trataba de un viaje corto, pero Liz no le había dicho cuándo regresaría, y Annie no había hablado con ella desde su partida. Le constaba que Liz andaba muy ocupada para llamarla. Estaba entusiasmada con la idea de invitar a Tom para que los conociera.

Aquella noche, antes de acostarse, reflexionó sobre lo que le había planteado Tom al preguntarle si en aquel momento había lugar en su vida para un hombre. Tom le caía bien y le gustaba hablar con él; nunca se les acababan los temas de conversación que suscitaban el interés de ambos. Pero la verdadera respuesta a su pregunta era que no lo tenía claro. Tras todos aquellos años de vivir «como una monja», parafraseando a Katie, no sabía si había cabida para un hombre, o si quería uno siquiera. Había pasado mucho tiempo. Y la vida era mucho más fácil así. Era una decisión difícil de tomar a los cuarenta y dos años, ante la disyuntiva de quedarse sola o asumir los riesgos que suponía interesarse de nuevo por un hombre. No sabía lo que quería, aunque Tom le parecía muy atractivo. No estaba del todo segura de si deseaba cerrar esa puerta y renunciar para siempre a tener una relación. Aquella puerta se hallaba ahora entreabierta ante ella, a la espera de que la abriera del todo, o la cerrara con sigilo a cal y canto.

El viaje de Liz a California fue sumamente bien. Conoció a gente interesante y vio joyas fabulosas, además de realizar un gran trabajo de investigación acerca de las estrellas a las que pertenecían originariamente las piezas. No surgió ninguna complicación, y después de dos días seguidos de sesiones de fotos y entrevistas incesantes en residencias particulares, pudo hacer la maleta y volver a casa en un vuelo nocturno. Fue de gran ayuda el hecho de que no hubiera que devolver las alhajas a sus proveedores, ya que en este caso todas se hallaban en poder de sus propietarios actuales. Ni siquiera tuvo tiempo de llamar a Jean-Louis antes de marcharse de Los Ángeles.

Atravesó corriendo el aeropuerto para coger el último avión a Nueva York. Todavía se regía por la hora de París y estaba exhausta. Confiaba en poder tomarse un respiro al llegar a Nueva York, al menos unos días. Y le hacía ilusión volver a casa dos días antes de lo previsto. París había sido agotador, y en Los Ángeles se lo había pasado muy bien, pero había tenido mucho trabajo. Se quedó dormida antes incluso de que despegaran.

No despertó hasta que el avión aterrizó en el JFK de Nueva York. Llevaba solo el equipaje de mano, así que salió del aeropuerto enseguida y le dio al taxista su dirección. Luego lo pensó mejor y decidió ir al loft. Eran las seis de la mañana y demasiado temprano para llamar a Jean-Louis, pero sabía dónde estaba la llave y podía entrar por su cuenta y meterse en su cama. Lo había hecho muchas veces aquel año al regresar de viaje. A las seis y media ya estaba frente al edificio. Cogió la llave de detrás del extintor del vestíbulo y entró en el loft. La sala estaba a oscuras. Al mudarse allí, Jean-Louis había instalado postigos, como los de Francia. Decía que dormía mejor así, y tenía razón. Cuando Lizzie dormía en su casa, a veces no se despertaba hasta las dos de la tarde, si estaba muy cansada, tenía jet lag o acababa de volver de viaje. Gracias a la oscuridad total dormía plácidamente durante horas.

Sabía moverse sin problemas por el loft, y la luz que entraba por una pequeña rendija del baño la ayudó a llegar hasta la cama. Dejó caer la ropa al suelo a los pies de esta, se tumbó junto a Jean-Louis y lo abrazó con delicadeza; pero al hacerlo se produjo un grito repentino. Liz no sabía quién había gritado, pero no era Jean-Louis. Se irguió en la cama, y él también, a la vez que encendía la luz con un gesto rápido. Se miraron un instante y luego Lizzie desvió la vista hacia el espacio de la cama que quedaba entre ambos, y se vio con la mirada clavada en Françoise, la ex novia de Jean-Louis y madre de Damien. Los tres tenían cara de susto, y Lizzie salió de la cama de un respingo. El cuerpo contra el que se había acurrucado en la oscuridad era el de Françoise, no el de Jean-Louis.

—¿Qué demonios es esto? —espetó Liz, mirándolo fijamente. Estaba tan atónita que se olvidó de vestirse, de modo que se hallaban los tres desnudos—. Creía que solo erais amigos.

—Tenemos un hijo juntos —le explicó Jean-Louis, con una pose muy gala.

Françoise se quedó tumbada sin más, mirando al techo. Parecía de lo más cómoda en su cama y no hizo el más mínimo esfuerzo por moverse, a pesar de la acalorada discusión entre Liz y Jean-Louis. Se comportaba como si la cosa no fuera con ella.

—Y ¿qué tiene eso que ver? —le gritó—. ¿Qué hace aquí?

Françoise se apoyó entonces en un codo y los miró a ambos, tomando conciencia de la escena mientras Liz le lanzaba una mirada cargada de ira. Françoise no parecía siquiera incómoda.

—Tenía un trabajo aquí esta semana, y ha pasado a saludarme —le explicó Jean-Louis con voz débil, pero no había nada que pudiera decir para arreglar aquello.

—A mí me parece que ha hecho mucho más que saludarte. —Liz lo miró entrecerrando los ojos y recogió su ropa del suelo—. Conque me eras fiel, ¿eh? Serás imbécil —dijo mientras se vestía.

Françoise se levantó y pasó a su lado de camino al baño.

—Claro que te soy fiel —insistió Jean-Louis—. Te quiero. Françoise y yo solo somos buenos amigos.

—Chorradas. Cuéntale eso a otra. Me has engañado y punto.

Ahora estaba segura de que la ropa interior que había encontrado en el cajón de su apartamento de París no era de hacía cuatro años, sino más reciente. Se preguntó cuánto llevaría Jean-Louis acostándose con Françoise, si es que en algún momento habían dejado de hacerlo. Françoise parecía estar a sus anchas en el loft y en su cama.

—No seas tan puritana —dijo Jean-Louis, desenrollándose de entre las sábanas para acudir a su lado—. Estas cosas pasan. No significa nada.

Intentó rodearla con los brazos, pero ella no lo dejó.

—Para mí sí.

Se sentía como una idiota por lo tonta y confiada que había sido. Los hombres como Jean-Louis no le eran fieles a nadie. Cayó en la cuenta de que seguramente llevaría engañándola desde que estaban juntos, y de que su idea de una relación «exclusiva» no tendría nada que ver con la de ella y carecía de significado para él.

—Debería habérmelo imaginado —le dijo Liz.

En aquel momento, Françoise entró en el salón como si tal cosa y se encendió uno de los Gitanes de Jean-Louis. Hacía gala de una pasividad absoluta, y la incómoda escena no parecía alterarla lo más mínimo, y eso que ella también tenía novio, por lo que sabía Lizzie. Se tiraban a todo lo que se movía.

La estupidez más grande que había cometido Liz era creer que Jean-Louis sería distinto. Los hombres con tanto encanto nunca eran fieles. No lo llevaban en el ADN. Ella lo sabía, aunque siempre intentaba convencerse de que esa vez sería diferente; pero nunca lo era. Jean-Louis era como los otros hombres con los que había salido, todos ellos clones entre sí. Siempre elegía a aquellos incapaces de ser fieles o comprometerse, lo que encajaba a la perfección con su propio miedo al compromiso y le brindaba un fin inevitable. Ya había protagonizado escenas como aquella con demasiada frecuencia.

—¿Es que no tienes ningún tipo de moral? —le preguntó,

mirándolo con asco—. Soy mejor que esto, y más inteligente. No sé cómo he podido creerte.

Lizzie no lo amaba, eso lo tenía claro, pero Jean-Louis le había gustado mucho, y había confiado en él, lo cual había sido un gran error. Los hombres como él eran los únicos que conocía en su mundo, y los únicos que le atraían. En el ámbito de la moda los había a patadas. Hombres que querían comportarse como niños eternamente y que nunca respetaban las reglas. Para ellos no existían las reglas, solo la diversión. Y al final siempre había alguien que salía escaldado. Estaba cansada de todo aquello. Para entonces ya estaba vestida y miró a Jean-Louis con desdén.

—Eres un gilipollas, una porquería de hombre y, lo peor de todo, un padre pésimo. Te buscas excusas patéticas para no estar con tu hijo y dejarlo con otra persona. Yo merecía algo mejor que tú, pero lo más importante es que él también. ¿Por qué no despertáis Françoise y tú, y maduráis de una vez, en vez de pasaros todo el día mirándoos el ombligo?

Lizzie lo miró a los ojos y también a Françoise de camino a la puerta. Luego salió del apartamento y cerró con un portazo, sin que Jean-Louis abriera la boca en ningún momento. Mientras bajaba corriendo la escalera, se quedó asombrada al darse cuenta de que ni siquiera se sentía triste, sino aliviada. Había acabado definitivamente con los tipos como él. Había madurado, y él nunca lo haría.

Se hizo una promesa mientras paraba un taxi. Nunca más se conformaría con un hombre como Jean-Louis. Prefería estar sola que perder el tiempo. Bajó la ventanilla y dejó que el aire frío le diera en la cara mientras recorrían las calles de la ciudad. Al fin se sentía totalmente libre. No estaba enfadada, ni triste. Estaba preparada para dar un paso adelante.

15

Liz llamó a Annie más tarde aquella misma mañana y le contó lo ocurrido. Su tía lo sintió al oírlo, pero no era la primera vez que Liz le explicaba una historia como esa. En sus relaciones siempre acababa pasando algo que le permitía ponerles fin. Annie era consciente de que, hasta ese momento, Lizzie buscaba hombres así para no atarse. Pero esta vez la notó distinta. Liz dijo que prefería estar sola a liarse con otro igual que Jean-Louis, y parecía hablar en serio. Le aseguró que no quería saber nada más de los hombres que se comportaban de esa manera y eran inmaduros, autocompasivos y deshonestos. Y Annie confió en que esta vez fuera cierto.

Se preguntó si en el futuro Liz se arriesgaría a tener una relación con alguien real. A juzgar por la falta de emociones que mostraba, estaba claro que no había amado a Jean-Louis.

Liz estaba en su propio apartamento envuelta en un albornoz rosa cuando llamó a Annie. Se había duchado al llegar a casa. Y Jean-Louis no la había llamado. Sabía que no lo haría. Y le sorprendió darse cuenta de que no le importaba. Había pasado página.

Después de pasarse una hora al teléfono con Liz, Annie se levantó y fue a prepararse una taza de té. Katie seguía durmiendo. Annie había invitado a Liz a cenar aquella noche, y su sobrina le había dicho que iría. Le gustaban las cenas de domingo en casa de su tía, algo que celebraban muy rara vez.

Tom llamó a Annie ya entrada la tarde, al volver de un partido de fútbol americano. Estaba entusiasmado con el hecho de que los Jets hubieran ganado.

—¿Sigue en pie lo de la cena de esta noche? —le preguntó con soltura—. No querría molestar.

—No lo harás. Quiero que conozcas a mis sobrinos.

—Pinta bien. Sois una familia fascinante.

—Espera a conocernos a todos antes de afirmar algo así. La verdad es que somos bastante normales.

—No sé por qué, pero lo dudo. A mí me parecéis muy especiales.

—Si eso es un cumplido, gracias.

Él también le parecía especial. Era interesante e inteligente, parecía tener amplitud de miras y no era nada aburrido. Había tenido una vida y una profesión apasionantes. No era un engreído, y daba en el clavo con todas sus preguntas. De momento solo eran amigos, pero él era el primer hombre que Annie había conocido en años que parecía que merecía la pena, y le gustaba su físico. Tom sentía lo mismo por ella. Annie era una rara avis en medio de la multitud de mujeres a cuál más anodina que había conocido desde su divorcio. Y a diferencia de la mayoría de los hombres de su edad, no le interesaban las veinteañeras. Al invitarlo a cenar, Annie no pudo evitar preguntarse si no se quedaría prendado de Lizzie, pues era una joven preciosa. Annie se tomaba la vida con filosofía y estaba totalmente dispuesta a dejar que el destino decidiera su suerte. Tom no le pertenecía, y la gente no era un bien sobre el que una tuviera opción de compra. Tom simplemente era un hombre que había conocido en un hospital por pura casualidad. Nada más que eso.

Olvidó hablarles de él a los demás hasta justo antes de la

cena. Eran las seis de la tarde, y le había dicho a Tom que acudiera sobre las siete. Había preparado espaguetis, albóndigas y una gran ensalada. Y de postre tomarían helado con galletas, como solían hacer siempre los domingos por la noche cuando eran niños.

Liz estaba sentada en el sofá, hablando con Katie en un intento de convencerla de que dejara el salón de tatuajes y volviera a la facultad, y Paul estaba leyendo una revista mientras las dos mujeres dialogaban. Lizzie estaba diciéndole lo mismo que él le había dicho a Kate, sin que sirviera de nada. Paul pensaba que debía retomar las clases. Y, de repente, todos volvieron la cabeza, incluido Paul, cuando Annie anunció como si tal cosa que había invitado a un hombre a cenar.

—¿Quién? —preguntó Liz con cara de asombro.

—Alguien que he conocido hace poco.

Annie respondió con naturalidad y afabilidad y se sentó en el salón con ellos. Ted aún no había llegado. Tom tampoco.

—¿Te refieres a una cita a ciegas? —insistió Liz.

—No. Él se rompió el brazo cuando yo me hice el esguince en el tobillo. Nos pasamos cuatro horas en la sala de espera de urgencias. No es nada del otro mundo. Hemos quedado para comer un par de veces.

Annie actuaba como si estuviera diciéndoles que había decidido hacer hamburguesas en vez de albóndigas, como si aquello no tuviera ningún tipo de consecuencia, y de hecho no creía que las tuviera. Llevaba diciéndose eso desde que se habían conocido.

—Un momento. —Liz la miró como si acabara de aterrizar un cometa en el salón—. ¿Has quedado para comer con ese hombre dos veces, te has pasado cuatro horas en urgencias con él y no nos lo has contado?

—¿Por qué habría de hacerlo, por Dios? Tampoco estamos saliendo. El otro día me invitó a cenar fuera, pero yo en cambio le invité a que viniera aquí. Quería que os conociera a todos.

—Annie... —Liz la miró fijamente desde donde estaba sentada—, llevas sin salir con nadie desde la Edad de Piedra, y te comportas como si no significara nada.

—Es que no significa nada. Solo somos amigos —contestó Annie en un tono relajado.

—¿Quién es? —preguntó Kate, tan sorprendida como su hermana ante el anuncio de Annie.

—Trabaja en la tele. Está divorciado, no tiene hijos y parece buena persona. No es para tanto.

—Sí que lo es —insistieron tanto Katie como Liz.

Llegados a ese punto, Paul se mostró interesado también en la conversación. Estaban hablando acaloradamente cuando Ted entró por la puerta. Le había dicho a Pattie que tenía que ir a casa a cenar y se había marchado aun viendo que a ella le daba un ataque. No pensaba permitir que lo alejara de su tía y de sus hermanas. Pese a ser consciente de que pagaría por ello más tarde, cenar con ellas lo merecía, y estaba intentando seguir los consejos de Annie y dejar un poco más de espacio entre Pattie y él, algo que a ella no le hacía ninguna gracia.

—¿Qué pasa que estáis todos tan alborotados? —preguntó Ted mientras dejaba el abrigo en la silla del recibidor y entraba en el salón.

Aunque no había llegado a captar de qué hablaban, los veía a todos animados por algo.

—Annie ha invitado a un hombre a la cena de esta noche. Ha quedado para comer dos veces con él, y se conocieron cuando se hizo el esguince en el tobillo —explicó Liz, haciéndole un resumen.

—Qué interesante —dijo Ted con una amplia sonrisa. Paul

y él se miraron. Aquello les parecía una conversación de mujeres—. ¿Vas en serio con él? —le preguntó a Annie.

Ella negó con la cabeza.

—Apenas lo conozco. Solo lo he visto tres veces en mi vida. Seguro que quiere salir con Liz, aunque es demasiado mayor para ella.

Annie intentó no mirar a Ted al decir aquello. No pretendía ser una indirecta, pero era la verdad. Annie había contado lo de Pattie tanto a Liz como a Katie, y ellas también estaban preocupadas. A Liz le pareció una chiflada. Kate opinaba que valía la pena salir con ella para sacar un sobresaliente en su asignatura. Annie discrepaba.

—¿Cuántos años tiene? —quiso saber Ted.

—Es unos años mayor que yo. —Annie lo había oído dar su edad en el hospital—. Tiene cuarenta y cinco.

—Ya te diré si doy mi aprobación después de conocerlo —dijo Ted, sonriendo.

Pero, a pesar de las preguntas y las bromas, estaban todos sorprendidos y contentos por ella. No recordaban la última vez que Annie había invitado a un hombre a cenar a casa. Puede que nunca. Pero Tom Jefferson parecía un amigo más que un ligue para ella. Y antes de que pudieran seguir hablando del tema, sonó el timbre, y Annie fue a abrir la puerta. Tom iba con tejanos, un jersey y unas botas camperas, y se le vio relajado y simpático en el momento de las presentaciones. Annie se fijó en que sus sobrinas lo miraban de arriba abajo mientras Ted y él hablaban del partido de fútbol en el que había estado aquella tarde. Los Jets habían anotado tres *touchdowns* seguidos en el primer cuarto, lo cual era un milagro para ellos. Paul se sumó a ellos, aunque no era tan aficionado al fútbol como Ted. Y las chicas le dijeron a Annie en la cocina que era muy guapo y que les sonaba su cara.

—Es el presentador del telediario de la noche —aclaró

Annie con sencillez mientras echaba un ojo a la pasta y removía la ensalada.

Había puesto la mesa en la cocina, que era lo bastante grande para todos ellos. Se trataba de una cena casera, y no había querido montarla a lo grande. Al fin y al cabo, solo eran seis.

—¿Que es quién? —dijo Liz al oír lo que acababa de decir su tía—. ¿Es ese Tom Jefferson? Esta vez te ha tocado la lotería. Es un tío estupendo.

—Eso no lo sé todavía, ni tú tampoco. No hace nada que lo conozco. Y ahora vamos a comer.

Al final de la cena, se comportaban todos como si fueran viejos conocidos. Tom había pasado una cantidad de tiempo considerable hablando con Paul sobre la belleza de Irán, país del que sabía más de lo que el joven recordaba incluso, ya que no había vuelto allí desde su adolescencia. Después Tom y Ted charlaron de fútbol y de la carrera de derecho. Y también había tenido una animada conversación con Liz sobre moda, y a Kate le había hecho un montón de preguntas sobre tatuajes, y sobre la razón por la que los veía como una forma importante de arte gráfico. La única con la que apenas habló fue Annie, pero se quedó con ella para ayudarla a limpiar la cocina mientras mandaba a los demás al salón.

—Son fantásticos —le dijo él con una mirada de afecto—. Has hecho un gran trabajo.

—No, siempre han sido quienes son. Yo solo he intentado enseñarles a ser fieles a sí mismos.

—Lo son. Y sabes qué, Kate me ha dado mil y un argumentos a favor de los tatuajes como arte gráfico.

Annie puso los ojos en blanco al oír aquello, y Tom soltó una risotada. Ella se volvió entonces hacia él con una sonrisa cariñosa mientras cargaba el lavavajillas.

—Gracias por venir a cenar con nosotros. Estoy muy orgullosa de todos ellos.

—Te rinden homenaje —la halagó mientras acababan de ordenarlo todo.

Annie le agradeció el cumplido y fueron a reunirse con los demás. Los jóvenes insistieron en jugar a las adivinanzas con mímica, algo que llevaban años sin hacer. A Tom se le daba bien aquel juego. Y pasaban de las once de la noche cuando se levantó para marcharse. Se despidió de todo el mundo y entonces Annie lo acompañó hasta la puerta. Tom le dio las gracias de nuevo por una velada maravillosa y le recordó que había prometido cenar con él.

—Me dijiste que te parecía bien —comentó él.

Annie se echó a reír.

—Me encantaría —dijo en tono afectuoso.

Lo había visto integradísimo. Aún no sabía si era un ligue o un amigo, pero fuera lo que fuese, todos habían disfrutado de su compañía aquella noche, y él también con la suya.

—Te llamaré mañana para ver qué día podemos quedar.

Tom la besó suavemente en la mejilla y luego se marchó. Cuando Annie volvió al salón con las muletas, todos estaban hablando entre risas y la miraron sonrientes.

—Como cabeza de familia oficial —anunció Ted—, te doy mi aprobación. Es un tío estupendo. Sabe todo lo que hay que saber sobre fútbol americano.

—Y sobre Oriente Próximo —añadió Paul.

—La verdad es que de moda sabe bastante —comentó Liz, sonriendo a su tía.

—Y entiende a la perfección la proclama social de los tatuajes —agregó Kate, toda risueña.

—Parece que os ha camelado a todos —dijo Annie, sonriente—, pero a mí también me gusta.

—Puedes casarte con él cuando quieras —dijo Ted—. Tienes mi consentimiento.

—No corras tanto, que solo es un amigo —le recordó Annie.

—Eso son chorradas, Annie, y lo sabes —la cortó Kate—. Te mira como si quisiera besarte.

—Qué va. Es que le habéis caído todos muy bien.

—Y él a nosotros —convino Liz, quien se lo había pasado tan bien que había olvidado la espantosa escena de aquella mañana con Françoise y Jean-Louis.

La velada que acababan de pasar juntos había transcurrido en un ambiente natural, sano y distendido en todo momento, y con el juego de las adivinanzas se habían echado todos unas buenas risas.

Ted sacó entonces su viejo Monopoly y los cuatro jóvenes estuvieron jugando hasta las dos de la madrugada. Annie se acostó mucho antes de que terminaran la partida. Pero se veía a todas luces que la noche había sido un éxito. Y Paul también se había integrado. A Annie le gustaba. Y Tom también. Y tanto si ocurría algo, como si dejaba de ocurrir, tenía la sensación de que podrían ser amigos.

Paul y Ted se marcharon del apartamento cuando terminaron de jugar al Monopoly. Liz decidió pasar la noche con Kate y Annie, y las dos hermanas acabaron hablando en la habitación de Kate hasta casi las tres. Liz le contó lo que había sucedido con Jean-Louis. No estaba demasiado disgustada, aunque reconocía estar decepcionada con él, y consigo misma: con él, porque la había mentido y engañado; y consigo misma, por haber escogido a otro desgraciado. Juró que jamás volvería a hacerlo, y Kate confió por su propio bien en que fuera cierto.

Ted y Paul compartieron un taxi al salir de casa de Annie, y Paul dejó a Ted en su apartamento. Era demasiado tarde para llamar a Pattie, y de todos modos Ted no quería quedarse en su casa. Había disfrutado de la noche con su familia y sus amigos. Y le apetecía dormir en su propia cama para variar. Estaba sumido en un profundo sueño cuando Pattie lo llamó al día siguiente, y tardó unos segundos en despertar y entender lo que ocurría.

—¿Dónde estuviste anoche? —Pattie parecía desesperada y dolida—. Me he pasado toda la noche preocupada por ti.

—Estuve con mi tía, mis hermanas y el novio de una de ellas. Jugamos a las adivinanzas y al Monopoly, y se me hizo tarde —contestó medio dormido.

—Podrías haber llamado.

—No quería despertarte. —Y además, se lo había pasado bien y no le apetecía llamarla.

—Necesito verte ahora mismo —dijo ella en voz baja.

—¿Ocurre algo?

Pattie se negó a hablarlo por teléfono, y Ted le dijo que podría estar en su casa en cuestión de una hora una vez vestido. No se trataba de una emergencia, y los niños no habían sufrido ningún accidente. Ted desayunó con uno de sus compañeros de piso antes de marcharse, y llegó al apartamento de Pattie al cabo de dos horas. Vio que estaba tensa y pálida. Parecía enferma.

—¿Qué pasa?

Ted temía que se la armara por la noche anterior. Pattie estaba resentida con su familia y no le gustaba que la visitara. Él esperaba oír sus reproches al respecto, pero no lo que le dijo. La respuesta de Pattie lo golpeó con más fuerza que un puñetazo en el plexo solar.

—Estoy embarazada.

Por un momento Ted se quedó mirándola sin decir nada. No sabía qué decir. Aquello era algo inaudito para él.

—¡Ostras! —La exclamación salió de su boca como una pequeña espiración. Estuvo a punto de preguntarle cómo había sucedido, pero ya lo sabía. Por mucho que él hubiera intentado hacerlo siempre con preservativo, ella a veces no lo dejaba. Decía que la irritaban, y que se sentía mucho mejor sin ellos. Qué tonto había sido—. Joder, Pattie. Y ahora, ¿qué hacemos?

Ted sabía lo que tenían que hacer, pero nunca se había visto en semejante situación. Siempre había actuado con prudencia, y su ex novia era sumamente responsable y tomaba la píldora. Pattie le había advertido desde el principio que ella no. Pero él había confiado como por arte de magia en que a su edad no le resultara fácil quedarse embarazada. Se había equivocado.

—¿Cómo que qué hacemos? Pues tenerlo, por supuesto. ¿Estás de broma? No pienso abortar a mi edad. Además, este es nuestro bebé, de nuestra propia sangre, fruto de nuestro amor. —Pattie lo dijo como si aquello estuviera clarísimo y esperara que él se mostrara conforme con ella.

—No, no lo es —repuso él con voz airada—. Es fruto de nuestra estupidez y negligencia. Yo no he tenido cuidado, y tú tampoco. Eso no es amor, Pattie, es lujuria.

—¿Me estás diciendo que no me amas? —dijo ella, aferrándose a él con lágrimas en los ojos—. ¿Cómo puedes decirme algo así? Llevo a nuestro hijo en mis entrañas.

—Y ¿qué hay de la pastilla del día después? —preguntó él—. Tengo entendido que funciona muy bien.

Había oído hablar de ella a uno de sus compañeros de piso, que le tenía una fe ciega. Su novia y él la habían utilizado en varias ocasiones. Había que tomarla en las setenta y dos horas posteriores a las relaciones sexuales sin uso de profilácticos.

—¿De cuánto estás? —quiso saber.

—Tengo un retraso de tres semanas.

Eso significaba que estaba de cinco.

—¿Por qué no me has dicho nada hasta ahora?

Ted comenzaba a sospechar que Pattie se había quedado embarazada a propósito, y se sentía atrapado.

—Pensaba que te alegrarías, Ted —dijo ella, rompiendo a llorar—. Lo habríamos querido tarde o temprano. ¿Qué importa que lo tengamos ahora?

—¿No hablarás en serio? Aún no he terminado el posgrado. No tengo dinero ni trabajo. Vivo de lo que me queda de un seguro que me dejaron mis padres, que está en las últimas. Mi tía me echa una mano. ¿Cómo crees que voy a sustentar a un niño, o incluso a cuidar de él? Me quedan años para poder ganarme la vida como es debido, y con lo que tú ganas apenas te alcanza para mantener a los hijos que ya tienes. ¿Cómo va a ser nuestra vida con un bebé? ¿Qué pensarán tus hijos? Yo no puedo acabar la carrera y mantenerte a ti y a un niño. Y ni siquiera estamos casados. Se trata de un accidente. Un error. Esto no es un bebé, es una catástrofe. Es una tragedia para los dos, y también lo sería para el bebé. Tendrás que abortar o darlo en adopción —sentenció, enfrentándose a ella—. ¡No hay más remedio!

—Esas opciones quedan descartadas —le espetó ella—. Podemos casarnos, y tú puedes buscar trabajo. No pienso renunciar a nuestro bebé y, te lo advierto, si intentas obligarme, ¡mataré al bebé y me mataré luego yo!

—¡Deja de amenazarme! —bramó él, cargado de ira y frustración.

Pattie estaba arruinándole la vida. Un error estúpido iba a echar por tierra todo lo que había construido y por lo que había luchado. No era justo.

—Yo estoy decidida a tener a este bebé —dijo ella con calma, pasando de repente a dominarse por completo—. Tú haz lo que quieras, pero yo voy a tenerlo.

Ted asintió. Había captado el mensaje alto y claro.

—Necesito pensar —dijo tan calmado como ella, y salió del apartamento.

Tras cerrar con un portazo, corrió escalera abajo para que le diera el aire frío de la calle.

Arriba, en el apartamento, Pattie se sentó en el sofá tras su marcha y sonrió.

16

En los días siguientes nadie supo nada de Ted. No llamó a Pattie ni pasó por su casa. No le cogía el teléfono ni respondía a sus mensajes de texto. Tampoco llamó a Annie para darle las gracias por la cena, lo cual era impropio de él e hizo que su tía se preocupara. Sabía que se encontraba en una situación delicada con una mujer inestable, aunque ignoraba lo del embarazo. Pero Annie no quería acosarlo, así que esperó a que él diera señales de vida. Y, al final, después de tres días de silencio absoluto, Ted llamó a su hermana Liz. Ella se sorprendió al oír su voz, que sonaba terrible, y supo al instante que le pasaba algo grave.

—¿Podemos quedar para comer? —le preguntó Ted con voz ronca.

Llevaba tres días escondido en su apartamento, bebiendo demasiado.

—Pues claro —respondió Lizzie de inmediato.

Ted fue a recogerla a su despacho al mediodía y se dirigieron a un bufet de ensaladas cercano. Liz se puso un plato de lechuga sin aliñar, y Ted no comió nada. Le contó lo de Pattie, que estaba embarazada y que no sabía qué hacer.

—Dice que no piensa abortar, ni dar al bebé en adopción, y que si yo hago algo que no sea alegrarme por ella, matará a la criatura y se suicidará. Yo no quiero tener un hijo, Lizzie. ¡Si yo mismo soy un crío! O al menos me siento como tal. Aún no tengo edad para tener hijos. Soy un capullo integral —dijo.

Su hermana sonrió compungida.

—Esa parece ser la palabra clave. ¿Hay manera de que razones con ella?

Ted negó con la cabeza. Se le veía triste.

—Lleva amenazándome con quitarse la vida desde antes de quedarse embarazada. Me ha dicho que si se me ocurre dejarla, se suicidará. Y ahora, además, matará al bebé.

—Está de psiquiatra. Y lo necesita cuanto antes. Teddy, lo que está haciendo es chantajearte. Tú no puedes obligarla a no tener el bebé. Y supongo que deberías pasarle algo de dinero para su manutención. Pero ella tampoco puede obligarte a ti a tenerte a su lado e implicarte, si eso no es lo que tú también quieres.

—No puedo dejarla plantada sin más. También es hijo mío. Si no se deshace de él, tengo que quedarme con ella y ayudarla a sobrellevar la carga.

—Eso no es justo para ti —repuso Liz con firmeza, pues no soportaba lo que estaba haciéndole aquella mujer a su hermano.

—Yo tengo una responsabilidad en todo esto. Con los dos, me guste o no.

—¿Estás enamorado de ella? —Liz lo miraba fijamente, preguntándose qué respondería.

—No lo sé. Me vuelve loco. Cuando la tengo cerca, mi cuerpo se descontrola. Es como una droga. Pero no sé si eso es amor.

—A mí me suena más a adicción sexual. Seguro que te ha hecho eso a propósito para tenerte enganchado.

—Pues lo estoy pagando carísimo. Un hijo es para siempre. No puedo permitir que se suicide, Liz.

—No creo que lo haga. La gente que amenaza con suicidarse no suelo hacerlo. Lo que quiere es retenerte.

—No me queda otra —dijo Ted con un semblante que destilaba tanta inocencia como tristeza.

—¿Qué vas a decirle a Annie? —se preguntó Lizzie en voz alta.

—Ahora mismo, nada. Se volvería loca.

—Puede que no. En los momentos difíciles no pierde la calma. Y tarde o temprano se enterará. No puedes esconder a un niño toda tu vida.

—Tendré que dejar el posgrado en cuanto acabe este semestre.

Liz no soportaba la idea de que lo hiciera, puesto que sabía lo mucho que los estudios significaban para él. Era su sueño, y hasta aquel momento se había esforzado por alcanzarlo.

—De momento no hagas nada. Además, nunca se sabe, podría perderlo sin querer. A su edad, el riesgo es más elevado.

—Ojalá tenga esa suerte.

Ted se sintió culpable al decir aquello, pero no quería un hijo. Eso lo tenía clarísimo.

—No he hablado con ella desde que me lo dijo.

—Sabe que te tiene en un puño.

Era una forma antiquísima de retener a un hombre, y Pattie lo había logrado. Lizzie la odiaba por ello y deseó poder hacer algo para ayudar a su hermano. Pero, en aquel momento, no había nada que pudiera hacerse, salvo darle apoyo moral. El resto estaba en manos de Pattie. Y de Dios.

Aquella noche Ted llamó a Pattie. Era la primera vez que hablaba con ella en tres días. Y ella no hizo más que sollozar al teléfono. Él se sintió fatal e intentó consolarla, y ella le suplicó que fuera a verla. Ted sentía que debía hacerlo, así que se vistió y se acercó a su apartamento. Cuando llegó, la encontró tranquila y muy cariñosa. Pattie le rogó que fuera a la cama con ella y la abrazara sin más, y entonces comenzó a excitarlo. Él no quería hacer el amor con ella, no le parecía lo correcto en aquel momento, dado todo lo que sentía. Pero entre abrazos y caricias, ella venció sus objeciones y él acabó haciéndole el amor. Fue tierno, dulce y apasionado, y cuando terminaron, ella se aferró a él y habló del bebé, lo que provocó que a Ted le entraran ganas de llorar.

Volvieron a hacer el amor, como siempre, y cuando Ted se marchó a la mañana siguiente, estaba reventado. Pattie había ganado. El bebé había ganado. Y él era el perdedor en todo aquello. Y aquella mañana, antes de que él se fuera, ella le preguntó su opinión sobre lo de casarse. Él dijo que no quería. Ella repuso que no era justo para el bebé nacer fuera del matrimonio. Se consideraba una mujer decente, y a los dos anteriores los había tenido estando casada. Lo único que pudo decir Ted al respecto fue que lo pensaría. No quería que volviera a amenazarlo con suicidarse. No se veía con fuerzas para soportarlo. Y aquel día reanudaba las clases. Apenas podía discurrir con claridad mientras se dirigía a la universidad cabizbajo. Deseaba que le cayera un rayo encima y lo dejara seco. Habría sido mucho más sencillo. Lo último que quería era tener un bebé. Y Pattie lo llamó sin cesar entre clase y clase para estar tranquila en todo momento. Lo único en que podía pensar Ted, mientras se encaminaba a la biblioteca para trabajar con el ordenador, era en que se sentía como si le hubieran arrancado las entrañas y hubieran tirado su vida por el váter. Mientras estaba en la biblioteca, le envió un correo electrónico a Pattie y le prometió estar en su casa para cenar.

A finales de semana, Annie no sabía nada de Ted, ni tampoco de Tom Jefferson. Este último había prometido llamarla por lo de la cena que tenían pendiente, pero no había dado señales de vida desde la cena del domingo en casa de ella con toda su familia. Annie se preguntaba si Tom se habría sentido incómodo. Su silencio lo decía todo, y ella no quería insistir.

No fue hasta una semana después cuando él la llamó desde Hong Kong y le pidió disculpas por no haber podido hacerlo antes.

—Lo siento mucho. No tenía servicio telefónico ni correo electrónico. Me he pasado diez días en una provincia del sur de China. Acabo de llegar a Hong Kong. Me han mandado para cubrir una noticia que me ha hecho perder el tiempo para nada.

Annie se sintió tan aliviada al tener noticias suyas que su voz sonó llena de vida por teléfono.

—Creía que te habíamos asustado.

—No seas tonta. Me enviaron a la mañana siguiente, y no tuve tiempo de avisarte. A veces mi vida se vuelve un poco loca.

Eso era lo que le había costado su matrimonio. Su ex mujer quería un marido a tiempo completo en casa y él nunca sería esa persona. Tom quería que Annie lo supiera desde el principio, o incluso antes de que comenzara algo entre ellos.

—No te preocupes, mi vida también se vuelve bastante loca. Aunque yo no acabo en China o Hong Kong. ¿Cuándo regresas?

—Mañana o pasado mañana, espero. ¿Qué te parece si quedamos para cenar el sábado por la noche?

—Me encantaría.

Annie le contó entonces que tampoco sabía nada de Ted desde la cena, y que estaba preocupada por él.

—Puede que tenga problemas sentimentales.

—Eso me temo. Y creo que acaba de empezar las clases. Me preocupa esa mujer con la que está.

Era un consuelo para ella poder compartir sus problemas con Tom.

—No hay nada que puedas hacer al respecto —le recordó él—. Tiene que solucionarlo él solo.

—Lo sé, pero es que es muy inocente. Y no me fío de esa mujer. Es casi tan mayor como yo.

—Será una buena lección para él —le dijo Tom con calma.

—Si sobrevive.

—Lo hará. Todos lo hacemos. Pagamos un precio por nuestros errores, y aprendemos lecciones, aunque a veces nos sale muy caro. Yo contraje matrimonio sabiendo que me casaba con la mujer equivocada. Pasé por ello igualmente, y con el tiempo fue a peor. Tú al menos te has ahorrado eso.

—La verdad es que yo también he cometido mis errores —reconoció Annie.

Quizá vivir como una monja fuera uno de ellos. Pero no habría sido capaz de poder con nada más. Bastante había tenido con tirar adelante con tres niños a su edad. Y ahora se sentía a gusto con su vida monástica.

—A mí me parece que lo has hecho bien. Has criado a una familia estupenda. Tu hermana estaría orgullosa de ti.

A Annie se le saltaron las lágrimas al oírle a Tom decir aquello.

Él le habló entonces de China, y de la noticia que estaba cubriendo. Había un nuevo primer ministro, y él había ido allí a entrevistarlo para preguntarle por su política exterior y una comisión de comercio cuya creación estaba impulsando. A Annie le chocaba que Tom se moviera en tan altas esferas y estuviera en el centro de los acontecimientos mundiales. Ella se pasaba el día intentando que los contratistas cumplieran con los plazos establecidos y cambiando paredes de sitio para tener a sus clientes contentos. Su mundo era mucho más pequeño que el de él, pero a ella le encantaba lo que hacía. Le había proporcionado una gran satisfacción durante años. En su fuero interno, siempre había tenido la esperanza de que a Kate también le interesara la arquitectura, con lo cual podrían haberse asociado en un futuro, pero el talento artístico de su sobrina menor había tomado otros derroteros.

Tom prometió llamarla en cuanto regresara a Nueva York, y le confirmó que quedarían para cenar el sábado por la noche. Le dijo que ya pensaría en el restaurante durante el trayecto de vuelta a casa y reservaría mesa. A Annie le gustaba la manera en que Tom se encargaba de las cosas y hacía planes por su cuenta, pues así ella podía desentenderse. Era un alivio no ser la que tenía que cargar con todo. Para ella era algo nuevo.

Annie estaba mucho más animada después de hablar con Tom. Y al final logró dar con Ted. Este le dijo que estaba ocupado con las clases, pero tenía una voz espantosa y su tía no lo creyó cuando le aseguró que estaba bien, pues no lo parecía. Annie llamó después a Liz, que insistió en que no sabía nada. Liz detestaba mentir, pero era cosa de Ted contarle a Annie lo del embarazo de Pattie, pero él no tenía el valor de hacerlo. Además, quedaba tiempo de sobra. Pattie estaba de poco más de un mes. Según le había dicho a Ted, salía de cuentas en septiembre. Él no quería ni pensar en ello en aquel momento. Y Pattie le insistía cada vez más con el tema del matrimonio. Ted nunca había estado tan desanimado en su vida, salvo cuando perdió a sus padres.

Liz lo llamaba todos los días para ver cómo estaba, y no soportaba oírlo tan mal. Ted le confesaba que estaba desesperado y que se sentía atrapado. El feto que crecía en el vientre de Pattie le había arruinado la vida, o lo haría en cuanto naciera. Ya lo había hecho. Y Pattie estaba más contenta que nunca. Iba a tener un hijo suyo, y sería su dueña de por vida. Se pasaba el día dándole las gracias por hacerla tan feliz, y quería acostarse con él a todas horas. Él ya no lo llamaba hacer el amor. No lo era. No era más que sexo puro y duro, y Pattie siempre se salía con la suya. Por no disgustarla, Ted hacía lo que ella le pidiera. Intentaba tratarla con delicadeza para no hacerle daño al bebé, pero ella insistía en que no pasaba nada. Ted había comenzado a lamentarse de haberla conocido y tenía pensamientos muy negativos. Bebía mucho y, en varias ocasiones, le había dicho a Lizzie que deseaba estar muerto. Su hermana no creía a Pattie capaz de suicidarse, pero temía por Ted. Liz no le había contado nada a Annie, pero empezaba a pensar que debía hacerlo. Si veía que él seguía sin levantar cabeza, no le quedaría más remedio.

A Liz le sorprendió que Annie la llamara unos días más tarde. La notó seria, y su tía le dijo que quería pedirle consejo. Liz tenía un miedo atroz a que le preguntara por Ted. Pero Annie le confesó que Tom la había invitado a una cita de verdad. Iba a llevarla a cenar, y no tenía nada que ponerse. Liz sonrió al oír aquel tono de niña nerviosa en la voz de su tía. Era encantador.

Hablaron acerca de cómo sería el restaurante al que acudirían, y sobre qué impresión quería causarle ella a Tom. Annie comentó que sus mejores galas eran apropiadas para las reuniones con sus clientes, pero no tenía nada sexy que pudiera atraer a un hombre.

—¿Sexy hasta qué punto? ¿Un escote de vértigo? ¿Una minifalda? —preguntó Liz con sentido práctico.

Annie rió.

—Yo no he dicho que quiera que me detengan. Lo que quiero es tener un aspecto atractivo en una cita.

—Vale. Una blusa con volantes. De Chanel, quizá. Una falda corta pero recatada. Un chaquetón de piel bonito. Puedo dejarte uno de los míos. El pelo suelto, enmarcando tu cara. Nada duro. Todo suave, femenino, elegante.

Liz le llevó varias fundas de ropa, seis de ellas repletas de prendas que podrían interesarle. Annie eligió una hermosa blusa de organdí y una falda de encaje negra, ambas elegantes a la par que sexis. Y dado que aún iba con muletas y tenía que llevar calzado plano, Liz había pensado en unos zapatos bajos de raso con hebillas de estrás de su número. Le había pedido a su ayudante que fuera a buscarlos. Y también le dejó un chaquetón corto de visón negro que Annie admiraba desde hacía años. ¡No le faltaba detalle!

Annie estaba guapísima cuando Tom fue a recogerla el sábado por la noche. Katie la había ayudado a vestirse, la había maquillado y le había aconsejado que se dejara el pelo suelto. Annie se sentía como una chica de instituto que iba a su primer baile cuando Tom llamó al timbre. Él llevaba una chaqueta de cachemira negra, unos pantalones de vestir y una camisa de confección impecable. Le dijo que tenía jet lag, pero no lo parecía, y le alabó el gusto en todo lo que llevaba puesto. Le encantaban su aspecto y su atuendo. Se fijó en todo.

—Por cierto, ¿dónde están todos? —le preguntó Tom, mirando a su alrededor.

El apartamento estaba desierto y silencioso.

—Fuera. Katie y Paul han ido al cine. Lizzie pasaba fuera el fin de semana y Ted está ocupado con los estudios. Ya casi no me llama. No sé qué le pasa. Espero que esté bien y que se aleje un poco de esa mujer.

—Verás cómo se las arregla solo —la tranquilizó Tom mientras salían del apartamento y cogían un taxi para dirigirse al restaurante.

Era un lugar muy chic situado en una zona de clase alta.

Todo el mundo conocía a Tom. Él le presentó a varias personas que se pararon en su mesa, y el jefe de sala los colmó de atenciones a ambos. Era divertido salir con él. Al tratarse del rostro visible del telediario de la noche, era conocido, respetado y muy admirado en todas partes.

Durante la cena Annie le habló de las casas en las que estaba trabajando en aquel momento, y él le contó todo acerca de su viaje a China. Por primera vez, Annie conversó de algo que no eran sus sobrinos. Se sentía como si estuviera realmente en una cita con él. Y cuando Tom la llevó a casa y la acompañó hasta la puerta, ella lo invitó a entrar para tomar una copa. Él la miró compungido y, conteniendo un bostezo, le dijo que lo había pasado fenomenal, pero que el cambio de hora le podía, y temía quedarse dormido.

—A ver si lo repetimos pronto —sugirió.

A Annie también le pareció una buena idea.

—Me lo he pasado de maravilla —dijo, y le dio las gracias.

Tom sonrió y la besó en la mejilla.

—Yo también. La semana que viene te llamo, a menos que me manden de nuevo a la otra punta del mundo.

Le había comentado que en breve tendría que ir a Londres, un viaje que a Annie le pareció atrayente.

Tom la dejó en la puerta del apartamento y se quedó allí hasta ver cómo entraba. Al llegar al salón, Annie se encontró a Paul y Katie sentados en el sofá, viendo un DVD, y los notó reservados. Se preguntó qué se traerían entre manos y supuso que lo habrían hecho en la habitación de Katie, aprovechando su ausencia. Kate nunca le había planteado si Paul podía pasar la noche en casa, ya que a este le incomodaba esa situación, y ninguno de los dos tenía claro cómo reaccionaría Annie. Ninguno de los novios de Katie se había quedado jamás a dormir, y Liz y Ted tampoco habían llevado nunca a nadie por la noche. Además, Paul era muy cauto.

Annie todavía estaba flotando por la noche que había pasado con Tom cuando fue a su habitación y se quitó con cuidado la ropa nueva, que había tenido un éxito rotundo. Con ella tenía un aspecto completamente distinto. Y Liz le había prometido que buscaría otros conjuntos que pudiera llevar en futuras citas con Tom.

Annie seguía sonriendo a la mañana siguiente mientras leía el periódico dominical. Estaba pensando en Tom cuando apareció Katie, que trajinó un rato por la cocina antes de sentarse en la mesa y enfrentarse a su tía.

—Tengo algo que decirte —dijo Kate en voz baja.

Annie la miró con cara de susto.

—Ay, Dios, estás embarazada... —supuso.

Kate negó con la cabeza.

—No, no estoy embarazada.

—Gracias a Dios —dijo Annie, aliviada. No estaba preparada para algo así.

—Voy a irme de viaje con Paul —anunció Katie con firmeza, preparándose para lo que vendría después—. Llevamos tiempo hablando del tema.

—¿Adónde? —preguntó Annie con interés.

No le sorprendió que quisieran irse juntos de viaje. Ya tenían edad.

—Nos vamos a Teherán —respondió Katie, mirando a Annie a los ojos.

Se hizo un silencio absoluto en la cocina.

—Ni pensarlo —dijo Annie sin vacilar un instante.

—Está decidido.

—De eso nada. No pienso dejarte ir. Podría ser peligroso para ti, y está demasiado lejos. Quítatelo de la cabeza —dijo Annie con firmeza—. No me importa que te vayas con él de viaje, pero no a un lugar donde podrías verte en una situación comprometida.

—Iremos a Teherán. Podemos alojarnos en casa de sus tíos. Ya he mirado cómo sacarme el visado. Puedo conseguirlo en pocas semanas, y ya lo he tramitado. Y el viaje me lo pagaré con lo que gano en el salón de tatuajes.

Ya se habían informado y estaba todo planeado. A Annie le chocó que Katie le anunciara a bocajarro la idea del viaje como un hecho consumado. Su sobrina no estaba pidiéndole permiso. Y a Annie le entró pánico solo de pensarlo.

—Es una auténtica locura —opinó con cara de preocupación.

—No, no lo es —repuso Katie obstinada—. Paul lleva años sin volver allí. Será interesante para los dos.

—Ir a un país al que puede ser problemático viajar siendo estadounidense no es «interesante». Es insensato, si no hay ninguna necesidad de hacerlo. No es nada inteligente. ¿Por qué no vais a un sitio en el que los dos podáis estar tranquilos y disfrutar del viaje? —Annie trataba por todos los medios de disuadir a Katie.

—Paul no dejará que me pase nada. Y su familia cuidará de nosotros. Quiere que vea a sus primos, y a mí me gustaría conocerlos.

Annie negó con la cabeza mientras la miraba, y luego hundió la cabeza en sus manos.

—Katie, es una idea espantosa.

—No, no lo es. Nos amamos, y quiero ver el país donde nació y conocer a su familia de allí.

Visitar sus raíces con él suponía para Katie una extraña idea romántica, idea que a Annie le daba pavor. Por pura ignorancia, su sobrina podía ofender a alguien y acabar teniendo un problema durante su estancia allí.

—Elegid otro destino. Europa, por ejemplo; allí os lo pasaréis bien. Podéis sacaros un bono de tren y recorrer todo el continente.

—Paul quiere ir a su país, y yo voy a acompañarlo. Solo serán dos semanas.

Katie no pensaba ceder un ápice.

—¡Tú no irás y punto! —le gritó Annie, frustrada ante la terquedad de Katie.

Aquella no era una de sus ideas disparatadas como dejar la facultad, que también había sido una estupidez. Era sencillamente una insensatez. Y, como de costumbre, Kate la desobedecía y estaba decidida a hacer su voluntad, convencida de que sabía más que nadie.

—Soy adulta, y puedo hacer lo que me plazca —le rebatió Katie a voz en cuello.

La discusión derivó en una pelea a gritos en la cocina, hasta que Katie fue corriendo a su habitación y dio un portazo. Annie estaba temblando de pies a cabeza.

Y cuando Paul se pasó por allí aquella tarde, Annie le dijo lo mismo. Pero él se mostró tan seguro de sí mismo como Kate e insistió en que no les ocurriría nada. Le aseguró que en casa de su tío se lo pasarían bien y que estarían bien atendidos. Y le dijo que Teherán era una ciudad moderna, y que Katie no correría ningún riesgo allí. Pero Annie no lo creyó. Aquella noche llamó a Tom y le contó el plan que tenían. Cuando le pidió su opinión al respecto, él vaciló un instante antes de contestar y valorar las implicaciones de aquel viaje.

—A mí tampoco me volvería loco la idea si estuviera en tu lugar. En teoría, no tendría por qué pasarles nada, y es un lugar fascinante. Se trata de una ciudad hermosa, y de una cultura muy interesante, pero no para dos jóvenes que no saben lo que hacen. El mero hecho de que ella sea estadounidense y él iraní podría causarles un problema, si a alguien en la calle no le gustara eso. Creo que es potencialmente delicado. Diles que vayan a otro sitio.

—Ya lo he hecho —dijo Annie abatida—. Pero Kate insiste en que irán sí o sí, y dice que no puedo hacer nda para impedírselo.

—Eso es cierto. Pero debería hacer caso del sentido común y de la gente con dos dedos de frente.

—Katie siempre hace lo que quiere. Va a pagarse el viaje con lo que gana. Y se alojarán en casa del tío de Paul.

—Espero que puedas disuadirla —le dijo Tom comprensivo. Él también estaba preocupado por ella—. Pero dicho esto, estoy seguro de que no les pasará nada.

—Yo también espero poder disuadirla. Si va allí, voy a estar con los nervios destrozados. —Una cosa era dejarles hacer lo que quisieran y cometer sus propios errores, pero aquel viaje suponía un riesgo muy alto si hacían alguna tontería o algo iba mal—. ¿Hablarás con ella? —le pidió Annie a Tom.

No sabía qué más hacer.

—Lo intentaré. No sé si querrá escucharme a mí tampoco. ¿Has llamado a los padres de él?

—Pensaba llamarlos mañana —contestó Annie con tristeza.

—Deberías hacerlo, creo yo —convino Tom—. Puede que a ellos tampoco les guste la idea. A Paul ir a Teherán con una chica estadounidense podría ponerlo en una situación embarazosa, dada su condición de iraní. Tal vez sus padres y tú juntos podáis convencerlos de que recapaciten. Yo, por mi parte, hablaré con ella, pero Katie es una joven testaruda.

Tom no la conocía bien, pero lo deducía por lo que Annie le había contado.

Siguiendo su consejo, Annie llamó a los padres de Paul al día siguiente. Su madre tampoco estaba entusiasmada con la idea del viaje. Tenía sus dudas sobre si obrarían con sensatez una vez allí, y pensaba que eran demasiado jóvenes para viajar juntos tan lejos. Dijo que era el primer viaje que Paul hacía con una chica. Le contó que había intentado, en vano, disuadirlo. Y tampoco le gustaba la idea de que su hijo fuera responsable de una joven. ¿Y si Katie tenía un accidente o se ponía enferma? A Annie también le preocupaba eso, aunque le consolaba saber que él tenía familia allí que podría ayudarlos.

La madre de Paul le explicó que él pensaba pagarse el viaje con los ahorros que tenía de trabajar en verano, y Katie haría lo propio con el dinero que ganaba en el salón de tatuajes. La mujer también expresó, con toda la delicadeza posible, que no le parecía prudente que una chica estadounidense viajara a Teherán con un hombre iraní, aunque aseguraran ser solo amigos. Y señaló que mientras Paul estuviera en su país de origen, sería considerado iraní, y no reconocerían ni su doble nacionalidad ni su pasaporte estadounidense. Le dejó bien claro que no quería que Katie le causara ningún problema allí. A juzgar por su voz, Annie intuyó que aquel viaje la inquietaba tanto como a ella misma. Resultaba tranquilizador, pero su desaprobación compartida no parecía imponerse ante los dos jóvenes, que consideraban sus temores infundados y que estaban decididos a seguir con sus planes igualmente.

—¿Y el padre de Paul? ¿No puede prohibirle que vaya?

—Ya lo ha hecho —respondió la madre del chico con tristeza—. Pero Paul quiere ver a sus tíos y primos, y a su abuelo, que está muy mayor. No creo que ninguno de los dos sea consciente de que podrían tener problemas allí.

A Annie no le consoló oír aquellas palabras.

—Y ¿qué hacemos ahora? —preguntó, dándose cuenta de que ni los padres de Paul ni ella podían controlar a la pareja.

Estrictamente hablando, eran adultos. Annie recordó que Whitney le había dicho que debía dejar que cometieran sus propios errores, pero era más fácil decirlo que hacerlo.

—Puede que no podamos hacer más que desearles buen viaje —dijo la madre de Paul con un suspiro—. Mis cuñados cuidarán bien de ellos.

La mujer parecía resignada, y no tenía esperanzas de hacer cambiar de idea a Paul, como le ocurría a Annie con Kate. Ninguno de los dos estaba dispuesto a escuchar otra opinión que no fuera la suya propia. Mandaban sobre su propio destino, y sus familias no tenían más elección que dejar que probaran sus alas, y confiar en que todo fuera bien. Annie colgó el teléfono, convencida ya de que nada ni nadie les impediría viajar a Irán.

Tom la llevó a cenar a la semana siguiente, y volvió a salir el tema. Katie no había cedido un ápice. Y él se sentó a hablar con la joven antes de ir al restaurante. Le dijo que ir a Teherán con un ciudadano iraní podría ser problemático para ella. Katie insistió de nuevo en que no pasaría nada. No había nada más que Tom pudiera decir, o que Kate estuviera dispuesta a oír de él o de cualquier otra persona. Ella le agradeció su preocupación, pero le dijo que Paul y ella estaban decididos a hacer aquel viaje. Tom entendió la razón por la que Annie estaba tan disgustada. Katie había tomado una determinación, y nada de lo que le dijera ninguno de ellos le haría cambiar de opinión. Y Paul parecía tener una especie de idea romántica de cómo sería visitar Irán con ella y enseñarle todo lo que recordaba de su infancia. Pero ignoraba por completo lo que comportaría ir allí con una chica estadounidense, en concreto una tan moderna, liberada e independiente como Katie, o si podría suponer algún problema para alguno de los dos, aunque solo fueran amigos. Paul insistía también en que todo iría bien. Y Tom se compadecía de Annie, que estaría en casa preocupada por ellos.

Tom intentó tranquilizarla durante la cena, pero a él también le generaba inquietud la cuestión. Katie se mostraba decidida a marcharse, dijeran lo que le dijesen. Tom no envidiaba la batalla que libraba entonces Annie con ella. Y sabía que también le preocupaban Ted y la mujer mayor con la que estaba liado. En momentos como aquellos Tom se alegraba de no tener hijos. Lidiar con esos asuntos le parecía aterrador. Y admiraba a Annie más que nunca por el modo en que trataba a los hijos de su hermana. Obraba con inteligencia, cariño, imparcialidad y respeto por sus opiniones. Pero, a pesar de ello, Katie se negaba a escucharla. Iría a Teherán y punto. Tom le confesó a Annie que él en su lugar tendría ganas de estrangularla en el acto por ser tan independiente, testaruda y contraria a escuchar los consejos de nadie.

—Con estrangularla no gano nada —dijo Annie, sonriendo—, aunque debo reconocer que a veces me tienta la idea.

A pesar de sus preocupaciones por Kate, aquella cena fue tan agradable como la primera. Estaban intimando, y reían, hablaban sin cesar y parecían coincidir bastante en sus gustos. Tom era en muchos aspectos un alma gemela. Y esta vez, cuando la acompañó a casa, la besó. Fue un beso largo y tierno que despertó en ella sentimientos que llevaban años latentes. Era como si la hubiera besado el apuesto príncipe de *La bella durmiente*. Comenzaba a sentirse de nuevo como una mujer. Tom la hacía feliz, y disfrutaban mucho juntos.

Aquella misma semana él la invitó al estudio de televisión y le mostró las instalaciones. A Annie le pareció fascinante. Y pudo verlo presentando el telediario. Ella lo llevó otro día a una de sus obras, le explicó lo que hacía y le mostró los planos. Él se quedó muy impresionado ante el calibre de su trabajo y su talento. Y al fin de semana siguiente quedaron para cenar en el apartamento de Annie y cocinaron juntos. Katie estaba fuera, y tenían la casa para ellos solos. Esta vez se enrollaron como críos en el sofá del salón. Cada vez se deseaban más, pero ambos pensaban que era demasiado pronto para dejarse llevar por el instinto. No tenían prisa alguna, y querían conocerse mejor. Creían que si aquello que había aflorado entre ellos les convencía, y acababa uniéndolos, podría esperar. Preferían tomarse su tiempo para dejar que lo que sentían el uno por el otro madurara antes de arrancarlo del árbol. Coincidían por completo al respecto.

Lo único que seguía inquietando a Tom era saber si habría cabida para él en la vida de Annie, con lo mucho que pensaba y se preocupaba ella todavía por los hijos de su hermana. Y en aquel momento Katie no se lo estaba poniendo nada fácil, con su insistencia obstinada en viajar a Irán. Annie siempre sacaba el tema y lo vivía con angustia. Del tiempo que pasaban juntos, al menos la mitad se les iba en hablar de sus sobrinos. Y Annie llevaba días sin ver apenas a Ted, lo que suponía para ella otro motivo de preocupación. Intuía que el chico escondía algo, pues otra vez se lo había tragado la tierra.

En aquel momento el apartamento de Pattie se había convertido en un escenario de constantes batallas. Cuando no hablaba del bebé, se dedicaba a presionar a Ted para que se casara con ella antes de que naciera la criatura. Lo acusaba de pensar que no era lo bastante buena para él, y de estar castrado por sus hermanas y su tía. Le hablaba en tono grosero e insultante. Lo engatusaba, le suplicaba, lo seducía y luego lo acusaba. Y Ted le aseguraba con toda sinceridad que si rehuía el matrimonio no era porque no la considerara lo bastante buena para él, sino porque se veía demasiado joven.

—¡Ya es tarde para eso! —le gritaba Pattie—. ¡Vamos a tener un hijo!

Se pasaban el día discutiendo. Y cuando no discutían, a ella le daba por hacer el amor. El sexo era la única forma de comunicación que conocía. Lo empleaba para todo, ya fuera como recompensa, castigo, manipulación, soborno o chantaje emocional. Ted se sentía derrotado, utilizado y muy deprimido ante aquella situación. Sabía que estaba atrapado, se casara o no, y veía que tarde o temprano acabaría haciéndolo, probablemente justo antes de que naciera el bebé. Pero no tenía ninguna prisa por ponerse aquella soga al cuello.

Intentaba hablar por teléfono con Annie más a menudo, para que su tía no se preocupara por él, pero evitaba verla. Temía que si lo hacía, ella adivinaría lo que pasaba. Ted tenía ojeras y había adelgazado. Se pasaba las noches sin dormir a causa de Pattie, ya fuera porque esta discutía con él o porque lo seducía. Se sentía como un zombi la mayor parte del tiempo, y suspendía casi todas las asignaturas salvo la de ella. Iba retrasado con los trabajos de clase, y solo Pattie le ponía sobresalientes en todo. Ya no le importaba. Con un bebé al que sustentar, y una esposa, tendría que dejar los estudios igualmente, así que los suspensos le traían ya sin cuidado. Pattie estaba ganando en todos los frentes. Si lo que ella quería era destrozarle la vida, estaba haciendo un trabajo impecable.

La gran batalla que tenía con él era conseguir convencerlo de que se casara con ella de inmediato. No quería esperar, pues temía que Ted cambiara de opinión. Y se peleaba con él por ello todas las noches. Ted le daba largas. Había convenido en casarse con ella en agosto, pero no antes. El bebé nacería en septiembre. Pattie lo tachaba de canalla y sádico por hacerla esperar. Y ahora quería que Ted le contara a su tía lo del hijo que tendrían juntos. Perseguía la victoria en todos los frentes. Ted intentaba resistir, pero Pattie poseía toda la munición. Tenía al bebé de su parte.

Annie estaban cenando una noche con Tom en La Grenouille cuando de repente le sonó el móvil. Había olvidado apagarlo. Los comensales de las mesas que tenían a los lados la miraron con desaprobación al oír el aparato. Annie echó un vistazo a la pantalla del teléfono y vio que se trataba de Ted. Agachó la cabeza para acercarse al bolso y, disculpándose presurosa ante Tom, cogió la llamada. Últimamente tenía tan pocas ocasiones de hablar con Ted que no quería dejar pasar aquella oportunidad. No sabía cuándo volvería a llamar.

—Hola, cariño, ¿va todo bien? Estoy cenando con Tom —dijo en un susurro, escondiéndose casi bajo la mesa.

Mientras tanto, Tom la observaba. Se preguntó si algún día ella haría lo mismo con una llamada suya. Entonces supo que no había nada que Annie no hiciera por aquellos chicos.

—¿Te importa que te llame más tarde?

—Es que... estoy en el hospital —respondió Ted con voz aturdida.

Annie miró entonces a Tom, con los ojos llenos de miedo.

—¿Dónde estás?

—En el NYU... he sufrido un pequeño percance con Pattie —le explicó.

A Annie le pareció que estaba adormilado.

—¿Qué ha ocurrido?

—Me ha clavado un cuchillo de carne en la mano. Estoy bien. Me acaban de dar puntos. He pensado que tal vez podría ir a casa.

—Voy a buscarte ahora mismo —dijo Annie y cerró de golpe el móvil mientras se incorporaba, mirando a Tom—. Esa chiflada le ha clavado un cuchillo en la mano. Ted dice que está bien —le explicó Annie con cara de asombro.

—Qué locura, por Dios —exclamó Tom, tan horrorizado como ella, y se apresuró a hacer una seña para que le trajeran la cuenta.

Solo habían tomado el primer plato, pero en aquel momento Annie no tenía estómago para seguir cenando.

—Locura la de esa mujer —puntualizó Annie, agradecida de que Tom se prestara a acompañarla. Hablaron de ello durante todo el trayecto en taxi hasta el centro—. No sé qué habrá pasado, pero está claro que ha perdido el juicio.

—No sabía que estuviera tan trastocada —dijo Tom con cara de preocupación—. La próxima vez podría matarlo.

A ambos les pareció que Ted tenía muy mal aspecto cuando llegaron al hospital. Estaba blanco como el papel y temblaba. El médico les explicó que había perdido muy poca sangre, y que llevaba diez puntos en la mano. La tenía llena de vendajes. Pattie no le había cortado un ligamento y un nervio por muy poco.

—¿Qué ha ocurrido? —le preguntó Annie mientras se dirigían los tres en taxi a su apartamento.

Ted ya no podía seguir ocultándoselo. Tenía que contarle la verdad.

—Está embarazada. Quiere que nos casemos. Yo le he dicho que esperemos a agosto, pero ella está empeñada en hacerlo ya, y yo no quiero. El bebé no nacerá hasta septiembre. —Annie lo escuchaba con semblante serio. No le parecía que aquella fuera la forma de iniciar una relación matrimonial, con una criatura en camino y una mujer que estaba dispuesta a apuñalarlo si Ted no hacía lo que ella quería—. Estábamos discutiendo por ello mientras cenábamos esta noche, y de repente ha perdido los estribos.

—No puedes casarte con alguien así —le advirtió Annie lanzando una mirada sombría a Tom, que asintió con la cabeza.

Tom estaba totalmente de acuerdo con ella, e igual de preocupado por Ted, quien parecía ser víctima de un maltrato emocional, y así era. Y ahora había sufrido además una agresión física, como si Pattie no se conformara con destrozarle la mente y el corazón. Era aterrador.

—Dice que se suicidará si no lo hago —dijo Ted en tono grave.

—Pues que se suicide —espetó Annie con dureza mientras Tom pagaba al taxista.

Una vez en el apartamento, subieron a Ted a su dormitorio. Parecía conmocionado. Annie lo tapó con una manta mientras el joven yacía en su cama de toda la vida. La habitación estaba intacta y siempre a punto, aunque él rara vez la utilizaba. Pero aquella seguía siendo su casa.

—No lo hará, Ted —lo tranquilizó Annie—. Solo trata de controlarte. —Aunque ya lo había conseguido.

—No sé qué hacer —dijo Ted mientras las lágrimas le corrían por las mejillas—. Quiero hacer lo correcto, pero nunca me he planteado tener un hijo. Aún no. Y no quiero casarme con ella. Pero no me queda más remedio.

Tom estaba en el umbral de la puerta, deshecho ante el semblante de Annie y sintiendo una pena terrible por el chico.

—Lo único que tienes que hacer es mantener al bebé —dijo Annie en voz baja, sentada en la cama—. No tienes que casarte con Pattie si no quieres.

—No quiero. Me saca de mis casillas.

Razones no le faltaban, como había puesto de manifiesto el episodio de aquella noche.

—Quiero decirte algo, Ted. Esa mujer es una psicótica —aseveró Annie, mirándolo fijamente—. Es una maltratadora, y va a culparte a ti de lo ocurrido esta noche. Eso es lo que hacen las personas que maltratan. Te dirá que fuiste tú quien la hizo enfadar, y que la heriste mucho con lo que dijiste, lo que justifica que te apuñalara. Mañana se pintará ella como víctima, y tú serás el malo. Recuerda mis palabras, ni siquiera te pedirá perdón por lo que te ha hecho esta noche, sino que te culpará a ti. Y nada de esto es culpa tuya. La has dejado embarazada, lo cual ha sido una estupidez y un desatino por tu parte, pero no eres tú quien la maltrata. Y ella va a hacer todo lo posible por convencerte de que tú tienes la culpa.

Quiero que te mantengas alejado de ella. Creo que es peligrosa para ti.

El enorme vendaje que llevaba Ted en la mano reflejaba el punto de vista de Annie. El joven le agradeció su apoyo, y miró a Tom avergonzado. Annie bajó las luces, lo tapó con otra manta y lo dejaron descansar un rato, mientras Tom y ella iban a la cocina a comer algo. Tenían los dos el estómago medio vacío, ya que no habían podido acabar de cenar, y ella le ofreció prepararle una tortilla o un sándwich. Tom le dio las gracias, pero dijo que estaba demasiado alterado para meterse siquiera un bocado de comida en la boca. En lugar de ello se conformaron con un helado, que tomaron mientras comentaban lo ocurrido. Cosas como aquellas eran las que aterrorizaban a Annie en aquel momento. Las insensateces que cometían sus sobrinos, creyéndose adultos, como el viaje de Katie a Teherán con Paul y la relación de Ted con aquella loca que le había clavado un cuchillo. Había pocas cosas peores o más peligrosas que aquellas.

—A pesar de ello, no puedes protegerlos toda la vida —le recordó Tom.

Annie negó con la cabeza, mostrando su disconformidad con él.

—Tal vez no. Pero al menos tengo que intentarlo.

—Aun así, no puedes detenerlos, y ellos harán lo que quieran. Mira a Katie y a Ted. Apuesto a que vuelve con esa mujer, movido por la culpa.

Annie temía que Tom tuviera razón. Ella misma veía que ocurriría eso.

Tras acabarse el helado, se quedaron conversando un buen rato, hasta que Tom se levantó del asiento para irse a casa. Antes de marchar, la besó y le dijo que lo llamara si necesitaba algo. Annie prometió que así lo haría y le dio las gracias por su ayuda. Tom se veía igual de conmocionado que ella.

Annie oyó sonar el móvil de Ted justo después de medianoche y entró de puntillas en su habitación para apagarlo. Para entonces el sonido ya lo había despertado y, al salir del cuarto, Annie supuso que Ted estaría hablando con Pattie. No quería escuchar a escondidas lo que decía, pero intuyó que la conversación había empezado justo como ella pensaba. Pattie estaba culpándolo de llevarla al límite. Lo responsabilizaba de la cuchillada que tenía en la mano. Annie lo oyó pedirle disculpas. Pattie había dado la vuelta a la situación por completo. Y, por lo que sospechaba Annie, estaba furiosa con Ted por haber llamado a su tía, una razón más para echarle la culpa. Ted parecía agotado cuando Annie fue a darle un beso de buenas noches.

—Intenta dormir. No pienses en nada de lo ocurrido esta noche. ¿Por qué no te quedas aquí un tiempo? —le sugirió Annie mientras apagaba la luz.

—Quiere que vuelva con ella —respondió Ted con voz derrotada.

Pattie había dicho todo lo que Annie había previsto que diría. Lo culpaba a él.

—Ya hablaremos de eso mañana. Ahora no le des más vueltas.

Ted asintió y cerró los ojos, agradecido de estar en casa. Luego volvió a abrirlos un instante parpadeando y le dio las gracias de nuevo. Annie lo besó entonces en la frente y salió de la habitación. Había sido una noche demasiado larga, y sentía que Tom se hubiera visto arrastrado a aquella situación. Se había mostrado increíblemente comprensivo con todo el asunto y con el hecho de que la cena en La Grenouille se hubiera ido al traste.

A la mañana siguiente Ted seguía durmiendo cuando Annie se levantó. Tenía una reunión a primera hora y debía marcharse. Salió del apartamento sin hacer ruido; Kate estaba en su cuarto. Le había dejado una nota a Ted en la que le decía que se lo tomara con calma y que se quedara en casa todo el día. Lo último que quería Annie era que volviera con Pattie. ¡A saber lo que haría aquella mujer la próxima vez! Annie le pedía en la nota que la llamara cuando se despertara.

Ted estaba en la cocina, con un aspecto espantoso, cuando Kate apareció para desayunar. No tenía ni idea de que su hermano hubiera dormido allí aquella noche, y se quedó parada cuando le vio el enorme vendaje de la mano, que le dolía a rabiar, pues ya se le había pasado el efecto de los calmantes.

—¿Qué te ha pasado? —le preguntó Kate, mirándole la mano con cara de preocupación—. ¿Te has peleado con alguien?

Le costaba imaginarlo en semejante situación, pues Ted nunca se había pegado con nadie, ni siquiera de niño. Kate se preguntó si lo habría asaltado un atracador o algo así.

Ted asintió y miró a su hermana con expresión cansada.

—Pues sí. Con Pattie. Le dije algo que la disgustó, e hizo una estupidez. Ella no quería, pero la cabreé. En el fondo fue culpa mía.

Pattie lo había convencido la noche anterior. A Annie le habrían dado escalofríos de oír lo que Ted acababa de decir. Era la víctima idónea en manos de una maltratadora como Pattie. Y él no tenía ni idea de lo que le había caído encima. Era un caso típico de malos tratos, y ahora él tenía la culpa de todo, según Pattie. Y Ted la creía.

—¿Qué te ha ocurrido en la mano? —quiso saber Katie mientras se sentaba, sin despegar la vista de su hermano.

Ted tenía una mirada cadavérica y unas ojeras casi negras.

—Me clavó un cuchillo de carne. No debería haberla hecho enfadar.

—¿No hablarás en serio? —Katie lo miró, estupefacta—.

A mí la gente no para de cabrearme, y no apuñalo a nadie con un cuchillo de carne. ¿Es que está chiflada?

La suya era la reacción que había que tener.

—Es una persona muy sensible —explicó Ted—, y yo la alteré.

—Pues a mí me parece que está loca. Y es peligrosa. Yo que tú, me alejaría de ella.

—Vamos a tener un hijo —dijo Ted. A Kate se le salieron los ojos de las órbitas—. En septiembre. Quiere que nos casemos.

—Ya me imagino —comentó Kate—. Espero que no lo hagas. Te lleva doce años.

—Es un poco tarde para pensar en eso ahora —repuso Ted apesadumbrado.

Entonces oyó sonar su móvil y regresó corriendo a su habitación.

Cuando Katie volvió a verlo, Ted ya se había vestido y peinado como había podido con la mano izquierda, y le dijo que iba a pasarse por su apartamento a recoger unas cosas. Su hermana intuyó que mentía y que iba a ver a Pattie. Quería detenerlo, pero no sabía cómo. Tenía la sensación de que nada lo conseguiría. Era un hombre con una misión, un robot controlado por otra persona. Al llegar a la puerta de entrada, se volvió hacia su hermana, que lo miró fijamente.

—Si llama Annie, dile que estoy durmiendo. No tardaré en volver.

—Yo me voy a trabajar —dijo Katie con una voz llena de compasión—. Ten cuidado —le advirtió con cara de preocupación.

Ted asintió y se marchó. Una vez que llegó a casa de Pattie, todo se arregló. Ella lo abrazó mientras lo arrullaba. Lo trató como a un bebé y sostuvo su mano herida contra el pecho. Le dijo que lo perdonaba por todo lo que había hecho la noche anterior, y él le dio las gracias y rompió a llorar. Ted seguía deshaciéndose en lágrimas cuando ella empezó a acariciarlo, y luego él le hizo el amor para compensarla por lo que había hecho. Se saltó todas las clases y aquella noche no regresó a casa de Annie. Pattie había ganado otro asalto.

17

Tom llamó a Annie a su despacho dos días después de que Pattie agrediera a Ted con el cuchillo de carne. El día anterior había estado trabajando en una primicia acerca de un escándalo político en Washington que acababa de desvelarse y en que estaban implicados dos senadores, y no había tenido tiempo de llamarla. Para entonces Annie ya sabía que, cuando él no daba señales de vida, era por una razón importante. Tom no trataba con crisis domésticas o contratistas informales, sino que informaba de acontecimientos de gran relevancia en el telediario, o de crisis internaciones, cuando no lo enviaban a la otra punta del mundo de un día para otro.

—¿Cómo le va a Ted? —le preguntó.

Tom la llamó aprovechando un instante de tranquilidad, lo que según él solía ser la calma que precedía a la tormenta en su ámbito laboral. Pero era evidente que, pese a los momentos de estrés, las desafiantes exigencias y la política de la cadena, le apasionaba lo que hacía, y a Annie le fascinaba. Tom se movía en un mundo amplio donde los hubiera, y sabía todo lo que ocurría entre bastidores en la actualidad internacional. A ella le encantaba oírlo hablar de todo ello. No obstante, contestó a su pregunta con cierto desánimo. Su vida era muchísimo más pequeña que la de él y en aquellos momentos estaba centrada en Ted y el dilema que tenía ante sí.

—No lo sé. Ayer corrió al lado de Pattie en cuanto yo me fui a trabajar. Katie dice que ella lo llamó, y él dijo que tenía que verla. Anoche no volvió a casa. Estoy segura de que ella no lo dejó. Y ahora, en cuanto no sé nada de él, me aterra pensar que le haya hecho algo.

En opinión de Annie, el incidente del cuchillo no era un hecho sin importancia, y Tom estaba de acuerdo. Pattie se había pasado de la raya, y no había manera de predecir lo lejos que llegaría, o dónde se detendría. Ted había caído en las garras de una mujer desequilibrada, peligrosa, posiblemente una sociópata. A Annie le parecía una psicótica, y Ted llevaba diez puntos en la mano que lo demostraban.

—Me temía que volvería con ella —dijo Tom en voz baja, compadeciéndose del joven y de Annie, consciente de lo preocupada que estaba por él—. Yo me vi una vez en una situación como la suya, cuando tenía su edad. Con una chica tan guapa como loca enganchada a las drogas duras. Son situaciones de lo más abusivas de las que es difícil salir una vez que estás dentro. No haces más que confiar en que las cosas se calmen, pero eso nunca ocurre. Las personas como Pattie se crecen con el caos.

—Y él es muy ingenuo —dijo Annie acongojada—. Esta relación le va demasiado grande, y más ahora con una criatura en camino.

—Es un chico inteligente. Al final encontrará una solución —la tranquilizó Tom—. Pero puede que lleve su tiempo, y sé que para ti es difícil.

—Para él lo es mucho más.

Katie y ella habían estado hablando hasta altas horas de la madrugada la noche anterior, confiando en que Ted regresaría a casa, pero no lo hizo, ni tampoco cogía el móvil. En un momento dado había contestado a un mensaje de texto de Kate, diciendo que estaba bien, pero eso era todo lo que sabían de él. Al menos les constaba que estaba vivo.

—En realidad, te llamaba para preguntarte si te apetece que quedemos para cenar. Hay un nuevo restaurante que quiero probar. Podría estar bien.

Annie no se sentía muy animada, pero agradecía sus llamadas y le gustaba estar con él.

—Siento que mi vida sea un desastre ahora mismo —dijo, disculpándose—. Hace unas semanas, o un par de meses, estábamos todos en nuestro sano juicio. Ahora Ted se ha convertido en rehén de una psicópata con la que va a tener un hijo y Katie amenaza con irse a Irán. La única que está en sus cabales en este momento es Liz. —A pesar de la ruptura con su novio, que parecía haber sobrellevado bien. Se lo había tomado con mucha sensatez, y decía que quería estar un tiempo sin salir con nadie, hasta sentirse preparada para comprometerse—. Yo no me veo tan cuerda con todo lo que está pasando.

A Annie le angustiaba el viaje que Katie tenía en mente, pero al menos aún no habían decidido las fechas. De momento no era más que una idea, pero ella la veía como una amenaza. Confiaba en que al final cambiaran de opinión. Pero nada de ello contribuía a crear un clima propicio para que se sintiera feliz y relajada, o disfrutara de la presencia de un hombre en su vida. Y era consciente de que para él no sería fácil tratar de conocerla y saber a quién le daba prioridad. Pero hasta entonces Tom había sabido encajar los golpes bastante bien.

—No te preocupes —dijo Tom con calma—. Son cosas que pasan. Es lo que se llama vida real. Nadie tiene una vida sin problemas en todo momento. Y cuando las cosas van mal, suelen venir juntas. A mí también me pasa. Mi madre murió de forma inesperada cuando yo me estaba divorciando, y a mi padre, que tenía alzheimer, tuve que meterlo en una residencia mientras intentaba desentrañar mi vida con mi ex mujer. Para mí tampoco fue un momento muy divertido que digamos.

En aquella época también había tenido un breve romance que se había ido al traste porque no podía concentrarse en tantas cosas a la vez. Tom había roto con la mujer en cuestión y, cuando volvió a llamarla unos meses después, ella había conocido a otra persona. Así era como funcionaba la vida, y él sabía que Annie estaba muy estresada en aquel momento.

—¿Y si cenamos juntos esta noche? —le sugirió—. Ya sé que es muy precipitado, pero podría venirte bien.

—Me encantaría —respondió Annie, decidida a hacer de aquella una noche agradable y no dedicarse a contarle todos sus problemas.

También quería tener tiempo para disfrutarlo con él. Y durante el resto de la tarde trató de concentrarse en estar más animada. Casi lo logró, hasta que un reventón en una de las casas que estaba diseñando causó desperfectos por valor de cien mil dólares y destrozó una importante obra de arte. Y tuvo que comunicar la noticia al cliente, que se puso hecho un basilisco. Annie aún estaba alterada por ello cuando se vistió para la cena, y seguía sin saber nada de Ted. Intentó ahuyentar también ese pensamiento de su mente de forma transitoria, ya que no había nada que pudiera hacer al respecto. Por muy ingenuo que fuera, Ted era adulto y se había metido él solo en aquel embrollo. Ahora le tocaba a Annie disfrutar de una noche tranquila y de una buena cena con un hombre que le gustaba. No parecía pedir demasiado.

Se puso uno de los modelos nuevos que Liz había escogido para ella, y comenzaba a sentirse mejor cuando Kate entró en su habitación con semblante serio.

—¿Puedo hablar contigo? —le preguntó.

Annie la miró vacilante.

—¿Por qué me suena a un mal presagio? —le comentó Annie mientras se pintaba los labios. Tom estaba al caer. También se preguntó por qué los chicos siempre sacaban los temas importantes cuando estaba a punto de salir por la puerta o de recibir la llamada crucial que llevaba semanas esperando. Era la ley de Murphy—. Si fuera algo agradable, me lo dirías sin más, no me pedirías permiso para hablar conmigo. —Katie sonrió ante aquella observación—. Lo que me hace pensar que podría tratarse de algo que no me gustará oír.

Katie no lo negó.

—Sí, puede que así sea —reconoció con una expresión preocupada.

—¿Es importante? —preguntó Annie mientras guardaba el pintalabios en el bolso.

—Más o menos —admitió Kate.

—En ese caso, ya hablaremos de ello después o mañana. Estoy a punto de salir por la puerta. Y ahora mismo he quedado con Tom, y quiero centrarme en eso y pasar un buen rato con él.

—Está bien —dijo Katie cabizbaja. No es que le complaciera la idea de dejar la conversación para más tarde, pero veía que Annie iba a salir—. Por cierto, estás muy guapa.

—Gracias. Espero pasar una noche como es debido con Tom, sin que nadie resulte apuñalado, anuncie que va a tener un hijo o me dé un susto de muerte. Creo que comienza a pensar que estamos todos locos.

Tom apareció a la hora prevista, apuesto y relajado. Y al ver a Annie, sonrió de oreja a oreja. Las nuevas incorporaciones a su vestuario le sentaban muy bien. El contratista de la obra inundada la llamó justo cuando salían por la puerta y le contó que acababan de descubrir un segundo cuadro que había resultado dañado. Se trataba de un Picasso. Annie le dijo con voz calmada que ya lo llamaría al día siguiente. En aquel momento no había nada que pudiera hacer. Pensaba dedicar las horas siguientes a estar con Tom.

—¿Ocurre algo? —Tom había notado lo tensa que se había puesto al coger la llamada.

—Esta tarde hemos sufrido una inundación en una obra, y se han estropeado dos pinturas de gran valor. El cliente se ha alterado mucho, por no decir otra cosa. Ahora me ha llamado el contratista. Ya me ocuparé de ello mañana.

—Nunca imaginé que la arquitectura pudiera ser tan estresante —observó Tom mientras entraban en el ascensor.

—Siempre lo es cuando se trabaja con plazos y clientes de cierta categoría. Y construir o reformar una casa saca lo peor de la gente. Alrededor de uno de cada cinco de mis clientes, o incluso uno de cada cuatro, se divorcia. Si tu matrimonio hace aguas, lo último que deberías hacer es embarcarte con tu pareja en la construcción de una casa.

—Pues es verdad —dijo pensativo—. Lo había olvidado, pero en nuestro caso la gota que colmó el vaso fue una reforma que decidimos hacer en nuestro piso. Costó una fortuna, lo cual me reventó, y a ella le ponía de los nervios que yo nunca estuviera allí para hablar con el contratista. Cuando nos separamos, lo vendimos, y yo contentísimo de haberlo hecho.

—¿Ves lo que quiero decir? A veces me siento como una consejera matrimonial. Personas que están perfectamente cuerdas se convierten en monstruos cuando les da por reformar una casa, y si son parejas bien avenidas, la pagan conmigo. En el caso de que tengan problemas conyugales, yo me veo entre dos fuegos.

—¿Te has planteado dejarlo? —bromeó Tom, sabiendo que Annie no podía hacer eso.

—Me moriría de aburrimiento —respondió ella con franqueza—, y he trabajado mucho para llegar hasta aquí. Además, el dinero que cobran mis sobrinos del seguro comenzó a escasear hace ya unos años, y quiero echarles una mano.

A Ted le costeaba la carrera de derecho.

—Tienen suerte de tenerte —dijo Tom mientras se metían en una limusina con chófer que había contratado para aquella noche, en vista del frío que hacía.

Tom no quería que Annie se congelara mientras esperaban para coger un taxi. Y ella no podía recorrer largas distancias con las muletas. Tom intentaba facilitarle las cosas. Era la primera vez que alguien hacía algo así por ella.

El nuevo restaurante al que la llevó era precioso, y la comida estaba deliciosa. Annie no tenía apetito después de todas las crisis a las que había tenido que hacer frente, pero se alegraba de estar allí. Al percatarse de que no había hecho más que picotear del plato, Tom le preguntó si no le gustaba. Parecía desilusionado. Había querido llevarla a cenar para disfrutar de una noche especial, y veía que Annie estaba cansada, aunque se esforzaba por seguir la conversación con él.

—Es que no estoy acostumbrada a tener vida social —reconoció ella—. Normalmente llego tarde de trabajar y me desplomo en la cama. Puedo hacerme cargo de los problemas de los chicos y de todo lo que conlleva el trabajo, pero lo de arreglarme y salir por ahí me cuesta.

A él también le suponía un esfuerzo relacionarse después de un largo día, pero no había querido esperar al fin de semana para verla.

—Tengo una idea —le dijo mientras compartían un postre. Les habían servido una comida buenísima, trufada de exquisiteces y sorpresas de parte del chef para impresionarlos. Era algo que solían hacer en los restaurantes a los que acudía Tom—. Sé que es un poco pronto, y que queríamos ser sensatos e ir despacio. Pero llevamos saliendo ya cerca de un mes, y no creo que vayamos a encontrar un momento de paz y tranquilidad estando aquí. ¿Qué me dices si nos vamos fuera un fin de semana? Si lo prefieres, podemos alojarnos en habitaciones separadas. Pero me gustaría llevarte a algún sitio lejos de la ciudad. ¿Qué te parece?

A Annie le parecía fantástico y un tanto angustioso. Era un paso que aún no estaba preparada para dar, pero veía a Tom desanimado por el caos que había en su vida y por tener que luchar por su tiempo y atención. Podía darse por afortunada de que se mostrara dispuesto siquiera a perseverar. Ella, en su lugar, no sabía si lo habría hecho.

—Me parece una idea estupenda —respondió en voz baja—. ¿Adónde piensas que podríamos ir?

Con Ted en una situación tan inestable, no estaba segura de si debía ir muy lejos, pero su sobrino tampoco tenía cinco años, y no quería comentarlo con Tom, en vista del esfuerzo que estaba haciendo por complacerla y buscar la mejor opción posible para llegar a buen puerto. Annie no podía haber esperado más de un hombre. Y él sentía una atracción sincera por ella y quería que la relación surgida entre ellos tuviera la posibilidad de prosperar. Por un momento Annie pensó que era más de lo que merecía.

—¿Por qué no me dejas eso a mí? Veré si puedo encontrar un destino interesante, donde podamos tener un poco de paz. —Tom le sonrió y puso una mano sobre la que ella tenía encima de la mesa. Hasta entonces las exploraciones físicas entre ellos se habían limitado a besos—. ¿Qué preferirías? ¿Dos habitaciones o una?

Annie quería decir dos pero no tuvo el valor. Y sabía que estaría como un flan en el momento en que dieran el paso.

—Una —respondió en un tono tan bajo que él apenas la oyó.

Tom sonrió y la rodeó con un brazo.

—¿Y si reservamos dos y lo decidimos sobre la marcha?

—¿Cómo he podido tener tanta suerte? —preguntó ella, mirándolo asombrada—. Podrías haberme mandado al cuerno sin más.

—Sí, pero piensa en lo que me perdería. El amor puede ser complicado, y a nuestra edad requiere cierta organización y capacidad de adaptación. Mi vida tampoco es siempre un camino de rosas.

—Gracias —dijo Annie agradecida.

Tom se acercó a ella y la besó.

—No me preguntes por qué, pero desde el instante en que te vi en la sala de espera de urgencias supe que eras una persona muy especial, y quería conocerte mejor. —Y de momento no lo lamentaba, ni ella tampoco—. Simplemente tenemos que buscar la manera de darnos cabida el uno al otro en nuestras vidas.

Para entonces ambos sabían ya que no sería tarea fácil. Pero Annie llevaba mucho tiempo esperando algo así. Dieciséis años. Había perdido a Seth por su compromiso con los hijos de su hermana, y en aquel momento no había tenido elección. Pero dieciséis años después no había razón para renunciar a Tom por ellos. Simplemente tenía que buscar la manera de atender a sus sobrinos, realizar su trabajo y también estar con él. Sabía que se debía a sí misma intentarlo al menos. Whitney llevaba años diciéndoselo. Y por fin había encontrado a alguien que merecía la pena. Aún no había hablado de él con su amiga. Fred y ella se habían ido de crucero dos semanas y, desde que habían regresado, Annie había estado demasiado ocupada para contarle cómo le iba la vida. Le resultó extraño darse cuenta de que llevaba casi un mes saliendo con Tom y su mejor amiga no tenía ni idea. Pero al principio no se lo había tomado en serio y pensaba que solo eran amigos. Con su invitación a pasar un fin de semana juntos, tenía la confirmación de que no era así.

Tom la llevó a casa después de cenar y la acompañó hasta la puerta. Tras preguntarle qué fines de semana tenía libres para poder planear la escapada, la besó suavemente en los labios. Annie le dio las gracias por la cena y Tom se marchó. Al entrar en el apartamento, vio que Kate estaba esperándola. Tenía una expresión expectante en su cara, y Annie intuyó que si hubiera vuelto a las dos de la madrugada, también la habría encontrado sentada allí.

—Sea lo que sea, supongo que debe de ser importante —comentó Annie mientras colgaba el abrigo con un suspiro.

Había sido agradable disfrutar de una noche sin sucesos dramáticos. La escapada con Tom le hacía ahora mucha ilusión. Y no quería que Katie lo estropeara, pero comenzaba a darse cuenta de que cualquier cosa era posible con la edad que tenían entonces sus sobrinos. Y Katie y Paul estaban muy enamorados. Annie entró en el salón, se sentó en el sofá y miró a Katie.

—Muy bien. ¿De qué se trata?

—Solo quiero ponerte al corriente —respondió Katie con semblante serio, y su tía vio que estaba preparada para presentar pelea. Annie esperó a oír lo que tenía que decir—. Me voy a Irán dos semanas con Paul. Ya tengo el visado, y hemos comprado los billetes. Solo quería que lo supieras. No puedes impedírmelo, y no quiero mentirte. Por eso te lo digo. Nos vamos dentro de dos semanas.

Cuando Katie acabó de hablar se hizo un silencio total en la sala. Y la reacción que obtuvo de Annie no fue en absoluto la que esperaba. Su tía se dirigió a ella con una voz tranquila y contenida. Puede que la noche con Tom hubiera ayudado. Los ratos que pasaba con él le servían para ver las cosas con objetividad.

—Voy a ser totalmente sincera contigo —dijo Annie con calma. La idea no le gustaba, pero tampoco estaba enloquecida—. Creo que es una estupidez como una casa, y que incluso puede llegar a ser peligroso. Allí no solo estarás en peligro tú, sino que vais como una pareja mixta a un país donde os harán el vacío a ambos por estar juntos. Me parece que lo que estáis haciendo es una insensatez, y mientras estés allí me moriré de preocupación. Tom te dijo lo mismo y a él tampoco quieres hacerle caso. Él conoce Irán mucho mejor que yo, o incluso que Paul. Pero tienes razón, ya eres adulta. No puedo impedírtelo. Tienes derecho a tomar tus propias decisiones, o a cometer tus propios errores. —A Annie se le llenaron entonces los ojos de lágrimas mientras hablaba con su sobrina—. Para mí lo primordial en este caso no es salirme con la mía. No pretendo controlarte. En su día enterré a mi hermana, y no querría enterrar a uno de sus hijos. Solo espero que no te pase nada —dijo Annie mientras se ponía en pie y se encaminaba hacia su habitación con la ayuda de las muletas.

Katie se quedó sentada mirándola sin decir nada. Esperaba una batalla campal, con gritos y amenazas durante horas. En cambio, Annie había hecho lo que sabía que tenía que hacer, respetar el derecho de su sobrina a tomar sus propias decisiones y dejarla marchar. A su modo de ver, Katie se equivocaba, pero ni siquiera intentó detenerla. Ahora ambas tendrían que vivir con ello: Annie con la preocupación, y Kate con la plena responsabilidad que suponía ser un adulto. Katie se dio cuenta de que lo que Annie acababa de hacer le había impresionado mucho más que si hubiera montado en cólera o le hubiera prohibido ir. Y de repente también ella se preocupó. Pero le había prometido a Paul que lo acompañaría. Él quería que Katie conociera todo su mundo. Lo más duro para ella era pensar que Annie y Tom podían tener razón. Y mientras se dirigía a su dormitorio, le cayeron dos lágrimas de terror por la cara. En este caso, por primera vez, la victoria de la edad adulta no le supo a gloria.

18

El fin de semana de Annie con Tom fue un sueño hecho realidad. Ni siquiera sabía que la gente hiciera cosas como aquella y se permitiera semejantes lujos. Durante toda su vida adulta se había dedicado a trabajar y a cuidar de sus sobrinos y en ningún momento se le había ocurrido siquiera darse un capricho. Aparte de volar a varios rincones del país para reunirse con clientes, se había limitado a ir a Disneyland cuando los chicos eran pequeños, visitar Europa con ellos en dos ocasiones y planear los viajes en torno a los tres. Nunca se había ido de vacaciones ella sola, y tampoco habría sabido qué hacer de haberse dado el caso. Había llenado todo el tiempo libre que había tenido en los últimos años con trabajo. Tom le abrió todo un mundo nuevo. Decía que él tampoco había estado allí nunca, pero se había esmerado en buscar el destino ideal. Y aquel lo era. La llevó a las islas Turcas y Caicos, en el Caribe.

Tras un vuelo directo del aeropuerto de Kennedy a Providenciales que duró tres horas y media, una limusina los recogió a su llegada y los llevó al hotel, donde Tom había reservado un chalet para ellos, con playa y piscina privadas. La arena era blanca como el marfil y fina como el azúcar, y el agua se veía totalmente transparente y de un color azul turquesa. Y fiel a su palabra, había dos dormitorios. Annie nunca había visto nada tan lujoso, y contaban con un mayordomo a su servicio para atender cualquier necesidad que pudieran tener. Encima de la mesa había una cesta enorme llena de fruta y una botella de champán. Annie tenía la sensación de haber muerto y haber subido al cielo. Aquello era lo más lejos que se podía estar del estrés y de las preocupaciones de la vida cotidiana. Tenían previsto pasar allí tres días, y rezaba para que a ninguno de los dos se le presentara una emergencia que pudiera perturbarlos. En su caso, sus sobrinos, y en el de él, alguna crisis informativa en el mundo, algo a lo que estaba expuesto en todo momento.

—No me lo puedo creer —dijo ella con una expresión de ingenua incredulidad.

Era como descubrir que Papá Noel existía de verdad, y era Tom, sin el traje rojo ni la barba blanca. Había planeado la escapada perfecta para ambos. Podrían ir a restaurantes cercanos o comer en el chalet, descansar en la piscina, pasear por la playa, nadar en aguas cristalinas y no ver a ningún otro ser humano en tres días si así lo deseaban. Era como si los hubieran dejado en medio del paraíso, y él la rodeó con los brazos mientras ella lo contemplaba todo con deleite y asombro. Era el mejor regalo que alguien le había hecho en toda su vida. Tiempo y paz para compartirlos con él. Era como una luna de miel.

—Debo de ser la mujer más afortunada del mundo —dijo Annie, sonriéndole.

Tom la besó.

—Es una recompensa por el esguince del tobillo y por ser una chica tan valiente en todo lo que haces. —Aquellas palabras de Tom hicieron que a Annie se le saltaran las lágrimas—. Nunca he conocido a nadie que pudiera con tanto, y que lo haga bien. Me encantaría conseguir que tuvieras un poco menos de que ocuparte, para así tener más tiempo para nosotros —dijo él con dulzura.

Aquel era un lugar fantástico para aprender a hacerlo. Ella se sentía apartada por completo de la vida real, incluso de sus sobrinos, aunque ellos sabían cómo contactar con Annie y dónde estaban. Y se había prometido a sí misma que no hablaría de ellos sin cesar durante los tres días que tenían por delante.

Aquella noche dieron un paseo por la playa antes de acostarse y nadaron un rato en la piscina privada del chalet. Ambos iban en traje de baño ya que todavía no habían superado esa barrera, y estuvieron conversando durante horas a la luz de la luna. Y cuando llegó el momento de ir a la cama, les pareció la cosa más natural del mundo compartir dormitorio. Annie se tumbó en brazos de Tom, sintiéndose totalmente cómoda con él. Temblaba un poco, pero era por la emoción del momento, no por miedo, y ninguno de los dos vio defraudadas sus expectativas. Fue exactamente lo que habían esperado que fuera, la unión de dos mitades. Ambos tenían la sensación de que no podía ser de otra manera.

Luego se sentaron en la terraza desnudos, se besaron cogidos de las manos y nadaron de nuevo en la piscina, esta vez sin bañador, y después volvieron a la cama, donde se habían descubierto el uno al otro, y estuvieron abrazados toda la noche. Durmieron como niños y, tras despertar temprano, hicieron el amor otra vez. Era mediodía cuando pidieron que les sirvieran el desayuno en la terraza, y más tarde fueron a pasear por la playa. Se pasaron el día dándose un chapuzón tras otro, y por la noche cenaron en la terraza. Hicieron el amor en la piscina. Rieron de tonterías. Y, mientras Tom la tenía entre sus brazos, Annie le contó cómo vivió la pérdida de su hermana. Hablaron de sus respectivas infancias, esperanzas, sueños y desengaños. Exploraron el cuerpo del otro y fue realmente una luna de miel, la oportunidad que necesitaban para cimentar su relación, un paréntesis lejos de todo.

Al final de los tres días sus cuerpos, sus corazones y sus almas habían engranado a la perfección. Annie nunca había estado tan a gusto con alguien en toda su vida, y Tom se sentía más casado con ella de lo que lo había estado con su mujer. Su ex y él eran muy distintos y tenían muy poco en común. Lo único que los había unido fue la pasión, y esta se apagó enseguida. Lo suyo con Annie era algo mucho más profundo. Ella sentía como si compartieran una sola alma, es decir, lo que se entendía por ser almas gemelas. No quería irse de allí, y al llegar el domingo tendrían que separarse. Annie le dijo que nunca podría agradecerle lo suficiente lo que había hecho al brindarles la oportunidad de disfrutar de aquellas vacaciones.

El domingo por la mañana, sentados en la terraza, trataron de ver adónde los llevaría su relación a partir de entonces. Los chicos que Annie había criado ya eran adultos y sin duda lo bastante mayores para comprender que Tom pasara una noche o un fin de semana con ella, aunque ambos sospechaban que estarían más tranquilos en casa de él. Se plantearon la idea de vivir juntos en algún momento, y él le preguntó qué pensaba del matrimonio. Annie no tenía claro si era algo que le importaba. Para ella había dejado de ser una meta o una posibilidad siquiera hacía mucho tiempo, aunque ahora volvía a ser una opción. Al final decidieron que ya lo verían sobre la marcha según cómo fueran las cosas. Y se comprometieron a intentar al menos no dejar que los demás los importunaran, y a hacer de su relación una prioridad. A Annie le daba igual lo mucho que tuviera que viajar él por trabajo, y Tom le dijo que no tenía nada que objetar con respecto a su profesión y a sus sobrinos, siempre y cuando entre todo ello hubiera espacio también para él. La relación surgida entre ambos iniciaría en serio su andadura cuando abandonaran las islas Turcas y Caicos, y dejaron atrás el chalet cogidos de la mano. Ambos volvieron la vista y sonrieron, conscientes de que nunca lo olvidarían. Era el lugar donde había nacido su amor.

El día que Annie y Tom se marcharon de las islas Turcas y Caicos, Lizzie estaba en su despacho de *Vogue*, reuniendo información para escribir un artículo del número de junio. Tenía una ayudante temporal que la llamó por el interfono para comunicarle que había un tal George al teléfono. El señor George, se corrigió. Por el nombre parecía un peluquero, y Liz no tenía ni idea de quién podría ser. Comenzó a decirle que le dejara un mensaje, pero luego cogió la llamada. Era más rápido que explicarle a la sustituta cómo proceder.

—¿Diga? Liz Marshall al habla —dijo con su tono de voz oficial.

La voz que le contestó tenía un marcado acento italiano, pero hablaba un inglés fluido. Liz al principio no sabía quién era, y su interlocutor se presentó de nuevo. Alessandro di Giorgio, el joyero romano que le había salvado el pellejo en la sesión de fotos de la plaza Vendôme. De eso hacía ya más de un mes.

—¡Ah, hola! —exclamó, avergonzada por no haberlo reconocido—. ¿En qué puedo ayudarlo? ¿Llama desde Roma?

Le había prometido mandarle fotos de muestra de la sesión, pero aún no estaban listas.

—No, estoy en Nueva York —explicó él—. Solo llamo para saludarla.

Muchos diseñadores de joyas la llamaban de vez en cuando para que los tuviera presentes, así que no le extrañó su llamada, aunque ella nunca había tratado directamente con él hasta que lo conoció en París. Y desde entonces no había tenido noticias de él.

—¿Qué ocurrió con la esposa del emir? ¿Le compró alguna de las otras piezas?

Liz recordaba que había viajado a París con las joyas por ella.

—Compró las cinco piezas que usted fotografió. Le entusiasma la idea de que vayan a salir en *Vogue*.

Liz recordó entonces que estaban valoradas en cinco o seis millones de dólares, una cifra admirable. Pero había que tener en cuenta que di Giorgio era una firma importante.

—¿Qué está haciendo en Nueva York? —le preguntó con cortesía.

Era un hombre agradable, y con su gesto la había ayudado mucho.

—Estoy buscando un local, pero no acabo de decidir si deberíamos abrir una tienda aquí. Siempre ha sido un motivo de discusión entre mi padre y yo. Él piensa que sí, y yo que no. Yo prefiero apostar por la exclusividad y por quedarnos en Europa. Él, en cambio, quiere que estemos presentes en Nueva York, Tokio y Dubai. —Entonces se echó a reír—. En este caso el mayor es el que tiene las ideas más modernas, y yo soy más conservador. No sé. Quizá deberíamos abrir aquí. He venido a mirar algunas tiendas que están disponibles. Y llamaba para ver si le apetecería quedar para comer, si tiene tiempo. ¿Estará en la ciudad este fin de semana?

A Liz le gustaba aprovechar los fines de semana para irse de escapada cuando podía, pero casi siempre estaba ocupada en un artículo o en una sesión de fotos. A veces trabajaba de lunes a domingo. Y aquel fin de semana había confiado en poder ir a esquiar, pero sus planes se habían truncado.

—Sí que estaré aquí, sí —contestó en tono agradable.

—¿Está libre para comer el sábado? Me alojo en el Sherry-Netherland, y el Harry Cipriani de abajo está muy bien.

Se trataba de uno de los restaurantes preferidos de Liz, y

uno de los que estaban más de moda en Nueva York. Sonrió. Di Giorgio hacía que pareciera un pequeño bistrot que daba la casualidad de estar en su hotel.

—Por mí encantada. Nos vemos allí.

—Si lo desea, puedo pasar a recogerla —sugirió él.

—Vivo en el centro, está demasiado lejos. Mejor quedamos directamente en el restaurante.

Alessandro era muy caballeroso y tenía modales anticuados y distinguidos que resultaban extraños en Estados Unidos, pero a Liz le gustaba. Le daba la sensación de que la protegía, la misma sensación que le había transmitido en París.

Liz se presentó al día siguiente en Harry Cipriani enfundada en unos pantalones negros, un jersey negro y unos tacones altísimos de Balenciaga. Él era mucho más alto que ella, y formaban una pareja que llamaba la atención. Di Giorgio la esperaba en la salida, y entraron juntos en el restaurante. Ella se había dejado suelta su melena rubia, y llevaba un abrigo de lince vintage que había comprado en París. Los dos juntos irradiaban glamour, y él se dirigió al jefe de sala en italiano, con una voz grave y retumbante, como la de la mayoría de los hombres que Liz había conocido en Roma y Milán.

Alessandro era un conversador ameno y le contó infinidad de historias acerca de sus tiendas y del negocio, así como de algunos de sus clientes famosos, que habían hecho cosas disparatadas a lo largo de los años. No había mala intención en sus relatos, y con ellos la hizo reír durante toda la comida. Pasaron un rato estupendo juntos, y eran las cuatro de la tarde cuando se fueron del restaurante.

—¿Te gustaría ver los locales que podrían interesarme? —le preguntó él.

Estaban todos en Madison Avenue, no muy lejos de allí. Recorrieron a pie una manzana hasta dicha avenida, donde se hallaban tres de ellos, todos espacios enormes con alquileres exorbitantes. A Alessandro no le entusiasmó ninguno y a Liz tampoco. Había algo muy frío en ellos.

—Mi tía es arquitecta. Deberías pedirle que te diseñara algo —le sugirió Liz de improviso.

Lo dijo más en broma que en serio, pero a él pareció atraerle la idea. Y luego añadió, como un comentario sin importancia, que se había criado con Annie y que era como una madre para ella.

—¿Tus padres te dejaron con tu tía?

Alessandro parecía sorprendido. Liz no había dicho nada durante la comida, pero tampoco se habían contado detalles de su vida personal. Ella sabía que él estaba soltero y que tenía una hermana que también se dedicaba al negocio familiar. Se ocupaba de la publicidad, no del diseño.

—Mis padres murieron cuando yo tenía doce años —explicó Liz con sencillez—. Mi tía nos crió a mi hermano, a mi hermana y a mí. Yo soy la mayor.

Alessandro se emocionó al oírla contar aquello.

—Debió de ser terrible para ti perder a tus padres siendo tan joven —dijo compasivo—. No puedo imaginármelo. Yo estoy muy unido a mis padres, a mi hermana y a mis abuelos. Las familias italianas son así.

—Nosotros también. Yo estoy muy unida a mi tía y a mis hermanos.

—Debe de ser muy buena mujer para haber cuidado de vosotros. ¿Tiene hijos? ¿Tus primos?

—No. Está soltera. No ha llegado a casarse. Estaba demasiado ocupada con nosotros. Tenía veintiséis años cuando ocurrió. Se ha portado de maravilla con nosotros.

Alessandro estaba impresionadísimo y muy emocionado por lo que acababa de contarle Liz. Volvieron sobre sus pasos por Madison Avenue; ya eran las cinco de la tarde. Liz le dio las gracias por la comida, y él le ofreció llevarla a casa.

—No te preocupes —dijo, sonriéndole—. Vivo en el Village.

Él se quedó vacilante, pero estaba claro que no quería que se fuera.

—¿Te gustaría cenar conmigo esta noche?

No tenía nada más que hacer en Nueva York, salvo visitar las tres tiendas y a un cliente el lunes. El fin de semana estaba libre.

—Estaría genial. ¿Por qué no vienes a tomar algo a mi apartamento a las ocho? Tengo cerca un restaurante italiano que está muy bien, Da Silvano. Reservaré mesa para las nueve o nueve y media. En el centro hay más ambiente, vive más gente joven. Es más moderno —le explicó—. Puedes ir con tejanos, si es que te has traído unos.

Así era, pero Alessandro no se atrevía a ponérselos en aquella zona de la ciudad. Le alegró tener la oportunidad de volver a verla tan pronto.

Liz le pasó su dirección y él le pidió un taxi. Mientras este se alejaba, ella se despidió de él con la mano. Le había parecido muy agradable, educado, amable, inteligente, divertido y creativo, y le había gustado mucho hablar con él. Estaba bien tener a alguien con quien pasar el tiempo el fin de semana. Había sido una bendición inesperada. Liz compró un montón de flores de camino a casa para decorar el apartamento y metió una botella de vino blanco en la nevera.

En Da Silvano les reservaron una mesa para las nueve y media. Y cuando Alessandro llegó a su apartamento a las ocho en punto, las flores lucían espléndidas, la música estaba puesta y Liz llevaba unas mallas de cuero negras y un jersey blanco largo de Balenciaga. Alessandro iba con un suéter negro y tejanos. Tenía un aspecto informal y parecía mucho más joven que en la comida.

Echó un vistazo a la música de Liz y descubrió que escuchaban casi las mismas cosas. El apartamento también le gustó. Alessandro le había traído una botella de champán y una vela perfumada. Se pusieron a hablar y tanto les cundió que a punto estuvieron de perder la reserva que tenían a las nueve y media en Da Silvano. Una vez allí, Liz se encontró con varios amigos, todos del mundillo de la moda, y les presentó a Alessandro, que los dejó impresionados por lo guapo que era, según pudo observar. Sin embargo, a Liz le impresionaba mucho más su buen talante y sus dotes de conversador. Era el prototipo del europeo culto y sofisticado.

No regresaron a su apartamento hasta medianoche, y Alessandro hizo gala de una cortesía exquisita al despedirse de ella en la entrada del edificio, dándole un beso en cada mejilla. Ya habían quedado para almorzar al día siguiente en el Mercer Hotel del SoHo, e ir a pasear después por Central Park. Tal como había ocurrido en París, Alessandro había caído del cielo, como un ángel.

19

A pesar de todo lo que les habían dicho para disuadirlos, Annie y Tom a ella, y los padres de Paul a él, dos semanas más tarde Katie y Paul volaron a Londres, donde harían escala con destino a Teherán. Los jóvenes estaban entusiasmados con el viaje, y a Paul le hacía mucha ilusión la idea de volver a ver a sus parientes, en especial a su abuelo, al que veneraba de pequeño. Tenían pensado quedarse dos semanas en casa de la familia de Paul. Y tanto Annie como los padres de Paul los acompañaron al aeropuerto para verlos partir. Los mayores charlaron entre ellos en tono afable, y los padres del joven se mostraron muy amables con Annie y Kate. El padre los ayudó a facturar el equipaje, y la madre entregó con discreción a Katie un pañuelo muy bien doblado para cubrirse la cabeza y una túnica de algodón gris fina y holgada. Explicó que Katie tendría que ponerse el pañuelo cuando bajara del avión en Teherán y posiblemente también durante el vuelo. Katie debía llevar el pelo tapado en todo momento, y quizá necesitara la túnica de algodón en ciertas ocasiones. La familia de Paul ya le diría cuándo. Annie la había convencido para que dejara en casa sus minifaldas más radicales, a fin de no llamar la atención ni atentar contra la moral de nadie durante su estancia en Irán. Katie había tenido la sensatez de aceptar la sugerencia, pues no quería ofender a la familia de Paul ni a ninguna otra persona. Su gesto al menos sirvió de consuelo a Annie.

Paul y Katie abrazaron a los tres y se despidieron de ellos con la mano al pasar por el control de seguridad. Cuando desaparecieron, el padre de Paul tranquilizó a Annie, asegurándole que estarían bien. Le dijo que Teherán era una ciudad tan sofisticada como Nueva York, y le prometió que su cuñada se haría cargo de Katie, y que Paul era un chico responsable. Annie los veía muy jóvenes para ir a cualquier parte, sobre todo si era a la otra punta del planeta. Katie nunca había viajado tan lejos, y parecía una niña cuando cogió la mochila y pasó por el control de seguridad con Paul. Annie la echó de menos ya en el camino de regreso a casa. El apartamento le parecería muy vacío sin ella. Katie tenía una presencia enorme en su vida diaria, y su ausencia se notaría muchísimo. Annie se dijo que el viaje les iría bien, y que en cuestión de dos semanas estarían de vuelta.

Había invitado a Tom a que se quedara con ella mientras Katie estaba fuera, un plan que a los dos les hacía mucha ilusión. Las dos semanas que habían pasado desde su mágica escapada al Caribe habían sido de una tranquilidad increíble. Ninguno de sus contratistas había abandonado las obras, sus clientes se habían comportado, Liz estaba ocupada en la revista, Ted apenas daba señales de vida, batallando como estaba con su complicada situación, y Katie no había pensado más que en los preparativos de su viaje. Y aparte de las preocupaciones de Annie por ello, las cosas habían estado bastante calmadas. Tom y ella habían conseguido disfrutar de varias cenas tranquilas en buenos restaurantes, y ni siquiera en el ámbito informativo internacional se habían producido acontecimientos relevantes.

De momento, el único motivo de estrés en la agenda de Annie era el viaje de Katie, e intentaba tomárselo con filosofía. Para entonces casi se había convencido de que no le pasaría nada, y Paul había prometido solemnemente cuidar de su sobrina. Al verlos marchar, le habían parecido muy inocentes, y de vuelta a casa en el taxi rezó una oración por ellos.

Aquel mismo día por la tarde Annie llamó a Whitney. Por supuesto ya le había hablado de Tom, y su amiga estaba entusiasmadísima y quería que lo sacara del anonimato para poder conocerlo. Pero la visita que les había hecho Annie en Nochevieja le había abierto los ojos sobre lo diferentes que eran sus vidas. Whitney y ella compartían un pasado y una historia de muchos años, pero para alguien ajeno a su relación, e incluso para sí misma, la tranquila vida residencial de los Coleman en Far Hills era de lo más insulsa. Sus amigos bebían todos demasiado; la mayoría de ellos eran médicos, y sus conversaciones giraban en torno a la medicina, al último viaje que habían hecho o a sus hijos. Annie no quería someter a Tom a una velada mortalmente aburrida, y Whitney y Fred nunca iban a la ciudad a cenar, así que no habían tenido la oportunidad de conocerse. A su amiga le impresionaba sobremanera que Annie estuviera saliendo con un conocido presentador de televisión. Annie tampoco quería que insistieran demasiado en aquel hecho si salían a verla, y sabía que sería así. Su condición de famoso resultaba irresistible. Annie lo notaba cada vez que conocían a alguien o iban a un restaurante. Tom era una estrella de por sí, y algunas personas reaccionaban ante ello de forma extraña, alardeando, intentando competir o mostrándose pasivo-agresivas y haciendo comentarios insolentes. Él siempre encajaba dichos comportamientos con educación, pero Annie no lo imaginaba disfrutando de una noche con Whitney, Fred y sus amigos en New Jersey. La verdad era que a ella tampoco le gustaba el círculo de amistades de los Coleman, y la Nochevieja que había pasado con ellos hacía poco había sido una de las peores de su vida, sin mencionar la terrible cita a ciegas. Tom la había salvado de una vida llena de noches como aquella y de hombres del tipo de Bob Graham, por lo que Annie le estaría eternamente agradecida.

Whitney la felicitó por su madurez recién adquirida al dejar que Katie fuera a Teherán con Paul. Le dijo que sería una experiencia fabulosa para su sobrina, con toda una nueva cultura por descubrir, y le impresionó que Annie se mostrara tan razonable al respecto.

—No me queda más remedio. No es que esté tranquila, pero veo que tienes razón y que tengo que dejar que cometan sus propios errores. Aun así, no pienso ni por un momento que eso sea fácil.

Había pasado semanas con pesadillas al respecto. Pero Katie llevaba encima la BlackBerry, dinero de sobra, una tarjeta de crédito y su billete de vuelta a casa, y Annie le había dicho que la llamara de inmediato o le enviara un mensaje de texto si tenía algún problema. Katie se había echado a reír al oírle decir aquello.

—¿Y qué vais a hacer Tom y tú en su ausencia? —preguntó Whitney.

Ella sabía que el hecho de tener a Katie viviendo en casa y no en la residencia durante aquel semestre les habría entorpecido un poco los planes, pero Annie había pasado varias noches en el apartamento de Tom, y sospechaba con buen criterio que, cuando ella no estaba, Paul se quedaba a dormir con Katie. De momento solo salían juntos, pero si decidían casarse y tener hijos, se les podría complicar mucho la vida. Pero Kate no tenía más que veintiún años, y no hablaban de matrimonio, sino de un viaje sin más. Annie intentaba tomárselo con calma y no exaltarse demasiado.

—Tom y yo vamos a correr desnudos por el apartamento mientras ellos no están —dijo Annie con una sonrisa burlona en respuesta a la pregunta de Whitney—. Debo reconocer que llega un punto en el que en cierto modo supone un reto vivir con tus hijos adultos. Para estar con Tom es poco práctico, pero me encanta tener a Katie en casa. Solo espero que vuelva a la facultad el próximo curso.

Annie seguía disgustada por lo de su trabajo en el salón de tatuajes, pero intentaba hablar menos del asunto. Tom la había suavizado un poco. Se sentía más relajada ahora que compartía su vida con él. Contaba con otro adulto con quien poder hablar, y Tom tenía una visión bastante sensata sobre la mayoría de los temas, aunque nunca había sido padre y no acababa de entender el vínculo que la unía a sus sobrinos y lo fuerte que era. Pero en cuestiones más prácticas, Tom era una gran ayuda. Y con Katie fuera durante dos semanas, tendrían la casa para ellos solos.

Ted no había vuelto por allí desde la noche del incidente del cuchillo, pero Annie había quedado con él para comer. Parecía que le iba bien, dadas las circunstancias, aunque ella lo veía nervioso y muy estresado. Ted seguía alterado por lo del bebé. Y, a pesar de las constantes presiones que recibía por parte de Pattie, no había accedido a casarse con ella antes de agosto. Ella decía que sería humillante contraer matrimonio en estado de gestación tan avanzado, pero Ted no pensaba transigir en esa cuestión. Agosto era la fecha más cercana que estaba dispuesto a aceptar para la boda, por mucho que ella llorara y se quejara. Bastante presionado se sentía ya, y seguía pareciéndole un error tener aquel bebé.

No se veía preparado para hacerse cargo de una criatura, pero había accedido a asumir dicha responsabilidad. Estaba portándose muy bien con ella y le había tomado el relevo en todas las tareas domésticas. Y le confesó a Annie que iba retrasado con los estudios y que le preocupaban los exámenes parciales. Ni siquiera el regalo inmerecido del sobresaliente de Pattie le serviría para subir la nota media.

Liz, por su parte, le había comentado algo de un hombre nuevo en su vida, pero no le había dicho de quién se trataba. Se mostraba muy misteriosa, y Annie no quería tirarle de la lengua. Supuso que sería otro de sus típicos ligues, un fotógrafo, un modelo o alguien que habría conocido por el trabajo.

—Creía que decías que ibas tomarte un descanso —le recordó Annie.

Liz se echó a reír.

—Y así es... era... no sé... es que es muy reciente. De hecho, no es nada aún. Él vive en Roma, y solo lo he visto unas cuantas veces. Lo conocí en París después de Año Nuevo, y estuvo aquí por negocios hace unas semanas. Quedamos para comer y cenar, pero seguro que no llega a ninguna parte. Él rara vez viene a Nueva York, y yo solo voy a Roma un par de veces al año.

Una relación con Alessandro no era una esperanza muy realista, pero él la llamaba varias veces al día, y Liz tenía conversaciones maravillosas con él sobre temas muy serios. Él le había prometido ir a verla a París la próxima vez que ella estuviera allí.

—La geografía no es una barrera infranqueable cuando se trata de estar con el hombre que esperas —recordó Annie—. Si lo vuestro va en serio, quizá podrías conseguir trabajo en la *Vogue* italiana.

—Eso es lo que él dice —observó Liz pensativa—, pero aún nos queda mucho para eso. Ni siquiera me he acostado con él. No quería hacerme ilusiones con una persona que tal vez no vuelva a ver.

Pero tenía que reconocer, si no ante Annie, sí en su fuero interno, que le había costado mucho resistir la tentación. Alessandro la había besado cuando paseaban por Central Park, y ella casi se derritió en sus brazos. Aquella noche habían retozado de lo lindo en el sofá de su casa, pero ambos habían conseguido contenerse, y Liz se alegraba de haberlo logrado.

—No parece muy probable que no os volváis a ver —comentó Annie con una sonrisa.

Nunca había oído a su sobrina mayor hablar así de un hombre. Los que se buscaba eran siempre niños, y Alessandro parecía un hombre de verdad. En esta ocasión Liz no estaba asustada. Por primera vez en su vida estaba dispuesta a poner en riesgo su corazón. Annie estaba contenta por ella, y aliviada. Liz merecía un buen hombre, y no los bichos raros con los había estado saliendo durante años. Y deseaba que Ted encontrara también a una buena chica, algo que, desde luego, no era el caso por el momento.

Ted había ido a ver un partido de baloncesto en la Universidad de Nueva York con uno de sus compañeros de piso un viernes por la noche, en vísperas de un fin de semana en el que los hijos de Pattie estarían con su padre, y ella se había quejado porque quería tenerlo en casa con ella. Decía que le dolía la cabeza, pero él había insistido con tacto en que necesitaba un respiro. Ya no veía nunca a sus amigos, y desde que ella le había dicho que estaba embarazada, no hacía más que reclamar su presencia constantemente. Pero, por una vez, él se cuadró y le dijo que pensaba salir, y que luego se quedaría en su piso pues seguramente bebería más de la cuenta, y eso a ella tampoco le gustaba. Ted necesitaba sus momentos de esparcimiento.

Pero al final no bebió tanto como imaginaba en el partido, su equipo perdió y de camino a casa se sintió culpable, así que dejó a su compañero de piso y regresó al apartamento de Pattie para darle una sorpresa. La encontró tumbada en el sofá con un cuenco de palomitas, viendo una comedia romántica, y ella se emocionó al verlo entrar por la puerta con su propia llave.

—¿Qué haces aquí? —le preguntó encantada.

Pattie tenía aún el mismo aspecto. No había empezado a engordar todavía, pero solo estaba de dos meses y medio y, al ser una mujer alta y corpulenta, lo llevaba bien.

—Te echaba de menos —respondió él con sencillez, y le sonrió.

En parte era cierto. Ya estaba acostumbrado a ella. Pero también sabía que Pattie encontraría la manera de castigarlo al día siguiente por haber ido al partido con sus amigos. Pattie, por su parte, no tenía amistades. Dependía por completo de Ted para su entretenimiento, distracción y sustento emocional. Nunca quería separarse de él ni cinco minutos, así que era más fácil volver a su apartamento que escuchar sus quejas después.

—¿Has cenado? —le preguntó ella, tendida en el sofá.

No es que a Pattie le gustara cocinar, pero lo mantenía alimentado. Vivían más que nada de pizza y comida china para llevar, pagada por él, y muy de vez en cuando ella preparaba algo. En la cocina había una cubeta de KFC, de la que Ted cogió un trozo de pollo.

—He comido un perrito caliente y unos nachos durante el partido —respondió él.

Luego terminó el pedazo de pollo, abrió una cerveza y antes de echar un trago decidió ir al baño. Cerró la puerta, encendió la luz y se quedó mirando lo que vio entonces en la taza del váter. No lo entendía. No era algo que tuviera razón de ser allí, y no había nadie en el apartamento salvo ella. Parecía un ratón herido, pero era un tampón ensangrentado, y había sangre en el inodoro. Pattie había olvidado tirar de la cadena. Y era evidente que no había sufrido un aborto ni se hallaba afligida por ello. En aquel momento estaba riendo a carcajada limpia con aquella película que había visto más de diez veces, y sonrió al verlo salir del baño.

A Ted le daba todo vueltas, pero no le dijo nada. Entró en la cocina y miró por la ventana, intentando entender lo que acababa de ver y su significado. No le parecía posible que ella pudiera hacerle algo así. Pero ¿y si lo había hecho? ¿Y si era todo una mentira y un engaño? Se quedó allí parado, temblando de arriba abajo. Tenía que salir de dudas. Cogió el abrigo, se encaminó hacia la puerta y se excusó ante Pattie con vaguedad, diciéndole que volvería en unos minutos.

—¿Adónde vas? —preguntó ella, sorprendida al ver que se marchaba.

—Vuelvo en cinco minutos —respondió él con cara de consternación y, sin más explicación, se fue.

Pattie no estaba preocupada. Sabía que volvería. A veces actuaba como un niño.

A dos manzanas de allí había una farmacia que estaba abierta las veinticuatro horas del día. Ted compró en ella un kit de test de embarazo con dos pruebas, se lo metió en el bolsillo, volvió corriendo al apartamento y subió la escalera a la carrera. Seguía temblando, y había una expresión en sus ojos que Pattie no había visto nunca. Ella alargó la mano y le tocó la entrepierna, pero él le cogió la mano y tiró de ella con firmeza para levantarla del sofá. Ted aún llevaba puesto el abrigo, y su mirada era aterradora.

—¿Qué haces? —Pattie puso cara de confusión y perplejidad mientras él la llevaba al baño—. ¿A qué viene esto, Ted?

Pattie ignoraba por completo lo que él tenía en mente o la razón que le había llevado a salir.

—Dímelo tú —contestó Ted con la voz quebrada.

Ella se le acercó, pensando que se le habría despertado el apetito sexual, pero estaba claro que no era así, y él no se dejó tocar. En lugar de ello, Ted se metió la mano en el bolsillo y le pasó el test de embarazo, ante el cual Pattie se quedó atónita.

—No necesito eso —dijo, riéndose de él—. No seas tonto.

Pattie intentó convertirlo en un juego y le acarició a través de los tejanos. Ted no se movió un milímetro; abrió la caja por ella y le entregó el test mientras ella palidecía.

—Hazlo —le dijo con una voz que parecía la de otra persona.

Ted tenía el semblante serio, y estaba temblando. Pattie había intentado destrozarle la vida y casi había conseguido chantajearlo para que se casara con ella por un bebé que ahora sospechaba que no existía. Salió del baño y esperó fuera. Ella se quedó un buen rato allí dentro, y él la oyó llorar. El juego había terminado. Cuando Pattie apareció por fin, lo hizo sin el test, y miró a Ted desesperada.

—Lo siento —susurró mientras le caían las lágrimas por las mejillas.

Parecía presa del pánico. Ambos sabían que, de haberse hecho el test, este habría mostrado que no estaba embarazada. Ted comprendió entonces por qué le había dicho aquella tarde que le dolía la cabeza. Por una vez estaba dispuesta a renunciar al sexo, pues no quería que él descubriera que tenía la regla. Pero se había descubierto el pastel. Ted la vio quedarse totalmente sin fuerzas mientras permanecían los dos allí parados.

—Te quiero, Ted —musitó Pattie en medio de un sollozo—. Lo siento.

—¿Cómo has podido hacerme esto? ¿Amenazarme y decirme que matarías al bebé y te suicidarías, que tenía que casarme contigo ahora y no más tarde? ¿Qué pensabas hacer cuando pasaran los meses sin que engordaras, decirme que lo habías perdido? ¡Joder, qué tonto he sido, y qué arpía has sido tú! —exclamó, temblando todavía, lleno de ira y alivio—. No vuelvas a acercarte a mí. ¡Nunca! —dijo al pasar por su lado de camino a la puerta.

Pattie corrió hacia Ted y, desplomándose en el suelo, se aferró a él.

—No me dejes —le rogó, agarrándose a sus piernas—. Te amo, Ted —le dijo en tono suplicante para que no se fuera.

—Tú no sabes qué significa eso —repuso él mientras abría la puerta y se apartaba de ella.

Aún llevaba el abrigo puesto de cuando había salido a la farmacia. No había nada que le interesara de aquel apartamento. Fuera lo que fuese lo que hubiera allí, no quería volver a verlo, sobre todo a ella. Pattie le había mentido sobre el embarazo y había intentado arruinar su vida. Ted la miró con asco y se marchó dando un portazo. Bajó la escalera a toda prisa, abrió de golpe la puerta que daba a la calle y aspiró profundamente el aire frío de la noche.

Luego echó a correr y no paró hasta llegar a casa. Se sentía como si hubiera escapado de una cárcel. Se había fugado. Había tenido un golpe de suerte con el tampón ensangrentado que ella se había dejado olvidado en la taza del váter al no tirar de la cadena. Le entraron ganas de gritar mientras corría por la calle. No la amaba. La odiaba. Pattie había intentado arruinarle la vida, y él había tratado de hacer lo correcto. Había estado a punto de renunciar a sus estudios y a su vida, y ella le había mentido y manipulado. Se había servido del sexo para controlarlo, y de amenazas de suicidio para tenerlo prisionero. Mientras corría por la calle le sonó el móvil, y no contestó. Pattie lo había engañado por completo. Nunca había existido ningún bebé. Solo ella, atrapándolo entre sus garras.

Una vez en casa, se sirvió dos chupitos de tequila a palo seco y se los bebió de un trago justo en el momento en que aparecía uno de sus compañeros de piso.

—¿Estamos de fiesta? —dijo con una amplia sonrisa.

—Yo sí —respondió Ted.

Se sentía mejor de lo que se había sentido desde hacía semanas, meses incluso. Era libre.

Al ver que se servía un tercer chupito, su compañero le advirtió:

—Tómatelo con calma, colega, que mañana estarás hecho una mierda.

Pero aquella noche se sentía de maravilla. Resultaba extraño odiar de repente a alguien que se suponía que amaba y con quien había prometido casarse. Pero Pattie nunca había sido la persona que aparentaba ser. Se sentó en el sofá a ver la tele con la botella de tequila entre las piernas y se sirvió un chupito tras otro con la mirada perdida, tratando de asimilar lo que le había ocurrido.

Eran las dos de la madrugada cuando llamaron a su casa desde el servicio de urgencias del Downtown Hospital. Uno de sus compañeros de piso cogió el teléfono y le dijo que era para él. Ted escuchó lo que le dijeron sin hacer comentarios.

—¿Se pondrá bien? —preguntó al final con voz dormida.

Estaba muy borracho, pero aún no había perdido del todo el raciocinio. Entendía lo que acababa de contarle su interlocutor. Pattie estaba en urgencias y le habían hecho un lavado de estómago. Según le explicaron, se había tomado seis somníferos, una cantidad que no habría bastado para matarla, y que había sido ella misma quien había llamado al número de emergencias. Le dijeron que al día siguiente estaría bien, aunque la retendrían para someterla a una evaluación psiquiátrica, ya que ella reconocía que había sido un intento de suicidio, y les había pedido que avisaran a Ted. Había sido un intento poco convincente.

—Le gustaría que viniera usted a verla —le dijo el asistente.

—Dígale que estoy demasiado borracho. Ya me pasaré mañana por la mañana.

Y dicho esto colgó, se tomó un último chupito de tequila y se fue a la cama. Le traía sin cuidado su intento de suicidio. Era una farsa más, como la del bebé que nunca había existido, otra manipulación. Ahora lo entendía.

A la mañana siguiente se despertó con un dolor de cabeza monumental, pero a las nueve y media estaba en el hospital, tal y como había dicho. No tuvo problemas para encontrar la habitación donde se hallaba Pattie postrada en la cama. En la silla que tenía al lado estaba sentada una auxiliar de enfermería, que la vigilaba para prevenir otro intento suicida. Al aparecer Ted, la mujer propuso dejarlos solos, pero él declinó el ofrecimiento. Se le veía joven, guapo y muy resacoso. Pero, a pesar de los excesos de la noche anterior, se sentía mejor de lo que se había sentido en meses. Pattie tenía un aspecto bastante peor. Habían decidido tenerla ingresada un día más, hasta que el residente de psiquiatría la examinara. Y a ella no parecía hacerle ninguna gracia estar allí. Se echó a llorar en cuanto vio a Ted, y tendió los brazos hacia él. Ted no se movió del sitio. Se quedó en la entrada, donde ella no podía llegar hasta él, y no se acercó a la cama.

—Estoy harto, Pattie. Se acabó. No me amenaces nunca más, no te molestes en suicidarte por mí, ni finjas hacerlo. No me digas que me quieres ni me cuentes nada de nuestro «bebé». Ya no aguanto más. Hasta aquí hemos llegado. No me importa lo que hagas. Nunca deberías haber hecho esto, nada de esto, ni hacerme creer que estabas embarazada.

La auxiliar de enfermería los observaba con interés y Pattie se tumbó en la cama boca abajo mientras sollozaba.

—Sal de mi vida —prosiguió Ted—. De hecho, ya estás fuera de ella. Y no me llames. Te mandaré los trabajos para la asignatura de contratos, y me la trae floja que me suspendas. Haz lo que te dé la gana. Lo que has hecho no tiene nombre.

Dicho esto salió de la habitación, y la puerta se cerró con un soplido a su espalda. Ted oyó sollozar a Pattie, pero no le importó.

La guinda del pastel la puso una de las enfermeras al comentarle a Ted, mientras este se dirigía ya a la salida, que sentía ver a Pattie de vuelta en el hospital. Le dijo que esta vez, tras los cuatro intentos que ya llevaba, seguramente podría permanecer ingresada y recibir el tratamiento indicado. Y supuso con acierto que Ted era uno de sus estudiantes. La enfermera le explicó que los dos últimos novios de Pattie también lo habían sido. Aquel comentario era una indiscreción por su parte, y a Ted se le revolvió el estómago mientras la escuchaba. Se preguntó a cuántos compañeros suyos de clase les habría hecho lo mismo, cuántas veces habría fingido estar embarazada y suicidarse para retenerlos. Solo de pensar en lo que le había hecho Pattie le entraron ganas de vomitar. Era una mujer desesperada.

Ted llamó a Annie en cuanto llegó a casa y le contó lo ocurrido.

—Era todo mentira —le dijo con voz abatida—. No estaba embarazada.

—¿Cómo lo has averiguado? —quiso saber Annie.

Tom y ella estaban sentados a la mesa del desayuno, leyendo el periódico. Tenían planes para el fin de semana.

—Me he enterado sin más. Me ha tenido engañado todo este tiempo.

A Ted se le cortó la voz al decir aquello, pensando en todas las veces que Pattie había llorado y le había reprendido y amenazado con suicidarse si no hacía lo que ella quería. Ahora ya ni le tenía miedo a eso. No imaginaba que pudiera volver a tener miedo a algo o, por desgracia, a creer en alguien. Le iba a costar muchísimo tiempo confiar de nuevo en una persona.

—Se ha terminado —concluyó con voz tranquila.

Luego llamó a Liz para contárselo. Después de hablar con ella se tumbó en la cama y, sintiendo un martilleo en la cabeza y ligereza en el corazón, reflexionó sobre lo que había sucedido. Se dio cuentas entonces de que se había vuelto adicto a Pattie, pues así lo había querido ella, que se había valido de esa dependencia para controlarlo. Resultaba aterrador pensar en ello. Lo único en lo que podía pensar en aquel momento era en la suerte que había tenido de averiguarlo y en lo agradecido que se sentía de verse libre.

—¿Qué ha ocurrido? —le preguntó Tom a Annie cuando ella colgó.

Intuía que se trataba de algo importante.

—No lo sé. Ted ha descubierto que Pattie no estaba embarazada. Me ha dicho que todo era mentira, una farsa. Por lo visto, lo averiguó anoche. Dice que se ha terminado. Gracias a Dios.

Annie soltó un suspiro de alivio y sonrió a Tom.

—Bueno, pues ya puedes borrarlo de tu lista de preocupaciones —dijo él mientras se acercaba a ella para besarla—. Parece que ha tenido un golpe de suerte.

Annie sonrió de oreja a oreja y le sirvió una segunda taza de café. Para entonces Ted se había quedado como un tronco en la cama, con una sonrisa en la cara mientras dormía la mona.

20

Cuando Katie y Paul pasaron por el control de seguridad del JFK, se dieron la vuelta y se despidieron con la mano de la tía de ella y de los padres de él antes de perderse en el bullicio del aeropuerto. Katie sintió entonces que la invadía el entusiasmo. Se detuvieron a comprar unos capuchinos en Starbucks, conscientes de que serían los últimos que tomarían hasta su regreso. En breve se verían inmersos en la vida de la familia de Paul en Teherán.

Paul llevaba nueve años sin estar allí, desde que se habían trasladado a Nueva York. Sus padres hablaban de volver algún día, pero nunca pasaron de ahí. Se habían hecho a su vida americana, y después de adaptarse a unas costumbres nuevas, ya no habían regresado a Irán. Y el tiempo había pasado. En un principio, el padre de Paul había emigrado a Estados Unidos con la idea de trabajar unos años allí, pero las cosas le habían ido mejor de lo esperado y se había quedado. Su familia siempre le había rogado que regresaran a Irán, pero él tenía un negocio próspero en Nueva York y trabajaba duro, y a la madre de Paul le gustaba la vida independiente y progresista a la que se había adaptado en Estados Unidos. Ya no tenía que cubrirse la cabeza con un pañuelo ni seguir muchas de las viejas tradiciones de su país, lo cual habría sido un problema si hubieran vuelto a Teherán. Ahora les encantaba ser estadounidenses, y sentirse integrados en su nueva vida. Era Paul quien tenía más deseos de visitar a su familia en Irán, y conservaba gratos recuerdos de su infancia allí. Anhelaba volver a ver su tierra natal, y todos los lugares que había conocido y amado de pequeño, y quería compartir su historia y herencia con Kate, quien estaba ilusionada de hacer aquel viaje con él.

Paul le había descrito las ruinas de Persépolis, el campo situado a las afueras de Teherán y el exotismo y los olores del bazar. Deseaba mostrárselo todo y estaba orgulloso de regresar hecho ya un hombre, no siendo un muchacho. Su madre tampoco había querido que volviera hasta no haber conseguido la exención del servicio militar, un asunto que había acabado resolviéndose el año anterior. De lo contrario, dada su condición de iraní, se habría esperado de él que hiciera la mili. Paul había tenido un soplo cardíaco menor de niño, y por fin le habían otorgado la exención. Ahora ya podía visitar Irán sin preocuparse por ello.

A pesar de su nacionalidad estadounidense, Paul conservaba su pasaporte iraní y sería considerado ciudadano iraní cuando estuviera de vuelta en su país de origen. Katie llevaba fotocopias de los pasaportes americanos de ambos, por si los perdían o tenían algún problema durante el viaje. Ella había obtenido el visado a través de la embajada paquistaní, ya que en Estados Unidos no había embajada iraní, ni en Irán embajada estadounidense. El Departamento de Estado de EE.UU. le había indicado que se dirigiera a la embajada suiza en caso de tener algún problema una vez en Irán. A Paul y a ella les parecía bastante improbable que necesitaran recurrir a su ayuda, pero estaba bien saberlo. Y les habían recomendado, con buen criterio, que no participaran en manifestaciones políticas ni protestas de ningún tipo, lo que habría sido un buen consejo en cualquier país del mundo, sobre todo siendo jóvenes como eran. No querían que los detuvieran por error por estar en el lugar y en el momento equivocados. Si se daba el caso, Paul sería tratado como un ciudadano iraní, y ella podría acabar en prisión si la tomaban por una disidente. Pero no había razón para que ninguno de los dos tuviera un problema con la ley en Teherán. Así se lo había dicho a Annie el padre de Paul, añadiendo además que la casa de su hermano se hallaba en un barrio residencial pudiente de la ciudad.

Katie estaba deseando ver los museos, las universidades y el bazar. Dos de los primos de Paul iban a la universidad, su tío daba clases allí y la mayor de sus primas comenzaría la carrera al año siguiente.

Paul y Katie debían coger un avión a Londres, desde donde volarían con Iran Airlines al Aeropuerto Internacional Imán Jomeini de Teherán. La madre de Paul le había regalado a ella un pañuelo que tendría que ponerse en la cabeza al bajar del avión, así como la larga y vaporosa túnica de algodón gris que debían llevar las mujeres en determinadas circunstancias. Katie ya sabía, por lo que había leído y Paul le había dicho, que las mujeres iraníes estaban bastante liberadas, iban a la universidad, tenían un alto nivel educativo y se les permitía votar, conducir y ocupar cargos públicos.

Ambos vieron las películas que les pusieron en el vuelo a Londres y al final se quedaron dormidos. En el aeropuerto de Heathrow se pasearon por las tiendas y luego embarcaron en el avión que los llevaría a Teherán en un vuelo de seis horas. Una vez que ocuparon sus asientos en clase turista, les ofrecieron té, agua y zumos de frutas antes de despegar. No se servía alcohol a bordo ni en ningún lugar de Irán. Mientras una de las azafatas le traía un vaso de zumo de frutas, Katie sonrió a Paul y se sintió ya como si hubiera entrado en un mundo distinto.

Paul había escrito a sus tíos para contarles que en aquel

viaje lo acompañaba una amiga, una joven que, según les explicó, iba con él a la universidad y estaba interesada en visitar Irán a fin de complementar sus estudios. Katie y él habían decidido que por el momento lo mejor sería decir que eran amigos, y no que estaban enamorados. Paul no había dejado traslucir en sus cartas que pudiera haber una relación sentimental entre ellos, y le había advertido a Katie que una vez en Irán tendrían que comportarse, incluso en casa de su tío. No quería ofender a su familia, y Katie tampoco. Para ellos sería una sorpresa que Paul estuviera con una chica americana y no persa, así que habían convenido en ser discretos. Y a Katie le constaba también que las muestras de afecto en público entre un musulmán y una occidental no estaban bien vistas ni eran aceptables, así que le había asegurado que acataría las normas. No quería molestar a nadie durante su estancia allí. Solo deseaban ver a la familia de Paul y disfrutar del viaje.

Durante el vuelo les sirvieron comida tradicional, puesto que se atenía a las leyes y restricciones alimentarias musulmanas. Las cantidades eran generosas, y a ambos les entró sueño después de comer. Aunque les pusieron películas, se pasaron la mayor parte del viaje durmiendo. Sumando los dos vuelos, el trayecto de Nueva York a Teherán duraba trece horas, y estaba previsto que aterrizaran en suelo iraní después de que les sirvieran otro refrigerio. Antes de que llegaran a su destino, Katie miró feliz a Paul y se sintió más unida a él que nunca. Le hacía mucha ilusión acompañarlo en aquel viaje.

El aeropuerto, dechado de orden y pulcritud, bullía de actividad cuando llegaron. Al haber una sola terminal, todos los vuelos internacionales, procedentes o no de países árabes, pasaban por allí. Tardaron casi una hora en recuperar su equipaje, mientras Katie miraba a todos lados, con el pañuelo bien puesto en la cabeza. Llevaba consigo muy poca ropa, tan solo varias faldas largas, unos cuantos tejanos, jerséis y dos vestidos, todo en colores sobrios. No había cogido nada escotado, demasiado corto o atrevido, ni muy punki, pues no quería ofender a la familia de Paul con ropa extravagante. Y por primera vez desde que tenía trece años, se había quitado todos los pendientes de las orejas para evitar que sus tíos se escandalizaran, y pensaba ponerse camisetas y jerséis de manga larga para taparse los tatuajes. Annie se había fijado en que no llevaba pendientes la noche anterior a su partida y se dio cuenta de lo mucho que querría a Paul para hacer tantos cambios por él. Katie era lo bastante prudente para no querer llamar la atención ni censurar nada y mostrarse discreta de manera apropiada. Conocer a la familia de Paul era importante para ella.

Él le había hablado de su familia antes del viaje y durante el vuelo. Katie sabía que tenía dos primas, Shirin y Soudabeh, de catorce y dieciocho años, y dos primos, de veintiuno y veintitrés. El mayor, de la edad de Paul, estaba estudiando Medicina en la universidad de Teherán, y el que tenía los mismos años que Katie estudiaba Historia del Arte y quería trabajar algún día como conservador en un museo. Ella sabía que el museo de Teherán era excepcionalmente bueno.

Una vez que recuperaron el equipaje, tuvieron que pasar por inmigración. Katie presentó su pasaporte y le tomaron las huellas digitales como parte del procedimiento de rutina que se aplicaba a todos los extranjeros. Le miraron el visado, le sellaron el pasaporte y la dejaron pasar. Paul tuvo que presentar su pasaporte y su tarjeta de exención del servicio militar, y comprobaron que todo estaba en regla. Allí ya no se le consideraba ciudadano americano. En el vuelo de camino a Teherán se había guardado el pasaporte estadounidense en un bolsillo de la mochila, y durante su estancia en Irán no podría utilizarlo en ninguna parte. Paul era ciudadano iraní de por vida, y si un día tenía hijos nacidos en Estados Unidos, también serían considerados iraníes. Y lo mismo ocurriría con Katie, si llegaban a casarse.

Todo el mundo los trató con suma amabilidad y educación cuando pasaron por la aduana y el control de inmigración, y Katie procuró no acercarse demasiado a Paul, absteniéndose de tocarlo o sonreírle con demasiado afecto. Durante aquellas dos semanas serían amigos y nada más, incluso en casa del tío de Paul. Katie llevaba puesto el pañuelo en su sitio, y había metido la túnica de algodón en su mochila; al recorrer con la vista los rostros de las personas que esperaban a la salida de la terminal, Katie reconoció de inmediato a la familia de Paul.

Su tío era clavado a su padre, solo que más bajo y mayor, y su tía Jelveh era una mujer pequeña de aspecto amable y cariñoso. Los dos primos de Paul se parecían mucho a él, tanto que podrían haber pasado por sus hermanos, y tenían una edad cercana; sus hermanas no habían ido al aeropuerto. Paul corrió enseguida a abrazar a sus primos, a los que hacía tanto tiempo que no veía, y sus tíos hicieron lo propio con él. Le dieron la bienvenida a casa con lágrimas de felicidad en los ojos. Luego Paul les presentó a Katie como una amiga de la facultad de Nueva York, y ella los saludó con timidez.

Katie reparó entonces en la presencia de un hombre mayor que estaba detrás de ellos, observando la escena con expresión seria, y que miró a su hijo como si no tuviera claro quién era Paul. Cuando Jelveh se lo explicó, rompió a llorar y se acercó a abrazar a Paul. Fue un momento muy emotivo, y a Paul también se le escaparon las lágrimas. Había cambiado tanto en aquellos últimos nueve años que su abuelo no lo había reconocido. Y mientras salían del aeropuerto para coger la furgoneta, el anciano lo tuvo agarrado, rodeándole los hombros con el brazo. Actuaba como si Paul fuera el hijo pródigo que hubiera vuelto. Cuando su abuelo se metió en la furgoneta, Paul le explicó a Kate que había envejecido muchísimo en la última década, y a ella también le pareció muy frágil. Se le veía un tanto desorientado, y Jelveh le contó a Paul que su abuelo pensaba que él había regresado a Teherán para siempre. Oír aquello le tocó la fibra sensible, y se alegró más que nunca de estar de vuelta allí, aunque solo fueran dos semanas. En cuanto aterrizaron, Paul recordó al instante lo mucho que amaba aquella tierra, y en muchos sentidos la sentía aún como su hogar. Se preguntó si sería por eso por lo que sus padres no habían vuelto, porque les resultaría muy duro irse de nuevo.

Todo el mundo fue muy amable con Katie cuando subieron a la furgoneta, y uno de los primos de Paul le cogió la maleta mientras ella se montaba detrás con la tía de Paul para que los primos pudieran sentarse los tres juntos. Jelveh le preguntó si estaba muy cansada de un viaje tan largo y le prometió una buena comida cuando llegaran a casa. Le explicó que sus hijas se habían quedado a prepararla. Paul le había contado que su tía era una gran cocinera.

Mientras se dirigían a la ciudad, con el tío de Paul al volante, Jelveh le confesó a Katie que nunca había estado fuera de Irán, y que Nueva York le parecía un lugar muy lejano, una sensación que incluso Katie tenía en aquel momento. Jelveh la felicitó por su interés en Irán como forma de completar sus estudios. Katie no le explicó que el origen de dicho interés no era académico sino sentimental, y que estaba enamorada de su sobrino. La farsa de su amistad había comenzado, y tendría que prolongarse durante las dos semanas que iban a permanecer allí. Parecía muy pronto para contarles que la suya era una relación seria, o darles a entender siquiera que estaban juntos. Paul quería que la conocieran primero.

Había mucho tráfico alrededor del aeropuerto, y las vías

de entrada a la ciudad estaban congestionadas. Tardaron una hora y media en llegar al centro. La casa de los tíos de Paul se hallaba en el opulento barrio de Pasdaran, al norte de Teherán. Durante el trayecto Katie miró fascinada a su alrededor, sin apenas hablar. Estaba demasiado ocupada observándolo todo y tratando de impregnarse de lo que veía mientras la familia entera charlaba animada en farsi. No obstante, todos ellos hablaban en un inglés excelente cuando se dirigían a Kate.

Teherán parecía una ciudad moderna, con un paisaje salpicado de mezquitas donde los edificios altos se mezclaban con los bajos. Había un barrio financiero, y Katie se moría por ver el bazar del que Paul le había hecho una descripción tan nítida y donde quería comprar algo para Annie. Paul le señaló la universidad y la torre Azadi de camino a casa, y reparó en que la ciudad había crecido mucho desde su marcha. Se veía incluso más concurrida y abarrotada que entonces, con una población que en la actualidad alcanzaba los quince millones de habitantes. Katie descubrió sorprendida que era una ciudad más ajetreada y en apariencia incluso más populosa que Nueva York. Pero, pese a tratarse de una metrópoli, Katie tenía la sensación de estar en un lugar exótico. Le encantaba haber ido allí con Paul y sentirse tan a gusto con sus familiares, que le parecían buenas personas y la trataban con amabilidad y respeto.

También se fijó en que el abuelo, que ocupaba el asiento del copiloto, hablaba muy poco y parecía ensimismado mientras miraba por la ventanilla. De vez en cuando volvía la vista hacia Paul, que iba sentado detrás de él, y en cuanto lo hacía se le saltaban de nuevo las lágrimas de la emoción. En un par de ocasiones se inclinó hacia atrás y le dio unas palmaditas a Paul en la mano, como para asegurarse de que era real y no una ilusión. Y luego le decía algo en voz baja a su hijo en farsi. Mientras tanto, Paul y sus primos conversaban y reían, y Jelveh continuaba señalando monumentos importantes a Katie de camino a casa.

Cuando por fin se detuvieron delante de la casa, Katie se vio ante una extensa construcción familiar que apenas se diferenciaba de las que había visto en los barrios residenciales de Nueva York. Esta era tan solo un poco más grande, y tenía unos arcos preciosos como dintel de puertas y ventanas. Las dos primas de Paul estaban esperándolos en el jardín delantero, y se lanzaron a abrazarlo en cuanto el joven salió de la furgoneta. Él se quedó impactado al reconocerlas, ya que la última vez que las había visto tenían cinco y nueve años. Ahora se habían convertido en unas jóvenes hermosas, con unos ojos marrones aterciopelados y la misma piel color miel que Paul. Katie intuyó que bajo el pañuelo que llevaban en la cabeza tendrían un pelo oscuro, casi de un negro azabache, parecido al de sus hermanos. Las chicas se habían quedado en casa para preparar una copiosa comida para los recién llegados. Las dos chicas y su madre llevaban metidas en la cocina desde el alba.

Todos dejaron los zapatos en el vestíbulo y, en cuanto entraron en la casa, Jelveh se apresuró a ir a la cocina para acabar de preparar el espléndido ágape mientras los jóvenes charlaban en voz alta. La casa entera estaba invadida por un delicioso olor a canela, naranja y cordero que despertó recuerdos de familia en la memoria de Paul mientras Kate entraba en la cocina y se ofrecía a ayudar a Jelveh. Esta le presentó a Shirin y a Soudabeh y comentó orgullosa que Soudabeh iba a casarse aquel año. Las cuatro mujeres trabajaron juntas con la ayuda de tres muchachas que la familia tenía a su servicio.

—Lleva prometida con su futuro marido desde los trece años —le explicó Jelveh toda contenta mientras Soudabeh sonreía—. El año pasado le concertamos matrimonio a Shirin. Cuando su hermana mayor se case, Shirin también podrá hacerlo el año que viene.

Kate cayó en la cuenta de que eso significaba que la más joven se casaría con quince años, lo cual no era raro allí. Paul le había explicado que en las familias tradicionales los matrimonios solían ser concertados. Ambas jóvenes se expresaban en un inglés excelente y soltaban risitas mientras hablaban de sus planes de boda.

Cuando la comida quedó organizada como era debido, Jelveh le ofreció a Katie acompañarla a su habitación. Los hombres estaban fuera, charlando y poniéndose al día. Les hacía mucha ilusión tener a Paul en casa. Lo que Katie había visto hasta entonces no era distinto de cualquier escena familiar que se diera en Estados Unidos.

Shirin y Soudabeh llevaron a Katie a un dormitorio del primer piso cercano al de ellas. Se trataba de un pequeño cubículo con una cama estrecha, un tocador para sus cosas y un ventanuco situado tan alto que no se podía asomar por él, pero que permitía que entrara la luz del sol. El cuarto apenas estaba decorado y, al pasar por delante de ellas, Katie vio que las habitaciones de las dos chicas eran similares a la suya. Shirin comentó que los chicos disponían de dormitorios más grandes en el piso superior, y Soudabeh añadió que el de sus padres estaba al otro lado de la casa, y que su abuelo disfrutaba de varias salas en la planta baja. Se había mudado a vivir con ellos después de que Paul se marchara, y le explicaron que había estado enfermo.

Katie dejó en su cuarto la maleta y la mochila, con el pasaporte, la tarjeta de crédito y los cheques de viaje. En el bolsillo tenía el dinero en riales que había cambiado, y algunos dólares. Cuando fue a hacerse el visado, le recomendaron que no se llevara el ordenador a Irán. Le dijeron que había cibercafés por todas partes donde podría tener acceso a internet. Y llevaba encima una BlackBerry.

En cuanto dejó las cosas, las chicas le hicieron señas para que bajara a la cocina, donde Jelveh y sus hijas pusieron en fuentes los magníficos manjares, y las tres sirvientas las ayudaron a llevarlos al comedor.

La familia no era fabulosamente rica, pero estaba claro que se trataba de una casa adinerada. Jelveh llevaba un vestido negro de aspecto sobrio y un reloj de diamantes precioso, y Kate se fijó en que las dos chicas lucían pulseras de oro, y los hombres relojes de oro grandes, incluso los primos de Paul.

Y mientras Jelveh preparaba la comida, Katie oyó el adán por primera vez. Era la llamada a la oración del mediodía, anunciada en toda la ciudad por medio de altavoces, con aquel canto inquietante y evocador del almuédano que se oía cinco veces al día. Y todo se detuvo al instante. La casa entera quedó en silencio mientras todos los miembros de la familia escuchaban los siete versos pronunciados en la convocatoria al rezo. Aquel sonido fascinó a Katie. Paul le había explicado que lo oiría al alba, al mediodía, a media tarde, justo al ponerse el sol y por última vez dos horas después del ocaso. Con ello se recordaba a los fieles que debían cesar en su actividad para rezar cinco veces al día.

Cuando la llamada del almuédano llegó a su fin, la casa cobró vida de nuevo.

La comida que había preparado Jelveh con la ayuda de las chicas desprendía los delicados aromas del azafrán, la fruta y la canela con los que estaba condimentada. Había pollo, cordero y pescado, y a Katie le olió todo de maravilla. Mientras los hombres entraban en el comedor, se dio cuenta del hambre que tenía tras el largo viaje, a pesar de haber comido dos veces en cada vuelo. No sabía qué hora sería en Nueva York, pero se sentía como si estuviera en otro mundo, en otro planeta, a millones de kilómetros. Aunque solo llevaba dos horas en Teherán, la familia de Paul la hacía sentir como si estuviera realmente en casa.

Todo el mundo ocupó su sitio a la mesa, y Katie se sentó entre Shirin y Soudabeh mientras las tres criadas pasaban las fuentes y todos los miembros de la familia conversaban a la vez, embargados por la emoción. El regreso de Paul era un motivo de gran celebración para todos. Los hombres hablaban entre sí en farsi de manera animada y reían sin parar. Paul parecía sentirse de lo más a gusto con ellos, como si nunca se hubiera marchado, y Shirin y Soudabeh se dedicaban a preguntarle a Katie sobre las tendencias de la moda en Nueva York, como harían las chicas de su edad de cualquier parte del mundo. De vez en cuando Paul lanzaba una sonrisa para tranquilizar a Katie, y ella veía que les esperaban dos semanas muy largas sin contacto físico ni muestras de cariño entre sí. Pero era un precio muy pequeño que debía pagar a cambio de la experiencia de visitar Teherán. Katie se alegraba de haber ido.

—¿Estás bien? —le preguntó Paul en un momento dado desde la otra punta de la mesa.

—Muy bien —le contestó ella, sonriéndole.

Paul sabía lo distinto que era todo aquello para ella, sobre todo sin hablar el idioma, y quería que se sintiera en casa. Hasta entonces sus tíos y primos habían hecho un gran trabajo dándole la bienvenida. Y a Katie además le encantaba la comida. Se sirvió de varias fuentes y se deleitó con los platos fuertes y las especias delicadas.

Los chicos le propusieron ir a visitar la universidad al día siguiente, y ella les dijo que era lo que más interés tenía en ver junto con el bazar. Le prometieron enseñarle todos los lugares destacados durante su estancia allí. Y Katie no pudo evitar pensar que estaban esforzándose al máximo para que se sintiera a gusto con ellos. El abuelo dijo entonces algo en farsi con una mirada de desconcierto. Le hizo una pregunta a Paul, y este respondió que no.

—¿Qué te ha preguntado? —inquirió Kate con interés.

Tenía la sensación de que la pregunta del anciano estaba relacionada con ella, ya que el hombre le había lanzado varias miradas.

—Me ha preguntado si eras mi novia —contestó Paul en voz baja—. Yo le he dicho que no.

Era lo que habían acordado ambos antes de emprender el viaje, y Katie asintió. Era mejor que su familia no lo supiera. De lo contrario, las cosas podrían complicarse para Paul.

Tras la comida Jelveh sugirió que las tres chicas subieran a descansar. La invitada las siguió hasta el piso de arriba, y las primas de Paul se metieron con ella en su cuarto, donde Kate deshizo la maleta mientras las muchachas admiraban su ropa. Shirin sostenía en alto cada prenda, muriéndose de ganas de probársela, pero no se atrevía a pedírselo a Katie, que fue metiendo sus pertenencias en la cajonera y en el armario hasta tenerlo todo recogido en un santiamén.

Entonces decidió guardar el dinero y la Blackberry, ya que le parecía absurdo llevarlos encima en la casa. Cogió su mochila para ponerlos en el bolsillo, junto con el pasaporte, pero cuando abrió la cremallera vio que la tarjeta de crédito, los cheques de viaje y el pasaporte habían desaparecido. En el bolsillo no había nada. Alguien se lo habría vaciado durante la comida, ya que ella lo había revisado justo antes. De repente la invadió el pánico. Se sentía extraña sin sus cosas. Se preguntó si Paul o uno de sus primos le estarían gastando una broma y confió en que fuera eso.

Pero cuando Paul apareció unos minutos más tarde y ella se lo mencionó en voz baja con cara de preocupación, a él también le sorprendió. Fue a hablar de inmediato con su tío, pero lo único que le dijo este fue que Kate no necesitaba nada de aquello durante su estancia allí, y que creía que sus pertenencias estarían más seguras guardadas bajo llave. No pensaban dejar que ella pagara nada, así que no necesitaba la tarjeta de crédito ni los cheques de viaje para nada, y añadió que el pasaporte tampoco le haría falta hasta que se fuera. Paul no tenía ni idea de quién habría registrado su mochila y no quería preguntar. Su tío era quien mandaba allí, y cuando Paul le explicó la situación a Katie al cabo de un rato, ella siguió con cara de disgusto. Para entonces Paul ya había ido a mirar a su propia habitación y había descubierto que a él también le faltaban los pasaportes y el dinero. Kate se alegró de llevar encima el dinero y el móvil durante la comida cuando Paul le contó que su tío había dicho que sus cosas estarían más seguras guardadas bajo llave.

—¿Puedes pedirle que me las devuelva? Me sentiría mejor guardándolas yo misma —le preguntó Kate a Paul mientras hablaban de ello en susurros en el descansillo del piso de arriba—. No estoy cómoda sin mi pasaporte.

Se alegraba de haber hecho fotocopias tanto del suyo como de los de Paul, las cuales seguían en el fondo de su mochila.

—Yo tampoco —le aseguró Paul. Era el primer contratiempo del viaje—. Volveré a hablar con mi tío del tema.

Pero, cuando lo hizo, su tío le dijo que ninguno de los dos necesitaba su pasaporte. Paul no quería discutir con él ni faltarle al respeto, y su tío se mostró muy firme en su intención de conservar sus documentos y el dinero en su poder por seguridad. Cuando Paul se lo contó, Kate se quedó compungida, al borde de las lágrimas.

—Eso me pone muy nerviosa —dijo, deseando poder abrazarlo en aquel momento.

Necesitaba que la tranquilizara. Perder el control de su pasaporte la asustaba. La hacía sentir totalmente indefensa. Entonces cayó en la cuenta de que no había mandado un mensaje de texto a Annie a su llegada, y no estaba segura de que allí le funcionara el móvil. Decidió probarlo, y envió un SMS corto, limitándose a poner: «Llegada sin problemas. Te quiero». Luego optó por apagar el aparato para no gastar la batería, por si tampoco le dejaban cargarla.

Kate no dudaba de que le retenían el pasaporte de buena fe, pero aun así se sentía incómoda por el hecho de no tenerlo en su poder. Metió la BlackBerry en un calcetín y la escondió bien dentro bajo el colchón, donde sabía que estaría segura. Era su único medio de comunicación con el mundo exterior, y no quería que se descargara, ni que se la cogieran. No le gustaba estar sin el pasaporte, los cheques de viaje ni la tarjeta de crédito, posesiones todas ellas que consideraba signos tangibles de su libertad e independencia. Para ella era un *shock* que se los hubieran quitado, por muy benévolos que fueran los motivos. La hacían sentir una niña en lugar de una adulta. Y Paul también estaba descontento. Su tío le había advertido de que allí solo importaba su pasaporte iraní, y que el estadounidense no le servía para nada en Teherán. Pero Paul no quería quedarse sin sus pasaportes, y Katie solo tenía uno. Sin embargo, no había nada que pudieran hacer al respecto. El tío de Paul era el cabeza de familia y tomaba las decisiones por todos ellos, incluso por Katie mientras se alojara en su casa.

Después de aquello, Paul y sus primos varones salieron a dar una vuelta en coche por los lugares de su niñez. Las mujeres se quedaron en casa, y Shirin y Soudabeh jugaron a las cartas con Kate. A ella también le habría gustado ir con Paul y los chicos y ver más rincones de la ciudad, pero no quería ser maleducada con sus primas, que estaban de lo más entusiasmadas de tenerla allí.

Los jóvenes regresaron tres horas después de muy buen humor. Paul contó que había visto su antigua escuela y había visitado a uno de sus amigos de infancia, quien para su sorpresa daba la casualidad de que era el prometido de Soudabeh, con el que esta se desposaría aquel verano. Le resultaba extraño pensar que uno de sus amigos fuera a contraer matrimonio, pero sabía que allí la gente se casaba más joven. Por mucho que él amara a Katie, no se veía preparado para dar ese paso. Le encantaba estar de vuelta en Teherán, ver de nuevo a sus parientes y amigos, así como todos los lugares que frecuentaba de pequeño, y disfrutar de los sonidos y olores que llevaba tanto tiempo añorando.

Aquella noche volvió a salir con los hombres. Esta vez su tío fue con ellos, y de camino se reunieron con otros amigos. Paul le dedicó a Katie una mirada de disculpa mientras salía por la puerta. Su tío quería que ella se quedara en casa con Jelveh y las chicas. Los hombres preferían salir solos, pues era lo que se estilaba allí.

Kate, Shirin y Soudabeh pasaron el rato tumbadas en su cama, hablando otra vez de moda y de estrellas de cine. Aunque no las conocían a todas, algunas sí que les sonaban, y les fascinaba todo lo que Kate tenía que contar al respecto. La trataban como a una dignataria de visita en su hogar. Y Katie sabía que a Annie le habría tranquilizado ver lo sana que era aquella familia, lo unidos que estaban y lo bien que la cuidaban. Y no le importó que la salida nocturna de Paul estuviera reservada solo para hombres. Lo entendía y quería verlo disfrutar también de la compañía de sus parientes masculinos, después de tanto tiempo lejos de ellos.

Las tres chicas rieron de lo lindo aquella noche; Soudabeh le preguntó si tenía novio, y dio un grito ahogado de entusiasmo cuando Kate le respondió que sí. Y Katie soltó una carcajada ante la ironía de que fuera su primo, una información que no podía revelar. El hecho de que ella no fuera musulmana, al menos no todavía, hacía desaconsejable que Paul y ella reconocieran su relación estando allí.

Las jóvenes se acostaron mucho antes de que los hombres regresaran a casa, y Kate se preguntó qué estarían haciendo. A pesar de sí misma y de sus buenas intenciones, con el paso de las horas se sintió excluida. Y ya no vio a Paul hasta la mañana siguiente, en el desayuno, durante el cual él se mostró muy solícito con ella, disculpándose de nuevo por no sacarla de casa la noche anterior.

—¿Has dormido bien? —le preguntó Paul, deseando poder abrazarla, pero no allí, desde luego.

—Muy bien —respondió ella, sonriéndole—. ¿A qué hora llegaste?

—Sobre las dos —contestó él.

Un poco más tarde aparecieron sus primos, y se pusieron a hablar de la visita que harían aquel día a la universidad. Además de los tres chicos, también irían Soudabeh y Kate. Estaban todos muy animados cuando salieron con la furgoneta después de desayunar.

A Kate le impresionó lo enorme que era la universidad, y se pasaron allí todo el día, con los chicos haciendo de guías. Se pararon en varias ocasiones para charlar con amigos, y los primos de Paul les presentaron a algunas jóvenes estudiantes.

La universidad era incluso más grande que la de Nueva York, donde Ted cursaba la carrera de derecho, y muchísimo más grande que Pratt, donde Paul y ella estudiaban diseño.

Entusiasmada con la visita a la universidad, Kate intentó sugerir que fueran después a un museo, pero a nadie le apetecía acompañarla, y Paul le prometió que trataría de arreglarlo. Y Kate también tenía muchas ganas de ver el bazar del que tanto había oído hablar.

Aquella noche, cuando se acostó, encendió la BlackBerry un momento y vio que tenía un mensaje de Annie. Solo ponía: «Cuídate, te quiero», y tras leerlo, apagó el aparato. Aún le quedaba mucha batería, y se alegraba de que así fuera, ya que el adaptador y el cable de alimentación que había traído también habían desaparecido de su mochila. Ni Soudabeh ni Shirin tenían móvil, pues decían que a su padre no le gustaban, pero ambas disponían de iPods, que escuchaban a todas horas.

Al día siguiente, mientras desayunaba con ellas, las dos chicas hablaron de sus respectivas bodas. A ambas les hacía mucha ilusión, y a Shiri no le importaba en absoluto ser la prometida de un hombre que le llevaba cinco años. En su opinión, era muy guapo. Y ninguna de las dos quería tardar mucho en tener hijos. En su cultura todo el mundo comenzaba pronto con aquel tema. Jelveh le había contado a Kate que ella se había casado con catorce y a los quince tuvo a su primer hijo, y que su marido era bastante mayor que ella. Kate cayó en la cuenta entonces de que Jelveh era tres o cuatro años más joven que Annie, lo que le parecía increíble, y tenía un hijo de veintitrés. Entonces le explicó que su tía los había criado a ella y a sus hermanos, y que sus padres habían muerto cuando ella tenía cinco años. A Jelveh le chocó el hecho de que Annie no estuviera casada ni tuviera hijos propios. «Qué triste», dijo con expresión compasiva, y Kate reparó en que quizá lo fuera, pero a Annie no parecía importarle. Los tenía a ellos.

Fiel a su promesa, Paul organizó una visita al Museo de Arte Contemporáneo para aquel día. Esta vez se apuntaron sus primas. El museo albergaba una de las mejores colecciones de arte moderno y contemporáneo que Kate había visto en su vida y, para su deleite, pasaron horas allí y después visitaron el jardín de las esculturas.

A finales de la semana, Kate fue con Paul y los demás al enorme bazar, donde compró un bonito collar de plata para Annie. El lugar le pareció un espectáculo abrumador de imágenes, sonidos y olores. Había infinidad de puestos donde se vendía de todo, alrededor de los cuales se agolpaba la gente y se fraguaban serias negociaciones. Era un espacio mucho más grande de lo que había imaginado, donde no cabía ni un alfiler, y Kate disfrutó muchísimo.

En su primera semana en Teherán, Paul y Kate se lo habían pasado de maravilla, pero al final admitían entre ellos que comenzaban a echar de menos Nueva York y sus vidas allí. Habían estado tan ocupados en todo momento que tenían la sensación de llevar en Irán mucho más tiempo. Y Kate añoraba a Annie. Estaba muy a gusto con la familia de Paul, pero de repente se sintió muy lejos y echó de menos la suya.

Aquel día Kate decidió enviarle un correo electrónico a Annie. Para no consumir la poca batería que le quedaba a la BlackBerry, le pidió a uno de los primos de Paul que la llevara a un cibercafé después de las clases, y el chico tuvo la amabilidad de hacerlo. En el correo le contaba a Annie lo que habían hecho, que aquello era muy interesante y que la echaba de menos. Y le aseguraba que estaba bien. También envió un par de mensajes cortos a Ted y a Lizzie. Y tras escribirles, añoró aún más su hogar. A pesar de las maravillas que estaba descubriendo en Teherán, la nostalgia comenzaba a hacerle mella en el ánimo, y cuando volvió a la casa estaba un poco apagada. Paul se compadeció de ella al verla así y la admiró por mostrarse tan comprensiva hasta entonces. Katie se había adaptado a todo lo que estaban haciendo. Había sido una semana llena de actividades, y Paul tenía la sensación de que a veces su familia intentaba veladamente convencerlo de que regresara a Teherán, al recordarle lo feliz que había sido allí, donde tenía sus raíces. A él le encantaba estar de vuelta en

Irán, pero también se daba cuenta de que ya no era su hogar, y echaba de menos a sus padres y amigos y su vida cotidiana en Nueva York. Su abuelo le recordaba siempre que tenía ocasión que él era iraní, no americano, y su tío y primos se hacían eco de la misma idea. Paul seguía sintiéndose del todo a gusto en Teherán, pero ya estaba listo para regresar a Nueva York. Con una semana había tenido suficiente. Dos comenzaba a parecerle demasiado.

Katie también se sentía así, y estaba cansada de la farsa de que solo eran amigos. Echaba de menos poder abrazarlo y besarlo cuando quisiera. Y a veces le resultaba agotador intentar asimilar una cultura nueva y comprender todas sus costumbres. Paul se alegraba de haber ido, y sobre todo de haber compartido la experiencia con Katie. En contra de las funestas advertencias de Annie, hasta entonces no había nada que ninguno de los dos lamentara. Por el contrario, les había encantado lo vivido allí, y confiaban en poder viajar a Persépolis antes de irse. Paul le había mostrado todo lo que quería y lo que Kate esperaba ver antes de llegar a Irán.

Fue el día de su segunda visita al bazar, al que Katie acudió con la idea de comprar una pulsera para Liz y un cinturón para Ted, cuando empezó a sentirse extraña en la cena. Se le veía muy pálida, comentó que estaba un poco mareada y entonces se puso a sudar. Jelveh se apresuró a tocarle la frente, con cara de preocupación, y dijo que tenía fiebre. Kate se levantó de la mesa, un tanto cortada, subió al piso de arriba y dos minutos más tarde echó una vomitona. Tenía un aspecto bastante peor cuando Paul subió a ver cómo estaba al acabar de cenar. La ayudó a meterse en la cama y bajó a decirle a su tía que creía que Katie necesitaba un médico. Cuando volvió a subir, la encontró tiritando entre fuertes sacudidas, con escalofríos y una fiebre muy alta. Katie le dijo llorando que le dolía el estómago a rabiar, y Paul se angustió ante su estado.

Ella insistió en que no había comido ni bebido nada en el bazar, y Jelveh dijo que parecía una gripe muy virulenta que todos habían tenido ya aquel invierno. Katie dijo que nunca se había sentido tan mal en su vida, y Paul se agachó para besarle la frente justo en el momento en que Jelveh volvía al cuarto para ver cómo seguía Kate, y lo vio.

—Aquí no puedes hacer eso, Paul, y lo sabes —le dijo su tía, lanzándole una mirada del todo reprobatoria—. Y si besas a Kate en público, ambos tendréis muchos problemas. No es un comportamiento apropiado, y más sabiendo que ella no es musulmana. Si tu abuelo te viera hacerlo, le romperías el corazón. —Y, mirando a ambos de forma inquisitiva, le preguntó a su sobrino en un susurro para que nadie más la oyera—: ¿Es tu novia?

Kate lo miró con los ojos como platos mientras él se tomaba su tiempo para contestar antes de asentir con la cabeza. Paul no quería mentir a su tía, y confiaba en su discreción al respecto. Sabía que Kate le caía muy bien, aunque no la viera necesariamente indicada para él, dada su condición cristiana.

—Sí, así es —se limitó a responder.

—¿Lo saben tus padres?

Jelveh pareció sorprenderse al verlo asentir de nuevo.

—Sí, lo saben. Kate les gusta, aunque les preocupa cómo podrían ir las cosas en el futuro. Pero para nosotros es distinto. Vivimos en Nueva York, no en Teherán.

Su tía permaneció callada un buen rato mientras reflexionaba sobre ello.

—Para vosotros no es distinto —dijo ella en voz baja—. Tú sigues siendo musulmán, incluso en Nueva York. Y Kate no. Creo que has estado lejos de casa demasiado tiempo. Ya es hora de que vuelvas aquí y recuerdes quién y qué eres —concluyó Jelveh, siendo muy clara al respecto.

—No puedo hacer eso —repuso Paul sin alzar la voz—. Tengo una vida en Nueva York, y mis padres están allí.

—Tus padres se equivocaron al llevarte allí siendo tú tan joven. —Y con lo que Jelveh dijo a continuación dejó a Paul sin habla—. Queremos que te quedes aquí. Puedes estudiar con tus primos, y vivir con nosotros.

Su tía hablaba desde el corazón y tenía buenas intenciones, pero Paul no quería quedarse. Estaba listo para volver. Kate escuchaba la conversación boquiabierta.

—No puedo hacer eso, Jelveh —dijo Paul, con un atisbo de pánico en la voz—. Mis padres se disgustarían si no regresara. Y yo también. Me encanta estar aquí, pero ya no es mi hogar.

—Teherán siempre será tu hogar —aseveró su tía con firmeza. Y mientras lo decía, Kate corrió al baño de nuevo y a través de la puerta oyeron sus arcadas—. Llamaré al médico —dijo Jelveh con voz calmada—. Ya hablaremos de esto más tarde.

Pero la forma en que dijo aquello hizo que Paul se pusiera nervioso. Tenían sus dos pasaportes, y no podía irse de Irán sin uno de ellos al menos. Y, por las palabras de Jelveh, su familia parecía estar decidida a retenerlo en Teherán.

No tuvo tiempo de retomar la conversación con su tía. El médico llegó media hora más tarde, y para entonces Katie tenía ya más de treinta y nueve grados de fiebre y más náuseas aún que antes. El médico la examinó y pensó que habría contraído un virus de algún tipo, o una infección bacteriana. Se planteó ingresarla en el hospital; no obstante, tras hablarlo con Jelveh, decidió dejarla en casa de la familia de Paul.

Kate estuvo tres días con fiebre alta mientras Jelveh la cuidaba y Paul la visitaba en cuanto tenía oportunidad. El joven daba gracias de que su tía no le hubiera contado a nadie de la familia que Katie era su novia, pero, cuanto peor estaba ella, más evidente se hacía. Paul se moría de preocupación por ella. Y Katie parecía un esqueleto cuando la fiebre le bajó después de cuatro días, dos días antes de la fecha en la que tenían previsto regresar a casa. Tenía una palidez cadavérica y unas ojeras marcadísimas, y no se había puesto en contacto con Annie porque no quería preocuparla. De todos modos, volverían a Nueva York en breve. Cuando por fin remitió la fiebre, Paul le dijo a Katie que había sido muy valiente. Mientras se lo decía, le dio unas palmaditas en la mano, pero no hizo el menor amago de besarla de nuevo. Sabía perfectamente por Jelveh el escándalo que aquello provocaría.

El médico aseguró que Katie estaría lo bastante bien para regresar a Estados Unidos el día previsto. La noticia fue un alivio para ella, pues no quería quedarse allí más tiempo de la cuenta. Aún se sentía indispuesta y tenía ganas de volver a casa con Annie y dormir en su propia cama. Se había sentido como una niña de cinco años al ponerse enferma. Pero Jelveh había cuidado muy bien de ella, casi tan bien como Annie, aunque con remedios distintos. Pero había sido una enfermera excelente, y muy maternal con ella.

Aquel día Paul reconfirmó los billetes de avión y fue a ver a su tío para recuperar los pasaportes de ambos. Su tío lo escuchó, asintió con la cabeza, abrió un cajón de su mesa que estaba cerrado con llave y le entregó el de Kate, junto con su tarjeta de crédito y sus cheques de viaje, pero a él no le devolvió ni su documentación ni el dinero.

—Necesito también lo mío —dijo Paul en voz baja.

Su tío negó con la cabeza.

—No lo creo. A tu tía y a mí nos gustaría que te quedaras aquí. Este es tu hogar —dijo con firmeza.

—No, no lo es —repuso Paul con voz quebrada mientras un escalofrío de miedo le recorría la espalda—. No puedes retenerme aquí, tío. Tarde o temprano encontraré la forma de marcharme. Mi hogar está en Nueva York.

—Tú no eres de Nueva York, Paul. Irán es tu país, y Teherán tu hogar.

—Ahora Estados Unidos también es mi país, y Nueva York es mi hogar, no Teherán. Esta ciudad me encanta, pero para mí forma parte del pasado. Mi futuro y mi vida están en Estados Unidos.

—Eso fue una estupidez que tu padre cometió hace años, atraído por el dinero que podía ganar en Estados Unidos. Hay cosas más importantes que eso, como la familia y las tradiciones. Tú puedes corregir su error quedándote aquí.

—No lo haré —dijo Paul con cara de asustado—. Además, tengo que llevar a Kate a casa. Está enferma, y debemos volver.

—Puede volar ella sola —insistió su tío con calma.

Paul tenía la sensación de estar hablando con una pared.

—¿Quieres decir que no vas a devolverme los pasaportes? —preguntó atónito.

—Sí, así es —respondió su tío con semblante férreo mientras Paul lo miraba incrédulo—. Creo que necesitas pasar un tiempo aquí, y que tienes que enviar a Katie a casa.

—No pienso dejar que vuelva sola —dijo Paul con firmeza.

En respuesta, su tío salió de la sala tranquilamente, sin decirle una sola palabra.

Dos minutos más tarde Paul estaba en la habitación de Katie y la preocupación era patente en su rostro.

—¿Qué ocurre? Ni que hubiera muerto alguien —dijo Katie medio en broma.

—Así ha sido. Mis pasaportes. Mi tío no va a devolvérmelos.

—¿Lo dices en serio? —le preguntó Katie horrorizada.

Paul asintió mientras le daba el suyo.

—Quieren que me quede aquí, en Teherán —respondió con preocupación.

—¿Cuánto tiempo?

—Parece que para siempre. Para ellos, yo soy iraní y mi sitio está aquí. —Era lo único que le había preocupado a su madre cuando se marcharon, la posibilidad de que alguien intentara retenerlo allí. Al final, se había demostrado que no andaba errada—. Vas a tener que regresar sola. No quiero que te quedes aquí. Estás enferma. Necesitas volver a casa.

—No pienso dejarte aquí —dijo Katie con una mirada de pánico—. ¿Y si pedimos ayuda a la embajada suiza?

—No hay nada que puedan hacer. Aquí me consideran un ciudadano iraní.

—Tu tío no puede hacerte eso —protestó Katie, poniéndose a llorar.

—Sí que puede. Es el cabeza de familia. Dice que acabaré con mi abuelo si vuelvo a irme. —Paul parecía deshecho al decir aquello—. Y si no lo hago, acabaré con mis padres. Mi tío cree que ellos también deberían volver.

—No pienso irme de Teherán sin ti —dijo Katie con firmeza, agarrando el pasaporte.

—Tu tía se pondrá furiosa. Tu visado caduca dentro de dos semanas. Quiero que vuelvas.

Además, aún se la veía muy enferma. El virus que había cogido la había afectado seriamente.

—No pienso dejarte aquí —insistió Katie llorando.

—No tenemos más remedio —dijo Paul mientras la rodeaba con los brazos, confiando en que nadie los viera. Esta vez nadie lo hizo.

—Enviaré un mensaje a mi tía —sugirió Kate con una mirada desafiante.

—No hay nada que ella pueda hacer —repuso Paul con aire de derrota.

Su tío dictaba las normas y tenía la última palabra. Y quería que se quedara en Teherán.

—No conoces a Annie —comentó Katie mientras metía la mano bajo el colchón para sacar la BlackBerry.

Le tranquilizó ver que aún le quedaba algo de batería. Le escribió un SMS a su tía mientras Paul la observaba. El mensaje era conciso: «He cogido una fiebre fuerte. El tío de Paul no le devuelve los pasaportes. Yo tengo el mío. No me iré sin él. Estoy enferma, y él retenido. ¿Qué hacemos? ¿Puedes ayudarnos? Te quiero. K.». Volvió a guardar el aparato bajo el colchón después de apagarlo mientras Paul la miraba con una sonrisa triste, pues tenía la sensación de que jamás regresaría a Nueva York. Lo sentía muchísimo por sus padres. Y ahora sentía también haber ido a Teherán con Kate. Estaba atrapado y, en cuestión de dos semanas, cuando a Kate se le caducara el visado, ella tendría que volver. Annie y su madre tenían razón: aquel viaje había sido una equivocación.

21

Tom y Annie habían pasado juntos un fin de semana perfecto. El viernes por la noche habían ido a cenar a Da Silvano. El sábado fueron de compras, y Tom le hizo varias reparaciones en el apartamento. Por la noche disfrutaron de una cena casera y luego hicieron el amor a la luz de las velas. El domingo por la tarde, después de leer el *New York Times*, fueron al cine.

Habían almorzado en el Mercer con el sobrino de Annie para celebrar su liberación de Pattie. Ted había entregado los trabajos pendientes y había dejado de ir a las clases que impartía ella. No le importaba que le quedara la asignatura colgada, lo único que quería era no volver a verla jamás. Al llevar Ted su solicitud de retiro académico a la secretaría de la facultad, Pattie lo había visto en el pasillo y no había dicho ni una palabra. Había jugado todas sus cartas y había perdido, y lo sabía. Ted se sentía un hombre nuevo, y había decidido irse a vivir solo. Estaba cansado de compartir piso. Lo único que quería ahora era retomar sus estudios. Volvía a sentirse libre y vivo.

Ted comentó durante el almuerzo que llevaba todo el fin de semana intentando contactar con Liz.

—Está en Londres —dijo Annie con aire enigmático.

—¿Qué hace allí?

—Ha quedado con un amigo —contestó Annie con una sonrisa misteriosa.

Liz y Alessandro habían convenido en reunirse allí para pasar el fin de semana, y Annie la había animado a ir.

—¿Sabes algo de Kate? —inquirió Ted.

—Me ha mandado un correo. Parece que se lo está pasando bien. Supongo que no tenía razón para estar tan preocupada —dijo Annie en un tono de alivio.

Tom también se alegraba de ello.

—A mí también me ha enviado un correo electrónico —dijo Ted—. Pero era tan corto que no decía mucho más que hola, adiós y que me quería. ¿Cuándo vuelve?

—Dentro de unos días —respondió Annie, contenta de que a Katie le fuera bien.

Whitney estaba en lo cierto. Tenía que dejarlos volar por sí mismos. Ted había salido de su situación de pesadilla con Pattie, Liz se había deshecho de Jean-Louis y Kate parecía estar bien en Irán. Todo marchaba sobre ruedas en su mundo.

—Sigo pensando que ese viaje es un error —sentenció Ted, con el tono de reproche de un hermano mayor.

Claro que él nunca había sido tan lanzado como Katie, ni siquiera de niño.

—Puede que no —dijo Annie con generosidad—. Si va bien, será toda una aventura para ella. Y se sentirá muy capacitada para cuidar de sí misma cuando vuelva.

—Paul es un tipo estupendo, pero Kate no lo conoce lo suficiente para ir tan lejos con él —comentó Ted—, y su cultura es otro mundo totalmente distinto.

Annie estaba de acuerdo con él, pero se alegraba de que Kate pareciera estar pasándoselo bien. Tom y ella fueron al cine después de almorzar con Ted. Annie apagó el teléfono y se dedicaron a disfrutar de la película mientras comían palomitas abrazados. Luego fueron a casa y, mientras preparaban la cena, Annie se acordó de encender el móvil. El aparato cobró vida al instante y la avisó de que tenía un mensaje de texto. Annie vio que era de Katie y al leerlo casi se le paró el corazón. Luego se lo pasó a Tom en silencio.

—¿Qué hago? —le preguntó con una mirada de pánico.

El hecho de que Katie estuviera enferma ya era bastante grave de por sí, pero además se negaba a irse de Teherán sin Paul, y este no podía moverse de allí, estando como estaba sin ninguno de sus dos pasaportes.

—No suena bien —opinó Tom, frunciendo el entrecejo—. ¿Por qué no llamas a los padres de Paul a ver qué piensan? Ellos conocen las circunstancias y a su familia de Teherán mejor que nosotros. Puede que el tío de Paul se esté marcando un farol con la intención de que se quede.

Annie los llamó de inmediato y dio las gracias por encontrar a la madre de Paul en casa. Tras leerle el mensaje de Katie, le preguntó su opinión. La mujer se quedó tan preocupada como Annie. Su marido estaba fuera, así que fue sincera con ella.

—La familia lleva años empeñada en que volvamos, y creen que Paul debería estar en Teherán y no en Estados Unidos. Mi cuñado es un hombre muy testarudo. Podría retenerlo allí para siempre. —Al decir aquello, se echó a llorar—. Por eso no quería que fuera. No le harán ningún daño. Lo quieren y creen que están haciendo lo correcto para él. Intentan corregir el «error» que cometimos al traerlo aquí. Cuánto lo siento por Katie. Espero que esté bien. Mi cuñada es un encanto de mujer, y seguro que habrá hecho que la vea un médico y estará cuidando muy bien de ella.

—Y ahora Kate se niega a marcharse de Teherán sin Paul —le explicó Annie.

Era un embrollo, una situación difícil de resolver. Prometió volver a llamar a la madre de Paul, quien dijo que llamaría a la familia de Teherán para intentar conseguir más información. En cuanto Annie colgó, se volvió hacia Tom.

—¿Qué tengo que hacer para ir a Teherán? —le preguntó, mirándolo con los ojos como platos.

Annie no sabía por dónde empezar, pero le constaba que él sí.

—Necesitas un visado, que tarda un par de semanas en tramitarse, o más. —Tom se quedó pensativo, y luego se agachó para besarla. Se compadecía de ella, pues la veía angustiada—. Déjame ver lo que puedo hacer. Tengo algunos amigos en el Departamento de Estado. Quizá alguno de ellos pueda ayudarnos.

Se pasó las tres horas siguientes al teléfono, llamando a varias personas, y dos de ellas se comprometieron a mirar el caso al día siguiente. Debían conseguir el visado a través de la embajada paquistaní, tal como había hecho Kate, pero Tom les explicó la situación. Les dijo que se trataba de una chica estadounidense que había caído enferma en Teherán, y que su compañero de viaje iraní estaba sin pasaporte y en consecuencia no podía salir del país. No era una situación en la que peligrara la vida de nadie, pero resultaba sumamente desagradable para Katie y Paul, y estaban atrapados. Añadió que su tía necesitaba ir allí para traerse a Kate de vuelta, ya que la joven no podía viajar sola y necesitaba recibir atención médica lo antes posible en Estados Unidos. Tom no sabía si eso era cierto, pero confiaba en que sirviera como razón de peso para conseguir un visado de inmediato. Asimismo explicó que el compañero de viaje de Katie era su novio iraní, que también tenía la nacionalidad estadounidense, al igual que sus padres, afincados en Nueva York. Así pues, no se trataba de un romance surgido en Teherán. La pareja había ido a visitar a la familia de él, y una vez allí Katie se había puesto enferma. Y ahora la familia del chico se negaba a dejarlo marchar.

Tom sabía que Katie no le habría pedido ayuda a Annie a menos que fuera absolutamente necesario y no tuviera otra alternativa. De lo contrario, con lo independiente que era, ya habría buscado la manera de arreglárselas por su cuenta. Y tampoco sabía lo enferma que estaba, ni lo que tendría, lo cual también le preocupaba. Hasta el día siguiente no podrían hacer nada más. Annie pasó la noche en vela y le envió a Kate un mensaje: «Estoy en ello. Aguanta. Iré lo antes posible. Un abrazo, A.». Había intentado llamar al tío de Paul, pero no había manera de que le cogieran el teléfono, lo cual también le preocupó.

Casi se murió del susto cuando sonó el teléfono a las siete de la mañana. Uno de los amigos de Tom se había puesto en contacto con el embajador paquistaní en Washington y le había dicho que se trataba de un favor personal para un periodista importante, y que necesitaban dos visados para Irán. Tom aún no le había dicho nada a Annie, pero el día anterior le había dado vueltas al asunto y había decidido pedir dos visados en lugar de uno. Quería acompañarla. Él conocía la zona, el país y sus costumbres, y sabía que ella sola lo pasaría mal allí. Sería mejor que viajara con un hombre, y él quería ayudarla. Y disponía del tiempo para hacerlo.

El embajador había convenido en entregarles ambos pasaportes a las nueve de aquella mañana. Lo único que debían hacer era recogerlos en el consulado paquistaní de Nueva York, y ya podrían tomar el primer avión que saliera para Londres. Tuvieron que seguir los mismos pasos que Katie y Paul. El embajador paquistaní le había confesado al intermediario que lo último que deseaba nadie era verse ante el caso de una joven americana enferma, atrapada en Teherán, y uno de los periodistas más importantes de Estados Unidos suplicando ayuda de su parte. Era una petición de colaboración que no podían desoír, y una situación apolítica y nada incendiaria que querían resolver.

Cuando Tom le dijo que la acompañaría, Annie se sintió incómoda y culpable.

—No puedes dejarlo todo y marcharte sin más —repuso—. Puedo arreglármelas yo sola.

Annie intentaba mostrarse valiente y no aprovecharse de él ni de sus contactos siquiera, salvo para conseguir un visado y un vuelo. Pero le estaba enormemente agradecida por su ayuda.

—No seas tonta —dijo Tom con firmeza—. He sido corresponsal jefe dos años en esa parte del mundo. No puedes hacer esto sola. Voy contigo, está decidido. Avisaré a la cadena. Tú llama a la compañía aérea. —Tom hacía que todo pareciera de lo más sencillo, y desde luego para Annie era más fácil contar con su ayuda que intentar resolver la cuestión ella sola—. Podemos recoger los visados de camino al aeropuerto, y tomar un avión a Londres a mediodía, si es que tienen uno a esa hora.

Annie rezaba para que así fuera. Quería llegar a Teherán lo antes posible. Ignoraba hasta qué punto estaría enferma Katie.

Tom llamó a la cadena de televisión y les dijo que necesitaba un permiso para ausentarse tres o cuatro días por motivos personales, y Annie reservó dos plazas en un avión que salía con destino a Londres a la una de la tarde. Luego llamó a su despacho y después a su sobrino para ponerle al corriente de lo que ocurría. A Ted le disgustó la noticia, y confió en que Katie no estuviera muy enferma. También Annie lo esperaba. En aquel momento la llamó la madre de Paul, que había hablado con su cuñada, quien le había contado que Katie había tenido una fiebre muy alta y una disentería grave, pero que ya se encontraba mejor. Y Jelveh le había dicho que retenían al joven con ellos porque su lugar estaba en Irán, no en Estados Unidos. Añadió que intentaban compensar los fallos cometidos por sus progenitores, lo que alteró aún más a la madre de Paul, que estaba llorando cuando llamó a Annie para informarle de que la familia se negaba a dejar marchar a su hijo.

Tras colgar, Annie hizo una maleta pequeña que pudiera llevar dentro del avión. Entre la ropa incluyó varios pañuelos para taparse la cabeza. Una hora más tarde estaban de camino al consulado paquistaní. El padre de Paul había llamado a Tom y le había facilitado todos los datos precisos para encontrar a su familia. También le había dado los números de los dos pasaportes de su hijo, así como los teléfonos de su hermano, en cuya casa se alojaban Paul y Katie. Tenían todo lo necesario. Ya no había nada más que Tom y Annie pudieran hacer, salvo llegar a Teherán y averiguar cuál era realmente la situación. Ambos estaban seguros de que Katie nunca se habría puesto en contacto con Annie si hubiera podido arreglar las cosas por sí sola. Y Annie le estaba infinitamente agradecida a Tom por que hubiera decidido ir con ella para ayudarla.

Fue un vuelo largo y angustioso hasta Londres, seguido de uno aún más largo hasta Teherán. Durante el trayecto hablaron entre ellos en voz baja, tratando de suponer lo que estaría pasando. Ambos temían que la familia de Paul hubiera descubierto que Katie era algo más que una simple amiga, y que tenían una relación sentimental seria. A Annie le preocupaba también que no pudiera recibir mensajes de texto de Kate mientras estuviera en el avión, ya que tenía el teléfono apagado. Intentó no dejarse llevar por el pánico en ninguno de los dos vuelos. Y no recibió ningún SMS mientras esperaban en Heathrow antes de embarcar en el avión hacia Teherán. Annie le había enviado un mensaje en el que le decía: «Estamos en camino. Te quiero. A.». Y Katie aún no le había respondido.

Una vez en el aeropuerto Imán Jomeini de Teherán les tomaron las huellas digitales en inmigración, como a todo el mundo, y pasaron por la aduana sin problemas. Tom había reservado dos habitaciones en un hotel. Suponiendo que quizá pasarían varios días allí, lo había organizado todo, hasta el punto de reservar una habitación para Katie por si acaso.

Se planteó acudir a la policía, pero no quería empeorar las cosas, y tampoco tenían legitimidad para ayudar a Paul. Su tío estaba en su derecho de retenerle el pasaporte. En cuanto Tom y Annie pasaron por la aduana, cogieron un taxi para ir a la dirección que el padre de Paul les había dado. No sabían lo que encontrarían allí, ni si la actitud que adoptaría la familia del joven hacia ellos sería hostil o cordial. Estaba claro que algo iba mal, ya que Paul no podía abandonar Teherán. Y Annie estaba cada vez más preocupada ante la falta de mensajes de Kate. Le daba pavor que pudiera estar más enferma de lo que le habían dicho. ¿Y si tenía algo que pudiera llegar a ser mortal como una meningitis? ¿Y si ya había sucumbido? Se le saltaban las lágrimas cada vez que acudía a su mente aquel funesto pensamiento.

Cuando Katie volvió a encender la BlackBerry, vio que se había quedado sin batería. Ignoraba que Annie estuviera de camino. Y tumbada en la cama, dio vueltas a su situación, con Paul sin pasaporte ni posibilidad alguna de salir de Irán.

Jelveh seguía cuidando de ella con amabilidad e instinto maternal, ofreciéndole té, comidas ligeras, arroz y hierbas que, según decía, la ayudarían a reponerse y a coger fuerzas. Katie se sentía mejor, pero no tenía ni idea de cómo sacar a Paul de Teherán y volver a Estados Unidos. Y él tampoco. Acudía cada dos por tres a la habitación de Katie para ver cómo estaba, y ella le decía que no sabía nada más de su tía, ya que se le había muerto el teléfono.

Mientras Katie descansaba en su cuarto, oyó el adán que seguía a la puesta de sol, con el almuédano convocando a los fieles a la oración. Aquel sonido le era ya familiar después de los días que llevaba allí. Dos horas más tarde oyó la última llamada del día. Cuando Katie veía a Paul cuando él iba a visitarla, lo notaba muy deprimido. Estaba atrapado.

Tom y Annie tardaron una hora y media en llegar a la casa desde el aeropuerto. Había un tráfico espantoso, y a Annie se la veía tensa sentada en el asiento trasero junto a Tom, con la cabeza cubierta por uno de los pañuelos que había metido en la maleta. Se lo había puesto en el avión antes de que aterrizaran, cuando la azafata se lo había recordado con delicadeza. Lo único que podía hacer era rezar para que Katie estuviera bien y no hubiera contraído ninguna enfermedad grave o incluso mortal. Confiaba en que no hubieran dejado que se deshidratara a causa de la fiebre. Estaba preocupadísima por ella.

El taxi se detuvo finalmente frente a una casa de grandes dimensiones, y ambos salieron del vehículo. Annie no tenía ni jet lag de lo nerviosa que estaba, aunque no había pegado ojo en todo el viaje. Al bajar del taxi, Tom le recordó en voz baja que aparentara calma, paciencia y fortaleza, y no los acusara de nada, por muy enfadada que estuviera por lo de Katie y Paul. Tom quería moverse con cautela, y mostrarse lo más amable y cortés posible hasta que supieran lo que ocurría.

Tom llamó al timbre y, cuando les abrió la puerta una criada, preguntó por el tío de Paul, pronunciando su nombre con una voz clara que emanaba aplomo y firmeza. Transcurridos unos minutos, Jelveh acudió a la puerta para darles la bienvenida, con semblante dulce y comprensivo.

—Me llamo Annie Ferguson —se presentó Annie—. Soy la tía de Katie, y he venido a buscar a mi sobrina —anunció, mirándola directamente a los ojos con una expresión seria. Pero sus palabras no fueron recibidas con hostilidad por parte de Jelveh, que se limitó a sonreírle—. Me ha enviado un mensaje, diciendo que está enferma —explicó Annie, moderándose un poco. Entonces se volvió hacia Tom—. Él es Tom Jefferson, un periodista estadounidense. Me gustaría ver a Paul y a Kate.

Quería verlos de inmediato, pero Jelveh parecía no tener prisa alguna. Habían pasado casi dos días desde que Annie había recibido el mensaje de Kate. Estaba tan crispada que lo único que podía hacer era rezar para que su sobrina siguiera con vida. En caso de tener meningitis, puede que no fuera así. Annie se echaba a temblar solo de pensarlo.

—Por supuesto —contestó Jelveh, sonriéndole—. Me lo ha contado todo sobre usted.

Y luego les pidió que esperaran un momento. Cuando la mujer desapareció, su marido se acercó a la puerta. Miró a los dos estadounidenses, asintió y los invitó a pasar. Los acompañó al salón y les preguntó si les apetecía beber algo. Se mostraba sumamente educado y hospitalario, y era clavado al padre de Paul. A Annie le entraron ganas de gritarles que la llevaran ante los dos jóvenes, pero recordó la advertencia de Tom de que actuara con cortesía, calma y paciencia. Estaba en terreno ajeno, bajo unas normas que no eran las suyas.

—Su hermano me ha dicho que usted me ayudaría —le comentó Annie directamente al tío de Paul, deseosa de apremiarlo, pero el hombre no tenía ninguna prisa. Ambos habían declinado su ofrecimiento de beber algo—. Sé que mi sobrina ha estado enferma y estoy segura de que han sido muy amables con ella. Pero tengo entendido que usted le ha confiscado el pasaporte a Paul. Sus padres están muy disgustados por ello. Espero que los deje venirse conmigo —dijo Annie con firmeza, confiando en convencerlo sin llegar al enfrentamiento.

—Paul y Katie están aquí —contestó el hombre con calma—. Y su sobrina va mejorando cada día. Cogió un virus muy fuerte, pero ahora ya está mucho mejor. Mi mujer ha estado cuidando de ella, y por supuesto se la devolveremos. Solo le hemos guardado el pasaporte por seguridad, para que no lo perdiera. —Annie no dijo nada, pero dudó de que eso fuera cierto—. Mi sobrino es otra historia. Este es su hogar, su herencia. Él es de aquí, no de Nueva York. Fue una insensatez y una equivocación que mi hermano emigrara y abandonara Irán años atrás. Su hijo debe estar aquí, con nuestra familia. Paul tendrá una vida mejor aquí. Queremos que se quede.

A Annie y Tom se les cayó el alma a los pies al oír aquello. Ambos veían que el tío de Paul hablaba con franqueza y creía realmente que hacía lo correcto para él. No había mala intención ni maldad en sus palabras, solo un planteamiento equivocado, sobre todo en vista de que Paul tenía una vida y a sus padres en Nueva York. Pero su tío parecía estar totalmente convencido de lo que había dicho. Ninguno de los dos discutió con él, lo único que quería Annie en aquel momento era ver a Kate.

—¿Dónde está Katie? —preguntó con voz tranquila. Deseaba ver a su sobrina de inmediato, pero también quería sacar a Paul de allí.

—Está arriba, en su habitación —respondió el hombre.

Se le veía preocupado ante la presencia de Tom. Tenía la sensación de que el acompañante de Annie era una persona importante, posiblemente incluso peligrosa, y no se equivocaba. Tom observaba la escena sin perder detalle y aún no había abierto la boca.

—¿Está viva? —preguntó Annie con una expresión de terror en sus ojos.

¿Y si hubiera muerto mientras ellos estaban en pleno vuelo? La meningitis era su mayor temor, ya que mataba a los más jóvenes de forma fulminante. Pero si Kate hubiera sucumbido, seguro que el tío de Paul se lo habría comunicado a Annie a su llegada. El miedo le nublaba la mente y le crispaba los nervios. Le habían dicho que su sobrina estaba mejor, pero ¿sería cierto?

—Pues claro que está viva —se apresuró a tranquilizarla el tío de Paul.

—Quiero verla —dijo Annie, conteniendo las lágrimas de agotamiento y de alivio.

Ante la tensa situación, Tom se dispuso a intervenir, movido por la duda de si habría algo más aparte de lo que Katie había contado en su breve mensaje de texto. Puede que la familia hubiera descubierto el romance entre Paul y ella, y estuvieran disgustados y quisieran acabar con su relación reteniéndolo a él en Irán.

—¿Han cometido algún delito? —preguntó Tom sin rodeos.

—En público no, desde luego —les aseguró el hombre, si bien su esposa le había contado que Paul y Katie eran algo más que «amigos» en cuanto lo vio con sus propios ojos. No tenía secretos para su marido—. Aunque parece que están más unidos de lo que dieron a entender cuando llegaron aquí. Para un musulmán, el castigo por tener una relación íntima con una mujer occidental de otra fe puede ser muy serio en este país. —Annie pensó que se desmayaba al oír sus palabras, y apretó la mano de Tom—. Por eso Paul hizo mal en traer a Katie aquí y fingir que eran amigos. Pero son jóvenes e insensatos —dijo, sonriendo a Annie y a Tom—. Sin embargo, no sería prudente que se diera una alianza entre ambos. Por esa razón también debería quedarse Paul aquí. Cuando Katie se marche, ya no habrá peligro. Le devolveré el pasaporte, la tarjeta de crédito y los cheques de viaje. Ella es libre de irse cuando quiera. Estoy seguro de que le alegrará verla. —Sus palabras supusieron un alivio enorme para Annie y Tom. El tío de Paul no tenía ningún motivo para retener allí a Katie, ni lo pretendía. Ella no era una rehén, sino su invitada, y la habían tratado como tal—. Pero mi sobrino no se irá con Kate. Este es su país, y aquí se quedará.

Tom pareció enfadarse al oír aquello.

—Es espantoso que les haga eso a su propio hermano y su mujer. Paul es el único hijo que tienen —le recordó—. Les rompería el corazón.

—Quizá eso los convenza para volver —repuso el hombre con voz suave, expresando su mayor deseo.

—Eso no es realista, y lo sabe. Ahora tienen una vida allí, y un negocio. Para ellos no sería fácil volver. —El tío de Paul asintió con la cabeza—. Y estoy dispuesto a armar un escándalo enorme si no me entrega ahora mismo a los dos jóvenes, con los pasaportes de Paul. Sus padres quieren que regrese a Nueva York y me han pedido que lo lleve de vuelta.

Era una muestra de bravuconería, pero también su única esperanza. El tío de Paul tenía todo el derecho a rechazar lo planteado por Tom.

—No estoy seguro de que mi sobrino quiera irse. Tiene fuertes lazos con su tierra natal, y con nosotros. Con mi esposa y conmigo, con sus primos y con su abuelo. —Sus padres eran más importantes para Paul, pero Tom se abstuvo de decirlo. Y su tío se puso de pie—. Los llevaré con Kate —dijo en tono afectuoso, como si fueran unos invitados de honor, al igual que Kate.

Un instante después estaban los tres en el piso de arriba, y el tío de Paul llamó a la puerta antes de entrar. Encontraron a Katie incorporada en la cama, con Paul a su lado en una silla. Estaban hablando en voz baja con cara de preocupación, y se quedaron atónitos al ver entrar en la habitación a Tom y a Annie. Katie le había pedido ayuda a su tía, pero no esperaba que fuera hasta allí. La joven soltó un grito y se lanzó a sus brazos, mientras Paul sonreía agradecido a Tom, quien a su vez lanzó una mirada glacial a su tío.

—Quiero los pasaportes del chico —exigió Tom sin rodeos—. Ahora mismo. No puede retenerlo aquí contra su voluntad. Soy periodista, y estoy dispuesto a llegar hasta el final con este asunto.

Tras vacilar durante un buen rato, el tío de Paul salió del cuarto sin decir una sola palabra. Cinco minutos después regresó, con los dos pasaportes de su sobrino en la mano. Quería que se quedara, pero no deseaba poner a su país en una situación embarazosa si Tom promovía un escándalo en la prensa, y parecía capaz de hacerlo. Su amor y respeto por su nación eran mayores que su deseo de obligar a su sobrino a que se quedara. La batalla por Paul se daba por perdida. La había ganado Tom. Su tío le entregó los pasaportes sin decir nada, con una mirada de tristeza y derrota.

—Gracias —le dijo Tom en voz baja, que cogió los documentos y se los metió en el bolsillo de la americana bajo la mirada de asombro de los jóvenes.

Tom les dijo que hicieran la maleta de inmediato. No quería que el tío de Paul tuviera tiempo de cambiar de opinión. Annie se quedó para ayudar a Katie, y Paul fue a su habitación a recoger sus cosas. Tom tenía los pasaportes en su poder y no pensaba soltarlos ni por un instante. La libertad de Paul estaba en sus manos.

Diez minutos más tarde los dos jóvenes estaban en el piso de abajo con su equipaje. Katie estaba temblorosa y muy pálida. Para entonces Jelveh había acudido al vestíbulo, y tanto a ella como a su marido se les veía acongojados por la partida de su sobrino. El abuelo de Paul estaba fuera, así que no podría decirle adiós. Y sus primos se encontraban en clase. A las chicas las habían mandado a sus habitaciones, de donde no salieron. Paul no tendría ocasión de despedirse de nadie, lo cual lo apenaba.

Annie le dio las gracias al matrimonio por cuidar de Kate, y esta hizo lo propio. Jelveh lloraba mientras miraba a Paul. Sabía que no volvería a verlo, y lo abrazó antes de que se fueran. Su tío tenía lágrimas en los ojos cuando apartó la mirada, negándose a despedirse de él, y los cuatro estadounidenses abandonaron la casa. A Tom le llegó al alma ver que Paul también lloraba cuando subió al taxi, pensando en su abuelo, al que no vería nunca más. El joven se quedó mirando con nostalgia la casa de su tío mientras se alejaban de allí. Estaba realmente dividido entre sus dos culturas y sus dos vidas. Le encantaba Teherán, y quería a su familia. Había significado mucho volver allí, y en cierto modo le habría gustado quedarse. Pero sabía que no podía. Mataría a sus padres si lo hacía. Katie también veía la angustia en su cara. Paul se debatía entre dos mundos, y entre las personas que amaba en ambos. Y eligiera la vida que eligiese, traicionaría a sus seres queridos que quedaran al otro lado de su decisión.

Lloró en silencio durante todo el trayecto de regreso al hotel. Y nadie dijo nada en el taxi. La escena de su visible sufrimiento era demasiado dura y conmovedora. Tom casi llegó a dudar de si habría hecho bien en presionar a su tío y obligar a Paul a marcharse con ellos. Quizá quisiera quedarse. Pero el joven entró con ellos en el hotel cuando llegaron. Y le dio las gracias a Tom por ayudarlo a recuperar los pasaportes y rescatarlos a los dos. Katie realmente necesitaba volver a casa, y seguía sin tener buen aspecto ni encontrarse del todo bien, aunque ya estuviera mejor. Y si bien Paul no soportaba la idea de marcharse de Teherán, quería volver con sus padres en Nueva York y estaba agradecido por la ayuda de Tom.

El hotel les reservó un vuelo a Londres tres horas más tarde. No querían prolongar su estancia allí. Tom y Annie habían mandado su equipaje al hotel a su llegada. Tuvieron el tiempo justo para pasarse por allí a recogerlo y volver al aeropuerto. Había sido todo más fácil de lo que esperaban, gracias a la actitud razonable del tío de Paul. Lo que Annie no podía borrar de su mente era la mirada de desolación en el rostro del joven. Estaba claro que su familia lo quería y les habría gustado que él se quedara. Pero sus padres se habrían quedado aún más desolados si lo hubiera hecho.

Los llamaron desde el aeropuerto, y el matrimonio se sintió sumamente aliviado al saber que su hijo volvería a Nueva York, y muy agradecido por la ayuda de Tom. De no haber sido por él, sabían que Paul lo habría tenido difícil para salir de aquel atolladero, pues su tío era un hombre imponente para un muchacho de su edad. Le habría costado mucho hacer valer sus razones sobre las de él, y ni siquiera Tom las había tenido todas consigo cuando lo hizo. Y si lo logró fue aprovechándose del amor y de la lealtad que el tío de Paul tenía a Irán, lo que había llevado a evitar un escándalo mediático a cambio de dejar marchar a su sobrino.

Katie y Paul no se dijeron nada durante el vuelo a Londres. Se les veía a ambos pensativos y afectados, y cuando el avión despegó de Teherán, Paul se quedó mirando la ciudad que amaba y que tanta tristeza le daba abandonar. Al cabo de un rato se durmieron sin decir una palabra. Annie los tapó con una manta y luego volvió a su asiento. Le dio un beso a Tom, y las gracias una vez más. Había sido una extraña odisea para todos ellos.

Durante la breve escala en Londres estaban exhaustos. Katie aún tenía mala cara, y todos parecían emocionalmente agotados. Esta vez en el avión a Nueva York vieron películas y cenaron, y Paul y Katie charlaron un rato tranquilamente. Katie se dio cuenta por primera vez de lo dividido que estaba Paul entre sus dos vidas. Antes de que se fueran de Teherán se había preguntado si Paul se echaría a correr para quedarse allí después de todo. Estaba claro que él se sentía mucho más iraní de lo que ella había pensado. A decir verdad, se sentía de ambos países. Tenía un fuerte sentimiento de lealtad tanto a Estados Unidos como a Irán, lo cual estaba destrozándolo.

Sus padres lo esperaban en el aeropuerto cuando llegaron a Nueva York, y su madre se echó a llorar al verlo y se aferró a él un momento antes de volverse hacia Tom y Annie para darles las gracias. Los dos jóvenes se miraban con tristeza. Algo les había pasado aquel día que los había catapultado a la edad adulta y los había hecho ver lo distintas que eran sus culturas y la importancia que tenían para cada uno de ellos. Katie era cien por cien estadounidense en todos los sentidos, y Paul tenía un pie en dos mundos. La situación que habían vivido había sido aterradora para ambos, y les había venido demasido grande para resolverla por sí solos. Ambos agradecían que Tom y Annie hubieran acudido en su ayuda. Y lo único que querían los dos en ese momento era estar con su familia, en su propia casa.

Katie le dio a Paul un beso suave en la mejilla antes de abandonar el aeropuerto. Era la primera vez que se habían besado desde el comienzo del viaje, y ninguno de los dos estaba seguro de si aquel beso era de bienvenida o de despedida. Se separaron con cara de tristeza, y Annie notó que se les rompía el corazón cuando se dijeron adiós.

22

Cuando llegaron al apartamento de Annie estaban todos exhaustos. Ted los esperaba allí, y lloró de alivio cuando abrazó a su hermana. Annie la llevó a la cama unos minutos más tarde. Katie se quedó dormida antes de que su tía saliera de la habitación. Había sido un día interminable, sobre todo para Katie, estando tan enferma como estaba.

Tom se tumbó en el sofá mientras Annie y Ted conversaban en voz baja en la cocina y buscaban algo de comer. Él no tenía hambre, y estaba demasiado cansado para pensar, de modo que encendió la tele. Estaba viendo las noticias de su propia cadena cuando interrumpieron la programación normal para anunciar un atentado terrorista en Bélgica. Había estallado una bomba a las puertas de la sede de la OTAN en Bruselas, y habían muerto cincuenta y seis personas.

—Oh, mierda —exclamó Tom en voz alta mientras llamaba a la cadena para informarse.

—¿Dónde estás? —le preguntó su productor.

Llevaban horas llamándolo.

—Estoy en Nueva York. He llegado hace dos horas. Esta mañana estaba en Teherán —dijo con voz agotada.

—Lo siento, Tom. Te necesitamos.

—Me lo he imaginado al ver las noticias.

Se incorporó en el sofá, suponiendo que no tardaría en estar en Bruselas.

—¿Puedes coger el vuelo a París que sale a medianoche? Podemos conseguirte un helicóptero que te lleve del Charles de Gaulle a Bruselas, si te va bien.

—Claro. —Aquella era su vida y a lo que se dedicaba. Tom fue a la cocina para decírselo a Annie—. Me voy —anunció con cara de cansado, pero le sonrió.

—¿No quieres quedarte aquí esta noche? —Annie pensó que Tom quería decir que volvía a su apartamento.

—Me encantaría, pero tengo que ir a trabajar. He de coger el avión de medianoche a París. Ha habido un atentado terrorista en Bruselas.

—¿Te vas ahora? —le preguntó Annie atónita. Ella apenas podía moverse. No le cabía en la cabeza cómo lo haría Tom para que su cuerpo aguantara después del día que habían pasado, viajando de Teherán a Nueva York en dos vuelos—. ¿No puedes cogerte un día libre o algo así?

—No, no cuando hay una primicia como esta. Ya dormiré en el avión.

Annie pareció compadecerse de él mientras lo seguía hasta el dormitorio para que Tom pudiera coger ropa limpia y preparar el equipaje. Le pasó una maleta vacía, que él llenó con tres trajes y camisas para las emisiones en directo, varios tejanos y jerséis. No sabía cuánto tiempo estaría fuera.

—Siento tener que dejarte tan pronto —se disculpó Tom.

Annie le sonrió.

—Después de lo que has hecho por nosotros, ¿cómo se te ocurre pedirme perdón?

Su mirada estaba llena de todo lo que sentía por él, y Tom la besó.

—Mi ex mujer no soportaba esto. Cada vez que intento hacer planes o lo que sea, acabo en un avión volando a la otra punta del mundo por cuestiones de trabajo. Mi ex decía que nunca estaba en los momentos importantes.

—Claro que estabas —le dijo Annie mientras lo abrazaba—. Has ido hasta Teherán para traer a casa a dos chicos. Yo no habría sacado de allí a Paul sin ti. Su tío no me habría escuchado. Yo diría que eso es estar en los momentos importantes. ¿Tú no?

Tom le sonrió, agradecido por el elogio. En su matrimonio, siempre le habían hecho sentir culpable. Annie, en cambio, le hacía sentirse un héroe, porque para ella lo era.

Después de hacer la maleta, Tom se duchó y se cambió de ropa. Y Annie le preparó un sándwich. Tom se acercó a ella para darle un beso mientras Ted y Katie entraban en la habitación.

—¿Adónde vas? —le preguntó Ted al ver la maleta.

—A Bruselas, por una noticia. No hay descanso para los malvados.

Ted sonrió y lo miró con asombro.

—No sé cómo lo haces.

—Te acostumbras —respondió Tom mientras se levantaba y rodeaba a Annie con un brazo, si bien los dos últimos días no habían sido nada normales, ni siquiera para él. Había tenido sus dudas sobre cómo acabaría la historia de Katie y Paul, aunque no lo dejó entrever. Él también estaba cansado, después de cuatro vuelos internacionales en dos días—. Ya te llamaré —le dijo a Annie. Luego la besó de nuevo y salieron juntos de la habitación. Tom cogió la maleta y le sonrió. Y entonces soltó una risa con una expresión compungida—. ¿Sabes qué? Lo del brazo que me rompí jugando al squash es lo mejor que me ha pasado en la vida.

—Lo mismo digo de mi esguince de tobillo —dijo Annie, devolviéndole la sonrisa—. Cuídate. Te veré en la tele.

Tom le hizo un saludo de despedida y se marchó. Annie

entró de nuevo en el apartamento y sonrió a Ted. Habían sido unos días increíbles, y Ted se alegraba por ella y también por tener a su hermana de vuelta en casa sana y salva. Y todo había salido bien gracias a Tom. Nadie tenía la menor duda. Tom era un tío estupendo.

El apartamento quedó en silencio una hora más tarde. Estaban todos en sus respectivas habitaciones, medio dormidos. Annie miró el reloj y cayó en la cuenta de que Tom estaría despegando en aquel momento. Le hacía sentir bien saber que en alguna parte del mundo estaba él, y que regresaría pronto. Ya no concebía una vida sin Tom. Y había dejado de preguntarse si habría lugar en su vida para él. Tom había pasado a formar parte del paisaje. Era uno de ellos. Y había tanta cabida para sus sobrinos como para Tom y Annie. Ahora les tocaba a ellos.

Katie se despertó sintiéndose mejor. Tenía la sensación de que el viaje a Teherán había sido un sueño, de lo irreal y lejano que parecía. En cuanto se levantó llamó a Paul, al que notó triste cuando él se refirió al hecho de haber dejado a su familia en Irán, aunque también se alegraba de volver a ver a sus padres y de estar de regreso en Nueva York. Y le había asustado la idea de quedar atrapado en Teherán contra su voluntad. Prometió ir a visitarla aquella tarde. Katie advirtió un tono distinto en su voz. Sonaba contenido y distante.

El reencuentro de ambos en casa de Annie resultó extraño. El viaje a Teherán había sido ameno y emocionante, pero el hecho de que Paul hubiera estado a punto de quedarse allí les había afectado a los dos. Katie tenía la sensación de que aquello le venía grande, y se veía en una relación para la que aún no estaba preparada. Habían hablado de matrimonio como si fuera algo fácil y sencillo, pero ahora se daba cuenta de lo distintas que eran sus vidas y de que la de él era muchísimo más complicada, dividido como estaba entre dos familias y dos mundos, el viejo y el nuevo. Ambos necesitaban tiempo para reponerse de lo que habían descubierto en aquel viaje. Había mucho que asimilar, y Katie veía que ninguno de los dos estaba preparado todavía para ser plenamente adulto: necesitaban un respiro. Paul pensaba lo mismo. Era demasiado pronto para que cualquiera de los dos tomara decisiones que pudieran determinar el resto de sus vidas. Necesitaban tiempo para ser unos críos sin más, y las cosas se habían vuelto demasiado serias para ambos. Necesitaban tiempo para pasarlo con sus respectivas familias y amigos, cada uno en su propio mundo. Paul la besó al marcharse. Ambos eran conscientes de que necesitaban tiempo para crecer y tomar aire sin más. Y Katie se puso triste al cerrar la puerta tras él.

Le habían dado un buen mordisco a la vida en aquellas últimas semanas y habían descubierto que era más de lo que podían masticar. La vida se había convertido en algo mucho más complicado de lo que pensaban, y ambos daban las gracias por estar en casa y volver a ser unos niños. Ninguno de los dos estaba preparado aún para convertirse en adulto, y se alegraban de no serlo. El sueño de mezclar sus dos mundos había resultado ser más difícil de lo que imaginaban, independientemente del origen o de la religión de cada uno de ellos. Había ido demasiado en serio, demasiado rápido y demasiado lejos.

Liz regresó de Londres dos días después. Y no daba crédito a todo lo que había ocurrido durante su ausencia. Cenó con toda su familia en casa de Annie. Ted había decidido quedarse allí un tiempo hasta encontrar un piso nuevo, y Katie le había contado a su tía aquella mañana que volvería a la facultad en cuanto empezara el siguiente trimestre. Ya había avisado a los del salón de tatuajes. Su trabajo allí había terminado. Solo quería disfrutar de estar en casa con los suyos. Y necesitaba tiempo para recuperarse del virus que había contraído en Teherán. Annie la había llevado al médico, quien confirmó que estaba fuera de peligro, pero ella aún se sentía débil.

—¿Qué tal por Londres? —le preguntó Annie a Liz cuando esta fue a visitarla.

La expresión de la joven lo decía todo.

—Ha sido maravilloso. Alessandro vendrá aquí el mes que viene, y quiero que lo conozcas. Es un adulto. Qué gusto estar con alguien que no es un crío. Él es un hombre, y se comporta como tal. Le quiero, Annie.

Por primera vez en su vida, sabía que era cierto. No temía quererlo, fueran cuales fuesen los riesgos.

—Eso es lo que siempre he querido para ti —dijo Annie con una sonrisa. Liz había dejado de ser una niña para convertirse en una mujer—. ¿Oigo campanas de boda? —le preguntó, con la esperanza de que así fuera; pero no quería presionar.

—Tal vez. No tenemos ninguna prisa. Si todo sale bien, puede que solicite trabajo en la *Vogue* de Italia. Pero aún no. Queremos ver cómo nos va. Quizá le ayude a abrir una tienda en Nueva York.

—Suena todo muy bien.

Annie sentía como si hubiera logrado que Liz llegara por fin a buen puerto. Había costado dieciséis años. Y se fijó en que su sobrina incluso había engordado un poco. Se la veía feliz. Ya no parecía que estuviera huyendo despavorida. Liz no tenía miedo de perderlo, ni de amarlo. Estaba dispuesta a asumir ese riesgo. Katie, por su parte, había entendido que no tenía que correr tantos riesgos. Y Ted disfrutaba de su libertad recuperada. Todos habían crecido. Y Annie también.

Cada uno de ellos había pasado por su rito de iniciación y había madurado a raíz de ello.

—Y tú ¿qué tal? —le preguntó Lizzie—. ¿Dónde está Tom?

—En Bruselas. El pobre tuvo que coger un avión dos horas después de que llegáramos a casa. No pareció importarle. Supongo que está acostumbrado. Así es su vida. Correr de aquí para allá por todo el mundo, a la caza de la noticia.

Y ella tenía ahora el mejor de todos los mundos, con los chicos que había criado y un hombre al que amaba y con el que quería estar. Había cabida para todos ellos en su vida. Y Tom también lo sabía. Ahora todos formaban parte de su vida, no solo de la de Annie. Nadaban todos en la misma dirección, con brazadas tranquilas y constantes.

Tom llamó a Annie aquella noche, justo después de que se fuera Liz, y le dijo que volvía a casa. La noticia de Bruselas se había cubierto. En Bélgica ya era por la mañana, y Tom tenía previsto partir en pocos minutos.

—¿Qué planes tenemos para el fin de semana? —le preguntó a Annie.

—Ninguno, que yo sepa. ¿Por qué?

—Estaba pensando que sería agradable pasar un par de días en las islas Turcas y Caicos otra vez. No me vendría mal un pequeño descanso.

Decir eso era todo un eufemismo después de la semana que llevaba.

—Sí, a mí tampoco —respondió Annie, pensando en lo maravillosa que había sido la primera vez que habían estado allí y lo lejos que habían llegado desde entonces.

—¿Crees que los chicos podrán sobrevivir sin ti unos cuantos días? —le preguntó Tom esperanzado.

—Creo que sí. Parece que todos han vuelto a recuperar el rumbo y que están más o menos en sus cabales de momento.

Annie también se sentía así. Nunca se había visto tan cuerda y fuerte, y estaba preparada para iniciar una vida con él.

—Ahora te toca a ti, Annie —le recordó él con delicadeza.

Ella pensó en lo que Tom acababa de decir y asintió.

—Supongo que sí. —Y entonces lo corrigió, sonriendo lentamente—. Nos toca a nosotros.

Había dedicado a sus sobrinos dieciséis años de atención plena, y ahora quería compartirla con él. Seguiría al pie del cañón por los hijos de su hermana, y siempre lo estaría, pero ahora disponía de tiempo para él. Los chicos ya eran mayores, y estaban tomando las riendas de su vida. Habían cometido errores, y los habían enmendado. Y habían sobrevivido y aprendido de ello. Y ella también. Tom había llegado a su vida en el momento oportuno, ni muy pronto ni muy tarde.

—Nos vemos esta noche —le dijo él, con voz alegre y tranquila.

Tom se moría de ganas de volver al lado de Annie. Ahora tenía un motivo para regresar a casa. Una mujer, una familia. Él también estaba preparado para ello. Hasta entonces nunca lo había estado.

Annie acababa de volver del despacho y estaba preparándose una taza de té cuando Tom entró por la puerta.

—¿Qué tal el vuelo? —le preguntó ella mientras él la besaba.

A Tom le parecía de lo más normal estar allí, como si siempre hubiera sido así.

—Largo y aburrido. Te echaba de menos.

—Yo también te echaba de menos.

Katie estaba fuera, y Ted había vuelto a su piso unos días para recoger todas sus cosas y mudarse. Tom y Annie estaban solos, y reinaba la calma. Ella se acabó el té y él la siguió hasta el dormitorio. Y al volverse Annie hacia él, lo vio sonriendo.

—¿A qué viene esa sonrisa? —le preguntó mientras se sentaba en la cama y se quitaba los zapatos, mirándolo.

—Estaba pensando en lo feliz que me haces —respondió él, sentándose junto a ella—. Recuerdo cuando pensaba que no había lugar para mí en tu vida. Ya no me preocupa eso —dijo con desenvoltura y, tumbándose en la cama, tiró de Annie para que se tendiera a su lado—. Aquí es donde quiero estar.

—Yo también —susurró ella.

Tom la besó. Annie ya no se sentía como si tiraran de ella en distintas direcciones. Sus sobrinos se habían hecho mayores, y ella también.

Tom la atrajo hacia él para abrazarla y supo que estaba en casa. Por fin. Annie era la mujer a la que amaba, y aquel era ahora su hogar, con ella. Solo les había hecho falta un brazo roto, un esguince de tobillo y una vida entera para llegar allí, y de repente todo parecía facilísimo y tal y como se suponía que debía ser.

Annie había tenido que dedicar dieciséis años de su vida a los hijos de su hermana para poder entregarse a él. Lizzie había tenido que pasar por una infidelidad de Jean-Louis para reunir el valor necesario y amar a Alessandro. Ted había tenido que sufrir la locura de Pattie para averiguar quién era él y qué le importaba. Y Katie había tenido que desafiarlo todo y a todos, y arriesgarlo todo, para encontrar su libertad. Cada uno de ellos se había enfrentado a sus penas y retos crecientes, y también Tom. Había tenido que casarse con la mujer equivocada para reconocer a la apropiada, aunque esta no se le presentara tal y como él habría esperado y en un principio le pareciera demasiado ocupada. Ella había estado esperándolo sin saberlo.

Las lecciones que habían aprendido todos eran valiosas y, pese a su dureza, habían merecido la pena. Y el rito de iniciación por el que habían pasado había sido la lección que debía aprender cada uno de ellos. Annie vio que había una simetría perfecta en todo ello, y miró a Tom a los ojos sonriendo. Incluso el esguince de tobillo y el brazo roto formaban parte de un orden divino que los había llevado a unirse. No había nada que hubiera sucedido por accidente o equivocación. No había sido fácil, pero la recompensa había resultado ser inmensa para todos ellos. Annie no podía estar más agradecida por cómo había salido todo, y pensaba en lo distinto que podría haber sido si hubieran titubeado o rechazado el reto, tanto que nunca habrían llegado a aquel punto. Pero todos habían actuado con gran valentía. Annie sonrió de manera cómplice mientras Tom la besaba de nuevo. El círculo se había cerrado.